COLLECTION FOLIO

Jean-Marie Laclavetine

Nous voilà

Gallimard

Né en 1954, Jean-Marie Laclavetine est l'auteur d'une douzaine de romans et recueils de nouvelles.

À la mémoire de Montserrat et Salvador Martínez

Because something is happening here
But you don't know what it is
Do you, Mister Jones ?

BOB DYLAN,
Ballad of a Thin Man

Nous allons entrer dans une ère stupide. On sera utilitaire, militaire, américain et catholique.

GUSTAVE FLAUBERT,
Lettre du 27 novembre 1870
à George Sand

Je n'idolâtrais pas la poésie, je n'étais pas excessivement progressiste ni moderne, je n'étais pas un intellectuel typique, je n'étais ni nationaliste, ni catholique, ni communiste, ni homme de droite, je ne vénérais ni la science, ni l'art, ni Marx... Qui étais-je donc ?

WITOLD GOMBROWICZ

1.

Lena n'y était pour rien, c'est ce qu'elle se mit à prétendre des années plus tard, alors que la mémoire, bonne romancière, avait jeté sur toute l'histoire un tissu complexe de demi-souvenirs et de vraies inventions. Selon elle, Paul avait un peu profité de la situation, de l'état semi-comateux dans lequel la fumée et l'alcool l'avaient plongée, elle qui allait devenir sa compagne et même davantage, Lena qu'il voyait ce soir-là pour la première fois. Toujours selon elle, Paul l'aurait entraînée, innocente gamine, vers un coin du jardin sous la voûte épaisse de troènes, pour la séduire sur un banc de bois vert bouteille. C'est lui qui aurait tiré de sa poche deux petites pyramides violettes et lui aurait proposé de partir avec elle. Ils avaient ainsi, dès leur rencontre, expérimenté pour la première fois cet acide lysergique dont les gens bien informés disaient le plus grand bien, et qui en Amérique se consommait comme du chewing-gum. Trente-cinq ans plus tard, ce n'est pas le souvenir qu'il conserverait de cette soirée de juin 1973 : Paul était habité par le sentiment que Lena avait toujours, dans leur vie commune, décidé de tout.

Barbara et Hervé l'avaient emmené ce soir-là au 34, où ils habitaient en compagnie d'un nombre variable de camarades, dont Lena. Paul n'aimait pas ces regroupements, l'inévitable joint gluant de salive qu'on faisait circuler à n'en plus finir dans une atmosphère d'intense recueillement à peine troublée çà et là par un gloussement. Il n'avait jusqu'alors montré aucun talent particulier pour entraîner les jeunes filles dans les bosquets obscurs ni même dans sa chambre d'étudiant, malgré les facilités appréciables que l'époque offrait dans ce domaine. En ces temps heureux, souvenez-vous, tout le monde couchait avec n'importe qui.

C'est bien connu.

Eh bien, pas lui. Il en mourait d'envie, en vérité, mais était sans doute trop orgueilleux pour le faire savoir, et même pour se l'avouer. Ombrageux, solitaire, habité par une exaltation lyrique à peu près invisible à l'œil nu, Paul ne supportait pas les groupes, les clans, l'autorité des idées claires, les déplacements collectifs. Son idéal secret tenait en un mot : autonomie — qui est sœur de la solitude. Sur la question du sexe, en revanche, il aurait furieusement aimé pouvoir imiter ses congénères, en particulier quand arrivait le printemps qui dénude les épaules et entoure les seins d'un halo doré : se fondre dans le groupe et jouir sans entraves, comme tout le monde, quoi. Apparemment, ce n'était facile que pour les autres. Les filles sentaient bouillir en lui d'intenses pulsions, un furieux remue-ménage d'hormones ; cependant, maladresse ou peur panique, il s'ingéniait par sa réserve à les tenir à distance. Lorsque par miracle l'une d'elles parvenait à franchir le barrage, il se trouvait désemparé devant ce corps exultant de merveilles, ruisselant de mystères, ses mains devenaient moites, l'humour l'abandonnait.

L'histoire, quoi qu'il en soit, commença là, à Paris, en ce mois de juin 1973, au 34 de la rue du Chevaleret, dans un pavillon de meulière occupé par une de ces communautés urbaines qui s'étaient multipliées ces derniers mois.

Soir tranquille, des convois de nuages sillonnent le ciel pâle.

C'étaient des temps de changements : l'Angleterre s'était enfin convertie au système décimal, la Suisse avait donné par référendum le droit de vote aux femmes, les États-Unis s'étaient retirés du Vietnam, on avait inauguré le fabuleux World Trade Center, Pioneer 10 emportait le message de l'homme aux confins de l'univers, Paul venait de rencontrer Lena.

Dès son arrivée, il avait remarqué sa peau fraîche, ses yeux clairs, ses cheveux épais et sombres. Quelque chose en elle d'inhabituel, le visage triangulaire peut-être, la démarche ondulante, comme si elle évitait avec une précision de chat la proximité d'autrui : elle semblait inatteignable. Une heure plus tard, pourtant, il l'atteignait. Les voilà assis côte à côte sur les marches du perron, devant ce jardin qui ignorait le luxe bourgeois de la tondeuse, à écluser comme si c'était de l'eau un punch vraisemblablement à base de chlorate de soude.

Jérôme et Claire avaient rapporté d'Agadir deux litres d'huile de cannabis dans un bidon de BP-Zoom. On en avait fait gicler quelques rasades dans les gâteaux, les salades, dans la jatte remplie de punch. Des garçons s'agitaient depuis deux heures autour d'un brasero. Tout à l'heure, comme d'habitude, quelques secondes suffiraient pour que le tas de braises laborieusement obtenu transforme instantanément les merguez en bâtons de charbon. D'autres, assis ou allongés dans l'herbe, tétaient l'un après l'autre le tuyau d'une pipe à eau qui glougloutait, et commentaient un article d'*Actuel* lu à haute voix par une grande bringue vêtue d'un sac de jute. Les autres filles portaient des salopettes rapiécées de couleurs vives ou des robes en coton qui leur arrivaient à mi-cuisse. Gare aux mains baladeuses, cependant : en ces temps-là le phallocrate n'en menait pas large. L'ambiance était plutôt gaie, bruyante, bavarde et raisonneuse, disons tendance anarcho-trotskiste avec des nuances chinoises.

L'Histoire, qui se moque des destins minuscules, ne nous apprend pas ce qui se passa entre ce premier contact de Lena et de Paul et le moment où ils s'éloignèrent ensemble, en devisant, inconnus l'un de l'autre, innocents comme au premier jour, vers le bosquet. On peut tout de même imaginer que dans l'heure qui suivit,

Paul et Lena, isolés au fond du jardin près d'un cabanon en tôle sous l'ombre fraîche des troènes, parlèrent un peu, et se contemplèrent avec étonnement, et se rapprochèrent l'un de l'autre ; puis il y eut cet instant où leurs lèvres allaient se toucher, où leurs souffles se mêlèrent, et cela sentait déjà bon, cet éclair d'émerveillement joyeux dont ils se souviendraient sans doute plus tard avec tendresse, avec regret, avec rage qui sait, leurs lèvres en suspens à quelques millimètres de distance, la caresse de leurs haleines. Puis le baiser, les langues qui se touchaient, et ça dura. Soit dit en passant, voilà un geste d'une banalité décourageante, pourtant on constate que jamais depuis l'aube des temps les êtres humains ne s'en sont lassés. On pourrait détailler la suite, qui ne dérogea sans doute pas aux coutumes de l'espèce : mains de l'homme sur le dos et la nuque de la femme, glissant sur sa poitrine, mains de la femme se posant de chaque côté du visage de l'homme comme pour porter la tête en offrande à on ne sait quel dieu, infimes gémissements, corps qui se ploient et se pressent pour trouver l'adhérence maximale, moments de déséquilibre, tachycardie, panique des sens, bref. À observer, bien sûr, c'est moins captivant.

Le temps avait passé : là-bas, une épaisse fumée noire s'élevait au-dessus des braises, accompagnée de cris de désolation et de reproches, mais Paul et Lena n'entendaient rien. Paul-et-Lena. Il faudrait s'habituer à entendre leurs deux noms accolés, s'habituer à cette entité nouvelle qui ne serait pas Paul, qui ne serait pas Lena, qui ne serait pas Paul + Lena : Paul-et-Lena. Nous n'en sommes pas encore là. Vu du présent, le temps ne passe pas ; mais vu du futur lointain, avec le téléobjectif de la mémoire, le temps se condense et file comme un javelot.

Plus tard — impossible d'être précis car dans le présent de ces années-là les journées ne comportaient pas le même nombre d'heures qu'aujourd'hui — Paul et Lena sont à califourchon sur le banc vert, face à face ; posées entre eux, apportées par l'un ou par l'autre, les petites pyramides violettes imprégnées de ce produit dont on leur a dit merveille. Ils en avalent chacun une avec un fond de punch, c'est parti.

C'est parti, façon de parler. Un quart d'heure, et rien ne se passe. Une demi-heure, une heure, rien ; ils en ont profité pour reprendre l'étreinte où ils l'avaient laissée. Ils n'y pensent déjà plus quand le kaléidoscope d'enfer déploie enfin ses couleurs : ça commence. Mais ce n'est pas le nirvana promis, c'est un déchaînement de sensations effrayantes. Les chaussures jaunes de Lena, qui tout à l'heure semblaient à Paul si excitantes, se sont transformées en insectes et sautent autour de lui. Leurs yeux s'agrandissent de peur, l'espace vacille, des milliers d'yeux les regardent avec hostilité. Les arbres se tordent en grimaces, les objets grognent, le front de Lena est couvert de sueur. Les verres de punch sont tombés, leurs éclats sur le sol luisent et menacent.

Maintenant, c'est sûr, cela ne s'arrêtera plus.

Les voilà condamnés à vivre dans ce tourbillon strident de couleurs, dans ce perpétuel effet Larsen qui vrille les tympans comme si le Très-Haut, lassé du silence de sa planète, s'adonnait aux plaisirs de la pédale wawa. Il fait nuit depuis longtemps, les fenêtres éclairées se découpent en rectangles jaunes qui forment une farandole criarde, on entend la voix de Florence qui chante, d'une tristesse atroce car c'est la voix d'un monde ancien, qu'ils ne reverront certainement plus. Lena surtout semble terrorisée. Elle sent le banc qui tremble sous eux comme un balai de sorcière, elle voit bien que les canines du garçon (comment s'appelle-t-il, déjà ?) ont poussé depuis tout à l'heure et que ses mains se sont couvertes de poils, elle voudrait crier mais sa gorge ne laisse passer que de petits couinements de souris. Par ailleurs, la couleur vert pomme du ciel ne lui dit rien qui vaille.

Paul, pour sa part, admet que ce truc est plus fort que le punch. Il aime que des gerbes d'étincelles jaillissent régulièrement des yeux de Lena : c'est beau. Dans le ciel vrombit un gigantesque vol de colombes. Tout cela est drôle et splendide, sauf le claquement des dents de Lena. Impossible de savoir depuis quand ils sont là, face à face, agrippés à ce banc ; et les effets de l'acide ne faiblissent pas, au contraire. Rugissements d'étoiles, tintements, explosions molles, tourbillons. Et ce goût de fer dans la bouche.

— Nous sommes sur un radeau qui s'éloigne du monde des humains, annonce Paul. Écoute leurs chants, là-bas. Nous voilà seuls à jamais, le cosmos est à nous. Personne ne peut plus nous atteindre.

— Je ne te connais pas, s'étrangle Lena.

Bon, il va falloir aller chercher du secours.

Autour d'eux, se balançant comme des fleurs de tournesol, des visages se penchaient, circonspects, inquiets, curieux, hilares, c'était selon. Paul et Lena étaient parvenus à quitter le bosquet malgré l'obscurité et l'attrait du cosmos. Lena avait refusé que Paul lui tienne la main.

L'un se grattait la joue, l'autre appuyait son index sur son nez en fronçant les sourcils ; la vision de Paul et Lena vacillants et blêmes suscitait chez un troisième un fou rire silencieux. Un volontaire leur prit le pouls, mais ne le trouva pas. Je n'aime pas ça, regarde comme elle est pâle ! Florence, médecin, était introuvable. On décida d'appeler Étienne, après tout il était presque interne. Hélas Étienne s'était endormi sur un pouf, et aucune puissance humaine ne le réveillerait avant le lendemain midi.

On veilla donc les deux novices, en attendant qu'ils redescendent vers un monde aux couleurs plus banales. On s'assit dans le salon sur la banquette déglinguée, les fauteuils branlants et les poufs en skaï bourrés de billes de polystyrène, qui formaient le mobilier de base des communautés. Hélène tenait la main de Lena, Renaud tapait de temps à autre sur le dos de Paul. On fumait, on buvait, on discutait ferme, ivres de la tâche qui nous incombait : refaire le monde, ce n'est pas rien. Depuis un certain mois de mai on le savait : la société était une vieille bâtisse aux poutres vermoulues, on les entendait craquer. Il suffirait de pousser fort.

Hier, Lena et Paul ne se connaissaient pas. Il avait suffi d'un rien, comme toujours. Cette nuit, les heures coulaient sur eux et les enveloppaient d'un habit de souvenirs communs dont ils ne se déferaient plus.

Autour d'eux, la petite troupe du 34. Le pavillon de la rue du Chevaleret était une chapelle sans obédience ni spécialité, contrairement aux ruches plus homogènes qui s'étaient constituées un peu partout, la frénésie groupusculaire ayant pris depuis quelque temps des proportions grandioses.

La nuit était fraîche, on avait fermé les portes du salon.

Ceux qui formaient cercle autour d'eux cette nuit-là prenaient place à jamais dans leurs vies. À part Jef, ce garçon aux lunettes en cul de bouteille qui était en train de se rouler une cigarette de caporal. Celui-là n'en avait plus pour longtemps. Vingt-trois ans bientôt; dans quelques mois, il se ferait sauter le caisson avec le pistolet d'ordonnance de son père gendarme. Il était le plus paisible et le plus drôle de la bande. Rien ne lui faisait peur, aucune expérience, aucun projet, il n'avait rien à faire de rien, et si Andreas Baader était venu le lendemain lui demander de mitrailler un commissariat ou de capturer

Georges Marchais, il l'aurait fait pour rendre service. C'était Jef, avec son regard d'épagneul derrière les hublots, sa petite bouche de nourrisson, son menton imberbe, ses cheveux jaunes qui pendouillaient, sa voix douce qui murmurait des calembours et des horreurs. À côté de lui, la belle brune, c'était Hélène, fille d'un vigneron de Touraine, dont les yeux noirs et la peau mate attestaient que les Arabes ne s'étaient pas arrêtés à Poitiers. Et puis Delphine et Barbara, les voyageuses en escale, vendeuses de perles en plastique qui sillonnaient l'Europe à bord d'un combi VW ; Emmanuel, dit Lord Jim, l'agité du bocal, passionné d'armes, de montres de luxe et d'éditions originales, toujours entouré d'un nuage de tabac, il vivait dans la nostalgie de Lawrence et de Malraux, et nul ne savait comment, avec ses goûts de prince, il avait échoué ici ; Renaud et Florence, aussi, fondateurs de la communauté, plus âgés, plus politisés et plus chiants que les autres. Il y avait là également José, ce brun aux cheveux longs et huileux que nous reverrons plus tard : il avait fait le voyage au Népal, et certaines filles prétendaient qu'il en avait ramené l'habitude de se shampooiner au beurre de yack — ce qui était de la pure médisance. En réalité, il se passait sur la chevelure une huile essentielle aux vertus imprécises mais innombrables, rapportée des Andes par Delphine. José avait quitté les Hautes Études commerciales pour se lancer dans la fabrication de sandales en pneus. Ses parents, assez bornés, n'avaient pas approuvé son choix et lui avaient coupé les vivres. Il y avait là d'autres personnes encore qu'il est inutile de nommer, elles ne font que passer : tout s'en va si vite.

2.

Derrière la porte vitrée donnant sur la cuisine, la serveuse Monique observait la tablée silencieuse dans la salle de restaurant déserte. Quatre hommes taciturnes et épais, entre quarante et cinquante ans, qui avaient garé une Estafette Renault et une DS devant l'établissement, s'étaient installés à la table du fond, près de la baie vitrée. Celui qui semblait détenir l'autorité portait un loden et des sourcils aussi épais que sa moustache brune. Son teint sanguin, son expression butée de bœuf au harnais le faisaient paraître plus vieux que son âge — trente, trente-cinq ans. Oh, Monique voyait tout à fait le profil, figurez-vous, elle avait été mariée trois fois avec des gars coulés dans ce moule, du genre à bâfrer des entrecôtes de cinq cents grammes et à n'écouter que leurs pulsions, merci bien. Ces airs de conspirateurs ne promettaient rien de fameux. Elle pouvait d'ores et déjà faire une croix sur le pourboire.

Le Breton, qui l'avait remarquée, lui fit un signe impérieux de la main. Il commanda pour eux quatre. Monique servit les apéritifs.

— La nuit sera longue, prévint-il.

Le Hongrois et le Polonais haussèrent les épaules. Dans la Légion, des longues nuits, ils en avaient connu d'autres. L'Auvergnat se contenta d'avaler cul sec son kir.

Ils laissèrent la DS sur une aire de stationnement à Fromentine, et prirent le bac avec l'Estafette jusqu'à Port-Joinville. Ils s'éloignèrent du bourg. L'Auvergnat conduisait, le Breton à ses côtés, et les deux anciens légionnaires debout derrière. Ils se garèrent à l'abri d'un bosquet du côté de Ker-Chauvineau, et tuèrent le temps en fumant et en jouant aux dés. À minuit, la camionnette s'engagea au ralenti, phares éteints, dans la rue du cimetière. Lorsqu'ils furent arrivés devant la grille, le Hongrois descendit pour ouvrir les deux battants. Le véhicule avança sur l'allée de graviers, le portail se referma derrière. Un vent piquant soufflait de la mer. La lune répandait sur la scène la clarté adéquate : reflets bleu-gris sur le marbre des tombes, sur le loden du Breton dont les moustaches épaisses prenaient soudain un relief lugubre, sur les ifs secoués par le vent qui sifflait méchamment entre les croix. Quelques cyprès balançaient leurs grands index noirs. L'envol soudain d'une dame blanche, d'un grand duc ou même d'une vulgaire hulotte eût complété efficacement le tableau, mais rien.

Ils n'eurent aucun mal à trouver la sépulture, avec sa simple dalle claire ornée de lettres noires :

Il fallait agir avec discrétion : par un malencontreux hasard, les fenêtres de la gendarmerie, construite à deux cents mètres de là, donnaient sur le cimetière.

Ils débarrassèrent la pierre tombale des vases emplis de fleurs et des plaques commémoratives qui l'encombraient, puis l'Auvergnat se mit à l'ouvrage. Il s'agissait de pratiquer deux ouvertures dans le joint latéral en ciment, sur chacun des côtés, afin d'introduire deux barres à mine et de desceller la pierre monumentale. Les premiers coups, timides, n'entamèrent pas le joint. Les trois comparses jetaient des regards inquiets vers la gendarmerie. L'Auvergnat dut se résoudre à frapper plus fort. Le vent emportait les tinc-tinc cristallins du burin, qui s'activait sans résultat notable. L'impatience gagnait. Exaspéré, le Breton s'empara d'une barre à mine et se mit à taper avec fureur sur le joint, qui céda dans un fracas épouvantable. Des morceaux de ciment tombèrent à l'intérieur du caveau, on les entendit heurter le bois du cercueil. Un chien se mit à aboyer.

Ils restèrent un moment pétrifiés. Le vent avait dû emporter les bruits dans la bonne direction, car les fenêtres de la gendarmerie demeurèrent obscures : on dormait là-dedans du sommeil de la justice. Il fal-lait effectuer la même opération de l'autre côté de la sépulture, selon la même méthode. Le chien se remit à aboyer. Les barres à mine purent bientôt être introduites dans les deux trous latéraux, et l'on fit levier pour soulever la dalle, qui se descella dans un grand craquement. L'Auvergnat plaça des cales en bois et les enfonça à la massette, puis un nouveau coup de levier permit d'agrandir encore l'ouverture. On glissa alors un rondin de bois lisse prévu à cet effet, sur lequel la dalle pouvait basculer. Quand elle fut à l'horizontale, on plaça un deuxième rondin, et l'énorme morceau de marbre blanc glissa sans difficulté vers l'avant, ménageant une ouverture suffisante pour hisser le cercueil. « L'abus de vin mène à la bière », plaisanta l'Auvergnat qui n'avait pas lésiné sur le gamay au dîner, mais le Breton le fit taire d'une tape sur le crâne. On respecte les morts, nom de Dieu, surtout celui-là. Le Breton était encore jeune, tout frémissant de rêves grandioses, hanté de nostalgies guerrières. Il avait imaginé que l'expédition, par sa précision militaire, son professionnalisme, sa perfection formelle, resterait comme un exemple dans les mémoires, surtout dans la sienne, et chaque incident par lequel le réel imposait sa charge de trivialité allait à l'encontre de son dessein sublime. Il s'agissait de reconduire la glorieuse dépouille parmi les siens, à Douaumont, au milieu de ses braves pioupious.

Le Hongrois descendit dans le caveau. On lui passa les quatre sangles munies de crochets. Il les fit glisser dans les poignées de laiton, enfonça les crochets pointus dans le fond du cercueil qui, posé sur des bastaings afin de le protéger de l'humidité, se révéla en parfait état.

Hisser le cercueil ne fut pas une mince affaire. Il fallut le mettre presque à la verticale, car l'ouverture était étroite ; le Maréchal, durant quelques instants, retrouva la station debout. Puis on le mit à l'abri dans l'Estafette. Bon sang, qu'il était lourd. On entreprit de remettre la dalle en place et de refaire le joint avec le ciment apporté à cet effet, on balaya le gravier pour effacer les traces de pas, on remit en place les fleurs et les plaques.

De crainte que le bruit du moteur ne réveillât quelqu'un, le Breton ordonna qu'on pousse la camionnette à la main jusqu'à la route. Le portail du cimetière fut refermé sans bruit. L'aube était encore loin. Sous la voûte fumante d'étoiles, l'engin fila en roue libre à travers le village endormi.

3.

Lena Lena Lena. Ils ont fait l'amour le lendemain de leur rencontre, Paul n'en est jamais revenu, vingt et trente et quarante ans plus tard il n'en sera toujours pas revenu. Juin 1973, quarante ans à eux deux, c'était l'aube du monde et tout allait changer — ils avaient du pain sur la planche : l'amendement sur l'égalité des femmes bloqué par la Nouvelle Droite américaine, Nixon réélu, les nouveaux fascistes paradaient à Paris, les camionneurs chiliens grognaient dangereusement, le Sahel mourait de soif, des Halles de Baltard il ne restait qu'un trou, au Vietnam la guerre entre le Sud et le Nord continuait malgré le retrait des Américains, partout le grand capital posait ses griffes acérées, mais au 34 on préparait activement la contre-offensive. En attendant ils étaient l'un dans l'autre, l'un sur l'autre, Lena riait de l'impatience de Paul, de sa maladresse, de son émerveillement enfantin, Lena s'attendrissait devant tant d'impréparation à la vie et à l'amour, est-ce possible d'être aussi pataud, d'être aussi naïf, et surtout d'attacher tant d'importance à *ça* ? Mais qu'est-ce que vous avez avec *ça,* les gars ?

Lena Lena Lena. Son prénom dans la tête de Paul, une chanson, une comptine, et il a beau la regarder la regarder, il a beau scruter le fond de ses yeux clairs — quelle couleur exacte, ces yeux ? Clairs — il a beau parcourir du regard et du doigt cette peau vaste et vertigineuse comme une pampa, cette peau infiniment souple, brune et blonde à la fois, il a beau compter et recompter les orteils des pieds de Lena comme pour s'assurer de quelque chose qu'il ignore pourtant, il a beau souffler juste sous son oreille, à la base de la mâchoire, pour voir se hérisser le duvet cuivre en se persuadant qu'il n'existe rien de pareil au monde, il a beau la mordre et l'étreindre et la presser contre lui jusqu'à ce qu'elle se dégage en riant ou en protestant ou en s'agaçant, il n'arrivera jamais à se convaincre qu'elle est là pour de bon, que Lena est à lui. (Et pour cause : elle n'est pas à lui.)

Parfois quand il quitte à regret le lit, la chambre, l'appartement pour rejoindre le monde insignifiant, quand il la laisse seule, mêlée aux draps, à l'odeur de la nuit, il ne peut pas faire dix mètres dans la rue, il ne peut pas supporter la vue des autres humains, des voitures, des vitrines, des platanes inquiétants, il remonte l'escalier quatre à quatre, ouvre en tremblant la porte d'entrée, se précipite dans la chambre, à bout de souffle, éperdu. Elle est là, enroulée dans le drap comme autour d'un tronc, la main serrée sur un coin de tissu qu'elle tient dans la bouche, le flanc interminable offert à sa vue depuis le haut de la cuisse jusqu'à la naissance d'un sein : une piste, un tremplin, avec au bout la niche sombre de l'aisselle sur laquelle il se jette comme un voyageur assoiffé.

Car parfois il parvient à la retenir chez lui. Chez lui : un deux-pièces sombre au premier étage d'un immeuble en voie d'effondrement, dans une impasse du XIIIe arrondissement. La première pièce est sans fenêtre, juste pourvue d'un évier carré avec un robinet d'eau froide, d'un poêle à pétrole qu'il faudrait faire fonctionner même en été tant l'humidité accumulée durant les mois d'hiver suinte aux murs enguirlandés de salpêtre, et d'une gazinière trouvée dans la rue qui permet de presque succulentes cuisines de pâtes, car Paul est un gourmet et il connaît au moins deux façons d'accommoder les pâtes. On peut s'étonner que tant d'atouts ne lui aient pas valu davantage de succès auprès des filles jusqu'ici.

La deuxième pièce, c'est la chambre, dont la fenêtre donne sur une courette cimentée où traînent deux ou trois mobylettes dont la sienne, et un bric-à-brac d'objets à peine identifiables sous la mousse et la poussière qui les ont recouverts. On pourrait apercevoir le ciel en se penchant (avec précaution car le scellement du garde-corps ne tient plus qu'à quelques grains de sable) sans cet auvent de fibre de verre jaunâtre que les pigeons piétinent à grand bruit, attirés par les poignées de pain dur imbibé d'eau ou de lait qu'une voisine du troisième étage en mal d'animation leur jette régulièrement. Le bruit de ces masses molles s'écrasant sur l'auvent, suivi du piétinement des bestioles et de leurs roucoulements étranglés, est un des seuls à pouvoir faire perdre à Paul ce calme quasi bouddhique qui impressionne tant les filles avant de les décourager.

C'est dans la cour également que se trouvent les toilettes collectives à la turque, visitées à toute heure du jour et de la nuit et à grand bruit par les occupants de l'immeuble et par quelques clochards qui ont trouvé la combine, la porte cochère qui donne sur l'impasse ne disposant plus de verrou depuis longtemps. Le passage au jet quotidien de l'édicule constitue une des seules concessions de Paul aux contraintes du travail manuel, mais c'est un travail d'Hercule.

Au chapitre des commodités mentionnons, puisqu'il en sera question plus tard, un garage loué avec l'appartement. Il s'agit d'un appentis accolé à l'immeuble, dont l'ouverture donne sur l'impasse, et qui communique avec le porche par une porte en fer. Le garage est actuellement à peu près vide, Paul se contente d'y entreposer sa mobylette et quelques cartons.

Dans la chambre, des étagères formées de planches soutenues par des empilements de briques contiennent des livres volés exclusivement dans les librairies des quartiers riches et dans les grandes surfaces culturelles pourtant étroitement surveillées — pernicieuses avancées du capitalisme marchand sous couvert de démocratisation de la culture. Car on a des principes, on n'irait pas dévaliser les libraires de bonne volonté qui propagent les œuvres décisives de Louis Althusser, d'Herbert Marcuse, de Michel Foucault, de Castaneda ou de Mary Barnes — ouvrages qu'on aurait peine à trouver dans la bibliothèque de Paul, c'est à noter : il ne lit que des romans et des poèmes. Il y a aussi des disques 33 tours en assez grand nombre, mais là encore on pourrait remarquer des choix sensiblement différents de ceux de Lena et de ses camarades, qui ne volent pas tout à fait dans les mêmes rayons.

Des affiches recouvrent en partie les murs badigeonnés de blanc. Plinthes, portes et boiseries sont enduites de couleurs vives, sans doute au hasard des pots glanés çà et là mais avec ce qu'on pourrait appeler un goût affirmé du contraste. Lena se fout du décor, ça tombe bien, regardez-la, elle est nue, à cheval sur Paul qu'elle empêche en serrant les cuisses de poursuivre son va-et-vient, poings sur les hanches elle bascule la tête légèrement en arrière, les yeux fermés, et un sourire se dessine lentement sur ses lèvres, Paul donnerait tout pour savoir ce que signifie ce sourire, de quelle nature ce triomphe, Paul dont le corps se tend dans la vision en contre-plongée du torse de Lena, de ses seins glorieux, de sa gorge (on voudrait être loup pour y planter les dents), Paul qui soudain jouit immobile comme on dévisse le long d'une paroi.

Ainsi il parvenait parfois à la retenir chez lui, mais le plus souvent elle lui échappait, à moins qu'elle ne lui demandât de rester au 34 avec la ménagerie des fumeurs de joints, des catéchumènes végétariens et des bedeaux du Grand Timonier. Paul ne s'en sentait pas toujours la force.

Les amis de l'adolescence s'étaient dispersés. Pire : ils travaillaient. Beaucoup étudiaient, tous se démenaient pour conquérir une place, un statut, tracer un sillon, merde, merde, ils ne m'auront pas. Paul, le soir venu, arpentait à pas rapides les rues du quartier, fomentant un complot général contre l'esclavage salarié, puisque tel était son Grand Projet, d'une folle ambition : aucun foutu patron ne posera sa sale patte sur ma force de travail toute neuve. Il filait sur Belleville, faisait mine d'être pressé dans sa giration divagante, prenait soin de passer devant la vitrine du Caminito où ceux du 34 avaient leurs habitudes, ou devant d'autres bars où aurait pu traîner un copain, une connaissance, quelqu'un auprès de qui se taire en buvant un demi pour apaiser un peu la blessure de la hautaine solitude qui lui déchirait le ventre. Il marchait, marchait, poings serrés dans les poches, ruminant cette affreuse évidence : il n'était capable de vivre ni sans les autres ni avec eux. Il avançait dans la pénombre d'une vie en spirale, parait ses congénères de vertus illusoires, il était seul sur les trottoirs où filaient quelques silhouettes usées par le travail, ce mal auquel il avait décidé d'échapper.

Et pour finir, la plupart du temps, il échouait chez Salvador, qui habitait non loin de l'impasse, sortait peu et disposait d'une réserve inépuisable d'eau-de-vie de prune distillée par un oncle du côté de Lamotte-Beuvron. Un gaillard, ce Salvador, de dix ans plus âgé que Paul, une force de la nature, un quintal de colère pure, rire de géant, appétit d'ogre. Sa famille avait traversé les Pyrénées à pied en 1939, après la chute de Barcelone. Le ministère de l'Intérieur français s'était chargé d'expédier le père et l'oncle vers un chantier de l'organisation Todt, sur la façade atlantique, d'où ils s'étaient évadés six mois plus tard ; la mère et la tante avaient quant à elles trouvé refuge dans une ferme de l'Ariège. Les hommes les y avaient rejointes après d'infernales tribulations. C'est là que Salvador avait été conçu. À la Libération, la famille, augmentée de quelques cousins, s'était reconvertie dans l'agriculture, après avoir remis en état une ferme dans le Loiret. Ils y vivaient depuis en quasi-autosuffisance, élevant quelques bestioles, cultivant des légumes et un anarchisme dont les quatre piliers étaient la solidarité, la désobéissance civique, la gnôle de prune et le chorizo maison. Salva avait hérité de ce trésor, chorizo compris. Né en France à la fin de la guerre, il bénéficiait de la double nationalité, mais se considérait comme radicalement espagnol. Il habitait une chambre tapissée de dictionnaires et de livres de poésie, subsistait grâce à des traductions de poètes impalpables et de romanciers sans lecteurs, pour le compte de maisons d'édition en perpétuelle instance de naufrage. Parfois, pour se détendre de ses longues heures studieuses, il sortait casser la gueule à un fasciste. Il avait le flair pour les trouver, et pratiquait une variante sanguinaire de la boxe française. Il faut reconnaître que les autres, en face, colleurs d'affiches du Front national nouvellement créé sur les décombres d'Occident et d'Ordre nouveau, petits nervis du GUD ou de quelque secte hitléro-mystique, s'adonnaient parfois à des arts martiaux inconnus et déloyaux. Une nuit, un virtuose du nunchaku avait expédié Salvador à Beaujon avec deux côtes cassées et une mâchoire remaniée, mais après tout, disait-il, on ne fait pas d'omelette sans casser des dents.

Entre ces deux-là, il n'avait pas fallu longtemps pour que naisse une de ces amitiés célébrées par un des poètes chers au cœur de Salvador Martínez : « Un sentiment aérien, à mille lieues de la tauromachie amoureuse, de ses vociférations, de ses liquides et de ses flammes, un tutoiement des âmes, un pas de deux silencieux hors de la durée, sans déclarations ni serments. » Ils s'étaient reconnus, tout simplement. Chacun aimait l'autre non pas malgré mais pour les défauts parfois exaspérants qui le rendaient unique. Ils allaient ainsi côte à côte, le malingre et le costaud, le jeunot et le trentenaire, le taciturne et l'exubérant, prêts à vivre jusqu'à leur mort, en dépit des envieux.

4.

Le matin, Paul était différent, plus paisible, moins tourmenté par Hautaine Solitude, la compagne de ses errances nocturnes. Et pour cause : le matin, il dormait. Paul ne connaissait pas vraiment le matin. Il rentrait très tard de ses divagations maladives, lisait encore plus tard, parfois jusqu'à l'aube, et traversait le sommeil comme un sous-marin avarié, émergeant toutes les demi-heures avant de replonger. Quand il se levait enfin, il était midi, une heure, peut-être qu'aujourd'hui encore il ne se traînerait pas jusqu'à la fac. Ou peut-être que si, il fallait voir. Le floc du pain mouillé sur l'auvent, le grattement exaspérant des pattes de pigeons auraient peut-être raison de sa léthargie.

Ah mais si, justement, ce matin il doit aller à Vincennes, il lui manque un dix-huit. Les enseignants n'osent guère mettre des notes au-dessous de la moyenne ces temps-ci, quel que soit le degré de paresse ou d'inculture des étudiants, mais certains, tout de même, se font un peu tirer l'oreille. Or Paul a beau n'assister qu'à un cours sur cinq et limiter ses efforts à la fréquentation assidue de la bibliothèque universitaire pour s'y abreuver de littérature, il n'en a pas moins besoin de notes correctes afin de valider ses unités de valeur et d'assurer le renouvellement de sa maigre bourse, élément déterminant dans l'accomplissement du Grand Projet. Un vrai travail, la récolte des notes. Paul Destrem, tel est son nom, est redouté des professeurs pour sa capacité à retourner contre eux leur discours contestataire, de préférence devant l'amphithéâtre rempli de chevelus grognons prêts à sauter sur la moindre occasion pour engager une discussion de fond sur un sujet d'urgence : la relation pédagogique et ses rapports avec la dialectique maître-esclave, la culture comme oppression, le scandale des distributeurs automatiques de la cafétéria, qui sont payants.

Remise des copies l'autre jour après un contrôle d'ancien français sur Chrétien de Troyes : — Monsieur, j'aimerais savoir ce que signifie ce cinq sur vingt. — C'est simple, Destrem, ton devoir est nul, tu n'as rien foutu, ça mérite zéro mais je te mets cinq parce que je ne veux pas te couler, cela bien que je t'aie vu deux fois depuis le début de l'année. L'explication te convient? — Je n'assiste pas à tous les cours parce que je dois travailler pour payer mes études. (Il s'invente des travaux de forçat. Paul n'éprouve aucun scrupule à mentir, le marxisme quasi officiel du corps enseignant lui inspire du dégoût; contre l'hypocrisie institutionnelle tous les coups sont permis.) Mes parents sont ouvriers (mère disparue, père plombier à la retraite). Je serais fils d'avocat ou de patron, je pourrais me permettre d'être assidu et j'aurais quinze. (Rumeurs dans l'amphithéâtre.) — Destrem, sois gentil, ne raconte pas n'importe quoi. Si tu n'es pas content, la porte est derrière toi, va te plaindre au doyen. Maintenant nous allons reprendre le cours, si vous le voulez bien. — Vous participez activement à la sélection par l'argent que vous prétendez condamner. Vous êtes un garde-chiourme de l'ordre bourgeois. J'exige que vous me mettiez quatorze, j'en ai besoin, sinon je perds mon année et je pars en usine. (Redoublement des rumeurs.) L'heure de cours passe ainsi en palabres ronflantes, le pauvre enseignant perd pied sous la houle qui monte, Paul Destrem finit par obtenir son quatorze, et au contrôle suivant le correcteur file doux devant la copie presque blanche. Paul a vite jaugé ces agrégés pétris de trouille, tout occupés à tenter de faire oublier ce qu'ils sont et d'où ils viennent, ces forts en thème prompts à louer la grandeur du prolétariat bien qu'ils n'aient jamais serré la main d'un chaudronnier ni quitté le giron de l'Éducation nationale depuis la maternelle où ils étaient déjà brillants.

L'intimidation est une arme efficace, inutile de varier la tactique. Aujourd'hui par exemple il part à la cueillette du dix-huit dont il a besoin, qui ne devrait pas être trop dur à obtenir. C'est une matière en option, « Histoire du cinéma », enseignée par un vieillard de cinquante ans. Mai 68 l'a sérieusement perturbé, celui-là, et il tremble à l'idée qu'on puisse assimiler l'autorité de sa fonction à un embryon de fascisme. Il a très vite rendu les armes, admettant sous la pression du peuple que la notation, l'évaluation des étudiants et les contraintes du programme étaient d'insupportables survivances d'un système répressif sournois et mortifère. À chaque fin de trimestre, il reçoit ses étudiants un par un et négocie avec eux leur notation, indépendamment de toute considération d'ordre pédagogique, en fonction des nécessités qu'il leur demande de définir *honnêtement*. — J'ai absolument besoin d'un dix-huit. (Émoi de l'enseignant, qui s'éponge le front : les exigences des étudiants sont en général plus raisonnables et ne dépassent pas treize ou quatorze.) — Dix-huit ! Mais c'est impossible. Voyons. Destrem. S'il te plaît. — Dix-huit. J'en ai besoin, sinon mon année est perdue. Je travaille pour payer... — Je sais, je sais. Destrem. Paul. Je t'en prie. — Je travaille de nuit à décharger des camions, et vous, vous avez six mois de vacances. — Tu avoueras que ton assiduité ne justifie pas un dix-huit... — Vous voyez bien que vous y croyez, finalement, à la pertinence des notes. La fameuse moyenne à dix, c'est la ligne de chevaux de frise qui sépare le peuple des privilégiés. Vous êtes tous les mêmes. Incorrigibles. — Réfléchis, si je te mets dix-huit, je risque ma place. On me demandera des comptes. Et je ne serai plus là l'an prochain quand tu auras besoin de moi. — Allons, ne vous abaissez pas au chantage, camarade professeur. Vous valez mieux que ça. Qui sait où nous serons l'un et l'autre l'an prochain. Avec un peu de chance, notre chère Révolution... — Tu es intraitable. Tu devrais avoir honte, soupire l'enseignant en inscrivant dix-huit sur le registre.

L'université bouillonne sous les vieilles frondaisons. Ici et là, des groupes tiennent conciliabule ; certains professeurs se sentent obligés de participer aux discussions en affichant des airs absolument pas supérieurs, très intéressés vraiment par le déballage de vérités premières et d'assertions faramineuses ; d'autres se faufilent, serviette sous le bras, soucieux, furtifs.

Je suis un étranger. Le soleil badigeonne le monde d'un lavis doré, en s'attardant spécialement sur les corps des filles, un vrai supplice.

Il semblerait que l'apparition de Lena dans la vie de Paul lui ait ouvert les yeux sur les beautés de l'univers. Il se nourrit de ces visions. Le reflet satiné d'un morceau de tissu épousant la courbe d'une cuisse de Lena le rassasie pour la journée, et parfois même une partie de la nuit. Comment peuvent-elles supporter la grâce de ces poitrines, le charme intolérable de ces fesses roulant sous les tissus légers, comment peuvent-elles résister à l'attrait des miroirs, ne pas passer leurs jours et leurs nuits à contempler les fortunes qu'elles transportent partout avec elles, ce patrimoine de chair palpitante qui n'appartient qu'à elles, que personne ne peut leur voler, et qui renvoie le reste à son incurable laideur ? Comment, hein ?

Il ne sait pas quelles sont les pires, les plus torturantes, de celles qui promènent leur beauté avec une tranquille assurance de propriétaires, ou de celles qui font semblant de ne pas en être conscientes, et de ne pas percevoir le douloureux plaisir qu'elles suscitent par leur seule existence, cette jouissance atroce et délicieuse dont le caractère contemplatif contient son propre enfer. Ah, elles nous en auront fait voir ! Tellement voir, et si peu toucher.

5.

— Entre, reste pas cloué là, marmonna Salva avec un sourire en coin, car il avait tendance à s'amuser des malheurs d'autrui pour peu qu'ils fussent petits. J'allais sortir, mais viens.

Sur le seuil, Paul dégoulinait, son cheveu pendouillait, l'œil était battu, les chaussures dégorgeaient une eau sale avec un petit bruit d'éponge, et une odeur de vieux chien fourbu se dégageait de lui. Entre, hermano, pauvre chien, prends cette serviette, essuie-toi, bois un coup et raconte.

Et voilà, encore une fois Paul va plonger dans l'alcool de prune et dans le bain amer de ses souvenirs immédiats. Souvent déjà, en sortant du 34, il a erré en compagnie de Hautaine Solitude, à grands pas dans Paris, mais toujours, toujours, il a fini par botter le cul de sa vieille compagne, par l'envoyer paître en faisant de grands gestes des bras qui effrayaient les passants, et il s'est retrouvé devant la porte de Salvador comme ce soir, piteux, défait, plus ou moins mouillé, tout ça à cause de Lena, Lena, Lena.

— Vas-y, raconte. Ça me changera du poète espagnol.

— Ne dis pas de mal des poètes espagnols, ils te nourrissent.

— Des bonnets de nuit. Et les Français ne valent pas mieux, crois-moi, surtout ceux qui n'ont pas la politesse d'être trépassés. Mais il faut bien vivre, pas vrai ?

Vivre, oui, vivre, il faut bien.

Traduire, tiens, voilà une façon acceptable de subsister, se disait Paul, ce n'est pas vraiment trahir le Grand Projet. Lui-même s'accordait des licences, il faut bien vivre, appelons ça vivre, il faut bien acheter un peu d'huile et d'ail pour les pâtes, quelques tomates, du pain. Le travail précaire, temporaire ou saisonnier ne trahit pas le Grand Projet, selon la charte intime dont il se récitait de temps à autre les articles quand l'embauche menaçait.

Aucun métier n'est digne que tu lui sacrifies ta vie.

Aucun employeur n'est digne que tu lui offres ton temps.

La carrière, c'est la mort.

Les avantages acquis, un poison.

L'avancement est un piège, la hiérarchie un bagne.

Il effectuait régulièrement des remplacements de gardes-barrières : l'emploi provisoire idéal, sans risque de carrière car les passages à niveau, automatisés au fur et à mesure des départs à la retraite, bientôt n'existeraient plus ; et sans perspective d'avancement car quel patron sensé eût proposé une promotion à un type capable de rester seize heures d'affilée dans une guérite à se tourner les pouces avant de rentrer chez lui piquer un roupillon ?

Ce jour-là, donc, soir d'hiver 1973 — plusieurs mois déjà depuis la rencontre avec Lena, c'est fou comme dans les romans le temps passe vite, parfois —, Paul se retrouva à dégouliner sur le paillasson de son voisin et ami, qui le fit asseoir sur la chaise des visiteurs, la seule à disposer de ses quatre pieds, lui servit un remontant, lui essuya les cheveux à l'aide d'un torchon de cuisine, lui prépara une tartine de charcuterie franco-espagnole et s'installa dans un fauteuil pour écouter.

— Alors ?

Salvador, né dix ans avant Paul, avait déjà atteint la pleine mer de l'âge adulte, où la houle dit-on est plus ample et plus navigable. Il ne connaissait pas (et n'avait en vérité jamais connu) les affres sentimentales de Paul, cette difficulté à trouver sa place et ses gestes. Salva n'avait pas d'états d'âme : comme un faucon ou un busard, il plongeait sur la musaraigne sitôt aperçue, laquelle se laissait en général emporter sans façon. Quelle chance tu as, Salvador, tu baises et tu manges avec le même appétit, la même joie simple, vite assouvie et sans lendemain. Dis-moi comment tu fais, mon salaud. Mais en séducteur authentique, Salva se gardait de donner des conseils.

— Alors, tu accouches ?

Les premières semaines avec Lena avaient été ce qu'elles devaient être, une suite de jours et de nuits sans précédent — du moins dans l'histoire de Paul, car celle de Lena, sans doute, avait été plus riche en envols amoureux, plus consistante, plus réelle, plus joyeuse, plus Lena. Quelle fringale, mes amis ! Le pauvre garçon se traînait à ses pieds, langue pendante, hurlant à la lune quand elle n'était pas là, passant des heures à la contempler quand elle dormait, quand elle buvait un café au réveil, quand elle se lavait les cheveux, la suivant partout, capturant le moindre de ses gestes pour se le repasser en boucle durant ses longues marches.

Il ouvrait un livre, elle était là, glissée entre les feuilles, perturbant le bon déroulement du roman, jouant à sauter d'une page à l'autre comme une fée Clochette nue, dotée d'attributs sexuels immédiatement repérables et affreusement efficaces. Il téléphonait à sa tante et c'est la voix de Lena qu'il entendait. Il téléphonait à son père et, incroyable, c'est la voix de Lena qu'il entendait. Il avait changé, même les filles de la fac le sentaient, intriguées et attirées par les sourdes pulsations du rut perceptibles dans un rayon de cinq mètres autour de lui.

Mais voilà, pour Lena, ce n'était pas pareil. Elle avait des choses à faire et à penser. Elle ne vivait pas emmurée dans ses sensations et dans ses songes : elle avançait, toute en muscles, en désirs et en volonté. Paul la fascinait par la faculté qu'il avait de s'abstraire, d'être ailleurs, et par la douceur que cette étrangeté conférait à ses mouvements et à ses paroles. Elle, au contraire, avait besoin d'agir, elle allait transformer la vie avec son sourire carnassier et ses fines mains d'étrangleuse. Le 34 était son laboratoire de sorcière, le lieu où elle inventait, sans le vouloir ni le savoir ni s'en soucier, les moyens de faire souffrir l'humanité mâle en général, et Paul en très particulier.

Ah, le 34. Toutes ces idées qui passaient par là, ces remises en question, ces hypothèses, ces projets, ces manifestes ! Lena faisait partie d'un groupe de filles qui réfléchissaient à la façon de bouleverser les rapports entre les hommes et les femmes. Radicalement. Les animaux viendraient après, sans aucun doute, bientôt les chiennes conscientisées ne se laisseraient plus sauter par le premier Mirza venu. L'expérience de l'homosexualité faisait partie intégrante de la démarche, à un moment ou à un autre, c'était fatal ; elle la mit en pratique et le fit savoir à Paul, qui eut un mal terrible à comprendre ça. Longues déambulations hallucinées dans les rues poisseuses de nuit, en compagnie de Hautaine Solitude, tandis que Lena expérimentait, avec Laura, avec Delphine, qui sait, avec d'autres. Un mal de chien. Avec des hommes, aussi. Eh oui. Tout cela dans la plus parfaite transparence, mon petit Paul ; il ne s'agissait pas de reproduire les clichés répugnants de l'adultère bourgeois.

Qui sait ce qu'elle pouvait encore inventer,

rien ne l'arrêtait. Elle était, Lena, comme ses compagnes, dans la phase ascendante de l'Histoire, cette période de conquête enivrante où l'on ne regarde pas au sang versé. Le plus humiliant pour Paul était de sentir la mesquinerie de ses réactions. Sa douleur était dérisoire, elle n'était que le résidu archaïque d'une civilisation à bout de souffle, une survivance de la prépotence machiste, une abomination, un dégoût. Il aurait bien voulu sauter dans le train du bonheur postmoderne, hélas des siècles de préjugés l'en empêchaient. C'était une douleur très réelle pourtant, taraudante et vicieuse, mais tellement moche, bon Dieu, tellement misérable qu'elle en était encore plus déchirante, une douleur honteuse, imprésentable, pauvre petit Paul, une douleur à garder pour soi comme un membre difforme qu'on n'ose pas montrer, une douleur indicible sauf à Salvador.

Le 34 était le théâtre d'une assemblée générale permanente, un repaire de jeunes pirates prêts à passer à l'abordage. La société tremblait, gémissait, craquait comme une caravelle exténuée. Des 34, il y en avait cent, il y en avait mille, à Paris, à Marseille, à Lille, à Rome, à New York, à San Francisco. Paul était bien d'accord pour tout faire péter au plus vite, mais l'intendance psychique ne suivait pas. Il lui fallait Lena, Lena, elle était à lui nom de Dieu, elle est à moi, rendez-la-moi, faites la révolution sans elle par pitié, j'en ai besoin. La simple pensée de la salive de Lena se mêlant à celle d'un gauchiste libéré, de son halètement si doux s'abandonnant dans l'oreille d'un autre, de ses mains se posant, non, non, le rendait littéralement fou, et même Hautaine Solitude était incapable alors de le calmer.

De plus, son esprit caustique, sa tendance au sarcasme le faisaient mal voir de tous les Saint-Just qui tenaient le haut du pavé rhétorique. Et le merle moqueur passait parfois à deux doigts de se faire plumer par la basse-cour en colère, comme la semaine dernière, quand lors d'une discussion sur les méthodes de la révolution, l'assemblée unanime portant aux nues les vertus du comandante Che Guevara, il avait tenté de détendre l'atmosphère en rapportant l'observation du grand bourgeois Malraux : « Les intellectuels sont comme les femmes : les militaires les font rêver », ce qui avait eu pour effet immédiat de retourner violemment contre lui les femmes et les intellectuels présents, c'est-à-dire tout le monde sans exception — même Lena qui n'avait pas ri et l'avait chassé de son lit pour la nuit : sors de ce jardin, tu vivras désormais de chasse et de pêche.

Pourtant, comme eux, il était contre : contre My Lai, contre Amin Dada, contre Disneyland, contre l'extension du camp du Larzac, contre l'inculpation de Sartre accusé de diffamation envers la police, contre Pompidou qui avait gracié Touvier, contre l'interdiction de l'avortement, contre Bokassa dont le trône avait été sculpté par un artiste français et le sacre financé par la Coopération française, contre Somoza qui après le tremblement de terre avait accaparé pour sa famille l'aide internationale, contre « Laissez-les vivre », contre l'ouverture prévue du premier McDonald's de France, contre Marcellin et ses grosses matraques, contre l'atrocité de Munich (mais tous n'étaient pas contre), contre le militarisme (mais certains rêvaient d'armer, et bien sûr de diriger, des bataillons de soldats du peuple), contre l'ennui établi ; il était désespérément contre Pinochet, il était prêt à être contre Videla, contre Mengistu, bref contre la mort (mais tous n'étaient pas contre).

Cependant formuler tout cela le fatiguait, il ne voulait pas poser de mots sur le malheur du monde qui s'enfonçait en lui comme un coin. Il était contre, vraiment, sincèrement, totalement et sans chipotage, même beaucoup plus contre qu'eux, c'est pourquoi il ne ratait jamais une occasion d'exprimer à coups de piques narquoises certaines divergences sur ces petits détails qui font les grandes différences : ainsi il était contre Mao, contre Lénine, contre Trotski, contre les soviets, contre les pèlerinages à Katmandou, contre le communisme Viêt-cong, contre les sabots en cuir, contre les steaks de soja et les diètes à l'eau minérale, contre le centralisme démocratique, contre le folklore sinistre des tribunaux populaires institués dans les mines du Nord avec le soutien de penseurs éminents, contre Fidel, contre Baader-Meinhof, et même, même, pauvre de lui, contre l'écœurante liberté des petits chieurs de Summerhill. Malgré tout, malgré les désaccords, les engueulades et les excommunications, le socle d'entente était plutôt solide ; de là à accepter toutefois que Lena couche avec cette vermine de David, avec cette commissaire du peuple en puissance qu'était Jacqueline ou avec ce perroquet savant de Michel, il y avait tout de même une marge, non ?

— Oh mais dis donc. Cette fois, ça a l'air grave.

C'est peut-être grave, oui, Salvador, c'est sans doute grave. Paul commence à parler. De temps à autre il marque une longue pause, à se demander s'il va reprendre son récit, heureusement la prune maison dégrippe les phrases rouillées. Cela commence comme une histoire habituelle. Paul a passé la journée au 34 à tirer des tracts sur la ronéo installée à la cave, une superbe machine qu'un commando a volée de nuit dans les locaux de la CGT. Paul aime les tâches subalternes, elles évitent d'avoir à parler. Il ne se passe pas une semaine sans qu'un tract ou deux ne s'envolent du 34 en direction des masses avides d'informations et de pensées agitées. Aujourd'hui, c'est la reprise et le commentaire d'un texte publié par trois cent trente et un médecins, qui déclarent pratiquer des avortements ou aider à ce qu'ils soient réalisés en dehors de tout trafic financier, et s'engagent à répondre de leur action devant la justice, le conseil de l'Ordre et l'opinion publique. Florence, qui a terminé ses études de médecine en juin et exerce dans un dispensaire de la rue Octave-Mirbeau, a convoqué dans l'après-midi une cellule de crise pour rédiger le tract, appelant à une remise en cause du savoir médical. La question est posée : Pourquoi laisser aux médecins le monopole du diagnostic et du traitement ? En matière d'avortement, pourquoi la méthode Karman par aspiration, simple et sans risques, ne pourrait-elle être pratiquée par des non-médecins ? Reprenons possession de nos corps, propose le texte avec un enthousiasme jovial. Paul n'a pas très envie de posséder son corps, il préférerait si possible celui de Lena, mais il fait tourner la machine, se laisse bercer par son cliquetis imperturbable, imprime mille exemplaires avec le même stencil qui ne cesse de se déchirer, et il est prêt à aller distribuer la bonne parole à la sortie des crèches et des usines, pour peu que Lena l'accompagne.

Quand il remonte de la cave avec sa ramette imprimée, il tombe sur un de ces pow-wow qui ponctuent la vie de la tribu. Une quinzaine de personnes, le noyau dur du 34 et quelques pièces rapportées, discutent âprement de jouissance, de grossesse, de contraception, d'avortement ; on imagine des actions plus ou moins violentes, plus ou moins légales, plus ou moins radicales, plus ou moins spectaculaires ; on parle santé dans une atmosphère saturée de fumée, en buvant des bières. Ils sont assis par terre, allongés sur les vieux tapis, pressés les uns contre les autres, et braillent comme des nouveau-nés.

Il y a de vrais enfants, aussi. Par bonheur ils ne sont que deux. Vladimir et Rosa. Vladimir à cause de, oui, et Rosa à cause de, exactement. Deux copains d'une autre communauté ont bien appelé leur fils Mao, alors va pour Lénine et Luxemburg. Vladimir et Rosa, cinq et six ans, ont le droit de sauter à pieds joints sur les poufs, de courir en criant pendant que les adultes parlent, de jouer à la marelle dans le salon, de se servir dans le frigo quand ils ont faim (mais après, s'ils ne mangent pas à table, on leur rappelle le sort des petits Vietnamiens qui aimeraient bien, eux, avoir une assiette pleine). L'institutrice de Vladimir, lors de la rentrée en maternelle en septembre, a été prévenue qu'il risquait d'être absent souvent, car ses parents ne sont pas serviles au point de caler leurs vacances sur les vacances scolaires. Le jour de la rentrée, Emmanuel a pris Vladimir dans ses bras en pleurant : ce pauvre enfant allait être embrigadé dans l'appareil idéologique d'État. Libres enfants du 34, Vladimir et Rosa devraient être satisfaits de leur sort, mais figurez-vous qu'ils préféreraient en réalité manger et se coucher à heures fixes, ne pas voir leurs parents se balader à poil en public, ne pas trouver un soir sur deux des adultes couchés dans leurs lits, ils aimeraient qu'on leur raconte des récits de princes et de sorcières plutôt que les sempiternelles histoires de Giscard et de Pompidou, de Lénine et d'Enver Hodja, de Charonne et de Soweto, bref, c'est terrible à dire, Rosa et Vladimir sont des bourgeois dans l'âme. En ce moment, ils piaillent et se chamaillent en espérant vaguement qu'un adulte leur botte les fesses et les envoie dans leur chambre, mais c'est un espoir vain : on dirait qu'ils n'existent pas. Leurs parents coulent de temps à autre un regard attendri sur eux, tandis que les marmots s'arrachent les cheveux et se mordent jusqu'au sang, mais très vite le regard glisse et se perd ; quant aux autres adultes, ils se contentent de les repousser de la main lorsqu'ils se font un peu trop envahissants, comme on écarte sans y penser un animal domestique. Leur mère, Brigitte, est éducatrice dans une institution de lointaine banlieue. Le frère et la sœur n'ont pas le même père, mais cela ne pose aucun problème. Les deux pères, Thierry et Jean-Marc, vivent au 34 en parfaite entente jusqu'à présent, et partagent alternativement le lit de Brigitte. Trop occupés à favoriser l'avènement de la dictature du prolétariat international, ils s'entendent surtout pour ne pas assumer le moindre soupçon d'autorité sur leur progéniture.

Tout se passe comme d'habitude, raconte Paul à Salvador : un joint circule, on n'entend rien, Jef se marre, Emmanuel compte les points, José passe les mains dans sa chevelure huilée, Delphine lève le bras comme à l'école pour prendre la parole, Barbara ne finit aucune de ses phrases, Florence prend des notes, Renaud pontifie, et Lena, Lena, crois-moi si tu veux, Lena est assise entre les jambes d'un gars qui, je te jure, Salva, c'est la première chose que j'ai vue en entrant, lui tripote les seins. Je te jure. Il est assis derrière elle, un inconnu, plus âgé que nous, elle entre ses jambes, comme je te le dis. Et tu sais quoi? Quand je suis entré, elle m'a souri. Sans blague, elle m'a souri. Comme si de rien n'était.

— Le type a continué? s'intéresse Salva.

— Non, elle s'est dégagée sans hâte, elle s'est juste penchée un peu en avant pour qu'il arrête.

Salvador veut bien compatir, mais tout de même, se mettre dans un tel état pour un petit pelotage entre copains, de nos jours, hein.

Justement, ce n'est pas tout. Long silence de Paul. Crache le morceau, va. Dis ce que tu as entendu. Dis ce qui te ronge le foie. Répète la phrase que Lena a prononcée à un moment dans le feu d'une discussion où chacun, tour à tour, tendait à s'impliquer de façon plus personnelle et intime. Répète ces mots incroyables qui t'ont fait vaciller, lâcher presque la ramette que tu tenais contre ta poitrine, chercher un appui contre la cloison. On parlait de sexualité, encore une fois, on évoquait le tract du docteur Carpentier qui avait jeté l'émoi dans les collèges de jeunes filles et dans les couloirs des ministères, on évoquait le procès de Bobigny, on parlait de la liberté pour chaque femme de choisir de faire un enfant seule, on touillait gravement la sempiternelle marmite de mots, de rêves et de mauvaise foi, et c'est là que Lena a dit, tiens-toi bien, c'est là que Lena a dit, en me regardant droit dans les yeux, tu ne vas pas y croire, Salva, moi non plus je n'y ai pas cru, c'est là qu'elle a dit calmement et tout le monde écoutait et tout le monde ensuite m'a regardé, moi, et puis elle, et puis moi, dans un mouvement de surprise incrédule, c'est là qu'elle a dit : « Les généralités ne valent rien. Chacun réagit comme il peut. Moi, par exemple, je suis enceinte et je n'ai pas encore décidé ce que je vais faire. »

— Alors là, dit Salva pour une fois un peu décontenancé, je me demande si la prune va suffire.

6.

Le Breton avait un plan pour éviter les embouteillages : à hauteur des Ulis on quitterait l'A10 vers Saclay et Meudon, pour obliquer à droite avant Boulogne en suivant la Seine. Ensuite, avenue de Versailles, avenue du Président-Kennedy, traversée du fleuve à Bir-Hakeim jusqu'au boulevard de Grenelle où ils avaient rendez-vous avec l'Avocat à son domicile. Là, des consignes seraient données pour la suite de l'opération.

L'Auvergnat boudait : le Breton, avec qui il se trouvait dans la DS, lui avait interdit de chanter en conduisant. Il adorait chanter en conduisant. Dans la camionnette, juste derrière eux, le Hongrois somnolait, le Polonais au volant grillait gauloise sur gauloise. Les deux véhicules roulaient à une allure très modérée pour éviter toute contrariété du destin.

L'Avocat avait exigé ce passage par Paris, bien que ce ne fût pas la destination finale de l'expédition, malgré les protestations du Breton selon qui le détour par la capitale multipliait les risques. On ne sait jamais ce qui peut arriver dans une métropole grouillante de métèques, de journalistes, d'individus louches rendus fous par la promiscuité et par les tentations. Mais le commanditaire était resté ferme : il vérifierait ainsi la bonne marche de l'opération; il donnerait les consignes pour l'étape suivante en fonction de la conjoncture. Il ne pouvait pas quitter la capitale. Il était un personnage important et observé, il plaidait devant des salles pleines, on se déplaçait pour l'entendre comme on allait à l'Opéra. Seul le Breton connaissait le rôle de l'Avocat dans l'affaire, et il avait juré en cas de malheur de ne jamais lâcher son nom, même sous la torture. Si la police l'arrêtait, il aurait de toute façon besoin d'un avocat, et l'autre lui avait affirmé qu'il serait là pour le défendre. Vous pouvez me faire confiance, mon vieux, allons donc. Le Breton n'était pas du genre confiant, et les grands bourgeois parisiens lui gonflaient à vrai dire sérieusement les couilles, mais il plaçait l'obéissance en tête du palmarès des vertus et se comporterait quoi qu'il arrive en fidèle poilu, lui qui restait hanté par le regret de n'avoir pas eu l'occasion de prouver sa bravoure à la guerre.

À l'heure dite, le Breton se trouvait devant l'immeuble de l'Avocat. Il avait laissé les trois autres dans une brasserie sur les quais, et avait pris en charge l'Estafette. L'équipe ne devait connaître ni l'adresse ni le visage du commanditaire. Il appuya sur la sonnette en laiton, tout en gardant un œil sur la camionnette qu'il avait garée en double file, et l'interphone lui renvoya un jappement bref. Rendez-vous au sous-sol.

Le véhicule s'engagea sur la rampe menant au parking souterrain. Il y était attendu par un groupe de jeunes gens athlétiques en blousons et vestes de cuir. On le guida jusqu'aux box privés de l'Avocat. C'est là que le grand homme les rejoignit quelques minutes plus tard.

L'Estafette paraissait miteuse, garée entre une Versailles noire aux chromes rutilants et une PL17 bleu pétrole. L'Avocat ouvrit lui-même les vantaux arrière de la camionnette, fit retirer la bâche qui recouvrait le cercueil et se recueillit en silence, après avoir vérifié l'identité du défunt sur la plaque en cuivre. D'un regard sévère, il intima à l'assistance l'ordre de respecter la solennité de l'instant, à peine altérée par la laideur du décor de béton qui grelottait dans la lueur de quelques néons. Puis l'Avocat félicita le Breton, sous le commandement duquel la première équipe avait mené l'affaire avec une rigueur quasi militaire.

— Votre mission n'est pas terminée, ajouta-t-il.

Il prit le Breton par le bras et l'entraîna vers un Tube Citroën rangé un peu plus loin. À l'intérieur, un cercueil en tout point identique à celui qu'ils étaient allés dérober, jusqu'à la plaque de cuivre et à la croix de bois sombre.

— Vous retournez à l'île d'Yeu, vous le mettez à la place de l'autre. En cas de contrôle, la présence de la bière suffira, je doute qu'ils aillent jusqu'à faire sauter les scellés pour vérifier que le corps se trouve bien à l'intérieur. Celui-ci contient quelques sacs de sable. Si vous vous montrez aussi efficace qu'à l'aller, personne ne s'apercevra jamais de la substitution.

— Je pensais diriger la mission jusqu'au bout. Qui va se charger du vrai cercueil ? interrogea le Breton, qui fulminait intérieurement et serrait les poings dans les poches de son pardessus.

L'Avocat lui mit la main sur l'épaule.

— Ce désir d'engagement vous honore. Je ne doute ni de vos convictions ni de vos compétences. Mais il faut donner des responsabilités à la jeune garde. Leur confier cette mission, c'est prendre une assurance sur notre avenir.

L'Avocat avait toujours adoré ce genre de phrases, et il mettait le ton. Suivirent quelques considérations remarquables sur le sang neuf, l'énergie vitale, la jeunesse, le devoir accompli. Le Breton ne répondit rien. Il jeta un œil vers les jeunes gens en blousons de cuir. Deux d'entre eux étaient nonchalamment appuyés, bras croisés, contre les portes de l'Estafette. Les autres faisaient les cent pas, mains dans les poches. On ne lui ferait pas croire que ces blancs-becs étaient mieux à même que lui d'amener la dépouille à destination, ni qu'ils étaient davantage que lui l'avenir de la France. Il avait pensé cette mission dans son moindre détail, en véritable homme d'action, il avait recruté l'équipe, il avait mené à bien sans accroc la première partie du plan, et voilà qu'un planqué de haute futaie le dessaisissait sans motif de l'affaire, un de ces brillants bavards qui de tout temps ont été la plaie des nations. La perspective de faire le voyage en sens inverse en compagnie des trois autres et d'un cercueil vide constituait une humiliation, un déni de sa bravoure. Mais, comme le disait le Duce en des temps moins boueux, ce n'est qu'en éprouvant l'orgueil humble mais sacré d'obéir que l'on conquiert le droit de commander ensuite.

L'Avocat lui tapota l'épaule :

— Et toujours discrétion absolue, n'est-ce pas. Nous comptons sur vous.

Le Breton fulminant grimpa dans le Tube Citroën sans saluer l'équipe remplaçante et quitta le sous-sol. Il rejoignit les trois autres sur le quai et laissa le volant à l'Auvergnat. Lui-même voyagerait dans la DS conduite par le Polonais, lequel comprit très vite qu'il ne pourrait ni parler ni fumer. L'Auvergnat chanteur de son côté se frottait les mains : il allait gratifier le Hongrois somnolent d'un authentique récital.

L'Estafette chargée du cercueil authentique sortit du parking souterrain peu de temps après le départ du Breton. Le jeune chef avait pris place à l'avant avec le conducteur. Les quatre autres garçons tenaient compagnie au défunt derrière, et dans les à-coups de la circulation se cramponnaient au cercueil, car malgré les consignes la conduite s'avérait sportive.

L'erreur, incontestablement, fut de prendre par le Champ-de-Mars, mais comment aurait-on pu s'attendre à un tel attroupement? À moins d'avoir lu les journaux, bien sûr, ce que les jeunes gens athlétiques faisaient trop rarement.

7.

Alors Lena s'est levée, elle s'est dirigée vers lui, l'a pris par la taille et l'a entraîné dans l'escalier vers sa chambre, Lena a fermé la porte à clé car elle sait qu'il a horreur des visites inopinées quand ils sont ensemble, et, tandis que progressivement le niveau sonore remontait dans la pièce du bas, Lena a ôté le pull-over de Paul, elle a patiemment déboutonné sa chemise, dégrafé sa ceinture, tout cela avec des gestes sinueux et presque invisibles tandis que ses propres vêtements s'évaporaient d'eux-mêmes un à un. Bientôt leurs corps serrés l'un contre l'autre, bientôt la peau de Lena qui l'enveloppait tout entier comme un linge tiède, bientôt les lèvres de Lena contre son cou qui répétaient inlassablement son prénom, bientôt il entrait en elle comme on entre chez soi, avec une joie calme faite d'abandon, de soulagement et d'oubli.

Ensuite, ensuite, il a bien fallu parler. Paul et Lena ont parlé, adossés au mur recouvert d'un tissu indien, épaule contre épaule, jambes couvertes d'un fouillis de draps et de couvertures, cigarettes aux doigts.

— Elles vont trop vite, Salva, elles nous dépassent, elles sont loin devant, nous n'avons pas assez de force, elles sont jeunes et nous sommes vieux.

Salvador lève les yeux au ciel.

— Je me suis mis en colère, Salva, comme un vieillard qui sent qu'on l'abandonne, comme un enfant qui veut qu'on laisse la lumière allumée, et elle ne s'est pas moquée de moi, elle m'a répondu posément, en me caressant la poitrine, tu vois, elle m'a répondu que non, en effet, elle ne savait pas exactement de qui était l'enfant. Excuse-moi, Paul, je suis un peu dispersée, parfois je le regrette, mais il ne faut pas que cela te mette en colère car je suis sûre d'une chose, je suis sûre que si je le garde, c'est toi qui seras le père.

— Cette assurance, tu te rends compte. Mon avis, aucune importance. Tu seras le père. Pourquoi pas un autre ? Pourquoi pas cette petite ordure de Michel qui se prend pour Lénine, toujours prêt à sauter dans un wagon plombé pour rejoindre la mère Russie, ou ce crétin fini de David qui vendrait sa sœur pour une barrette de hasch ? J'ai décidé, je décide, je déciderai. Tiens, puisque tu as les mains vides, prends donc le gamin qui est sur la commode, il est pour toi. Mais je n'en veux pas, moi, de ce morveux, je n'en ai jamais voulu ! Fabriquer un petit zombie salarié, un futur guerrier de l'Occident chrétien, un sous-chef de bureau, un larbin de la modernité technologique ? Tu me vois plonger un innocent dans cet innommable merdier ? Oh, ça va, ne me regarde pas comme ça, tu t'es bien gardé d'en faire, en attendant. Et puis j'ai à peine commencé à vivre, moi. Elle qui prétend avoir oublié sa pilule, tu parles. Elles sont comme ça, désormais, Salva, elles se regardent dans la glace, elles se disent tiens, il est temps que je me fasse un enfant, et voilà, tu es foutu. Elles ont les moyens de choisir. Il n'y en a que pour elles. Et notre liberté à nous ? Notre liberté à nous, Salva ? Le droit de dire non, de disposer de nos corps, il ne s'applique pas à nous ? Ce qui est en train de se passer est terrible, mon vieux, tu peux rigoler, elles vont nous enterrer vivants, c'est un pur et simple génocide.

— Je vois, dit Salvador. Et qu'est-ce que tu lui as répondu ? Je suppose que quand elle t'a annoncé que tu serais le père, tu lui as parlé de l'innommable merdier, des zombies, du génocide. Tu lui as dit moi jamais.

— Je lui ai dit que j'étais d'accord, avoue Paul en baissant la tête.

Mais oui, c'est absolument exact. Il a dit ça.

Salvador estime que la prune peut finalement fournir une aide appréciable en attendant de trouver un vrai remède. Il remplit deux verres Duralex à ras bord. D'ailleurs, tiens, le remède, il le connaît. Il avait prévu de sortir, il va donc emmener ce jeune homme avec lui prendre l'air, éventuellement quelques coups, de quoi lu remettre les idées en place. Avale-moi ça et mets ton manteau. Prends également ceci, camarade. Et Salva lui fourre dans les poches un citron et un flacon de collyre, c'est pour les gaz lacrymogènes, petit, tu ne regretteras pas, et prends ce foulard aussi. Tu as une carte d'identité ? Un peu d'argent ? Au cas où tu te ferais arrêter. Paul trouve que Salva en rajoute. L'autre est sérieux comme un pape. Il sort d'un coffre deux protège-tibias et une coquille, qu'il repose finalement. On ne part pas pour le Chemin des Dames, tout de même. Un peu plus tard ils se retrouvent dans le métro, direction Pont-de-Sèvres, on descend à Trocadéro et on fait le reste à pied, l'air frais te fera le plus grand bien.

Salvador parlait, mais Paul ne l'écoutait pas, il était question de manifestation, de Larzac, de moutons et de soldats, Paul n'écoutait pas, il ne pouvait pas poser les yeux sur quoi que ce fût qui ne lui rappelât pas Lena, la trahison de Lena, cet odieux amour de Lena, elle était partout, partout, et le regard de Paul tentait de trouver une issue comme un animal au piège sans pouvoir rester en place, rebondissant d'un objet à l'autre. Les mains de cette femme, là, qui lisait *Marie-Claire*, c'étaient les mains de Lena et aussitôt il les voyait quitter la couverture de papier glacé, il les voyait courir sur une peau nue ; et ce parfum de cèdre ou de santal provenant de la nuque d'une étudiante près de lui, agrippée au poteau chromé, ce parfum, c'était, oui. Et cette écharpe au cou du petit vieux assis sur un strapontin, quelle bêtise, cette affreuse écharpe de laine lui rappelait le vieux pull que Lena portait à même la peau quand elle peignait, informe et délavé : un habit de reine. Autarcie ! Autarcie ! criait une voix en lui. Il faudrait pouvoir vivre seul, totalement et définitivement, ne rien espérer d'autrui, sans amis pour vous décevoir, sans amours pour vous déchirer, une vie face à soi, à contempler la mort qui vient, que demander de plus. La vraie vie. Ni Dieu ni maîtresse.

L'alcool traçait une colonne brûlante à l'intérieur de son thorax. Un vent glacial soufflait sur les marches du Trocadéro quand ils les descendirent en direction de la Seine, à décorner tous les boucs de la Cavalerie et de la Blaquière réunis. La tour Eiffel éventrait une ouate grisâtre, des péniches accablées ahanaient sur le fleuve gélatineux ; l'une d'entre elles, comme prise de remords, tentait d'effectuer un demi-tour ; bon Dieu que ce monde est moche, qu'il est froid. Des pigeons engourdis se prenaient dans leurs pieds, qu'est-ce que je fais là, Salva, qu'est-ce que je fais là ? Et Salvador parlait, sautillant d'une marche à l'autre, c'était merveille de voir ce grand corps indifférent à la bise descendre au combat avec tant joyeuse insouciance. Car on allait au combat. Les berges et tout le pourtour du Champ-de-Mars étaient encombrés de cars bleus qui vomissaient des meutes de policiers casqués.

La circulation avait été interrompue sur les quais et dans les allées, des embouteillages se formaient d'où montait la lamentation entêtée des klaxons. Salvador entraîna Paul dans la foule compacte des manifestants qui encombraient le pont d'Iéna. Ils parvinrent à progresser en direction du Champ-de-Mars, dans une cacophonie de slogans optimistes, d'avertisseurs furieux et de bêlements, car les brebis du Larzac étaient de la fête, et promenaient leur innocence au lourd parfum entre les grosses pattes de la tour. Quelques tracteurs Massey Ferguson ou John Deere ajoutaient çà et là des touches de rouge ou de vert, des ballons multicolores étaient engloutis par le smog, la jeunesse de France s'énervait. Certains avaient parcouru à pied les 710 kilomètres qui séparaient le Causse de la capitale, sans avoir l'air fatigué pour autant.

Qu'est-ce que je fais là ? Cette question, Paul Destrem se la posait si souvent, en tout lieu et en toute occasion, qu'il ne s'agissait plus d'une question, mais d'un hochet mental constamment agité, avec sur lui le même effet que le mouchoir de petite enfance jamais rapiécé ni lavé, à l'odeur et au toucher apaisants. Qu'est-ce que je fais là ? Je suis là parce que mon ami Salva m'y a traîné. Je suis là parce que je préfère finalement les brebis aux chars d'assaut (même si dans le fond je n'éprouve d'affection ni pour les unes ni pour les autres). Je suis là parce que je suis pour, parce que je suis contre, et surtout parce qu'on est aussi bien à se geler ici qu'à se morfondre là-bas en attendant Lena.

La foule était traversée de houles contraires,

accompagnées de rumeurs divagantes : attention ils sont en train de charger / inutile ils ont coupé tous les accès / ils ont balancé des fumigènes / il faut sauver les moutons / *farem tot petar* / ouvrons une brèche avec les tracteurs / tous à l'Élysée / tous à Matignon / au Palais-Bourbon / nous ne bougerons pas. Cependant rien ne se décidait vraiment, les appels martiaux se mêlaient aux plaisanteries, des litrons circulaient, les banderoles faseyaient au vent mou, droits comme des menhirs les cent trois paysans qui avaient juré par écrit de ne quitter leur causse que les pieds devant répondaient aux questions des journalistes, et les brebis gambadaient tant bien que mal dans l'espace encombré. Finalement, ce n'était peut-être pas encore la guerre. Quelques mois plus tôt, les obsèques de Pierre Overney avaient donné lieu à une manifestation gigantesque, plus de deux cent mille personnes, parmi lesquelles Paul et Salvador — Salva le visage baigné de larmes, c'est son côté espagnol, entonnant avec les autres les chants de deuil, *Adieu camarade, adieu noble cœur...* Paul poings fermés dans les poches sans fond de son vieux caban, tête baissée sous le poids de questions trop lourdes et le vague, entêtant sentiment d'imposture.

L'atmosphère était bien différente aujourd'hui, Sartre n'était pas venu, ni Foucault, et personne ne pleurait hormis Paul, lequel venait discrètement d'écraser une larme. Pas pour la Cause du Causse, non, ni les lacrymogènes, juste une insidieuse réminiscence provoquée par la vision fulgurante d'une jeune fille à quelques mètres de là qui l'avait perforé bêtement — il avait cru reconnaître Lena, avant de s'apercevoir quelques secondes plus tard que ce n'était pas elle.

8.

— On fait quoi, là, répétait inlassablement le chauffeur tandis que le chef de l'expédition, Rémi V., assis en travers sur le siège du passager, mâchoires serrées, martelait le tableau de bord de son poing fermé. Non mais on fait quoi ?

L'Estafette était bel et bien coincée. Impossible de se dégager, même en montant sur le trottoir, à moins d'écraser un certain nombre de ces marionnettes vêtues de manteaux afghans ou de vestes de bergers, coiffées de bonnets ridicules ou de bérets frappés d'une étoile. Ces loques, ces parasites. Filles et garçons impossibles à distinguer, tous poilus comme des chèvres, braillards comme des nourrissons : la voilà, la France. Les jeunes gens athlétiques, s'ils n'avaient pas été en mission, se seraient fait un plaisir d'ouvrir un chemin à l'aide des chaînes de vélos et des nunchakus, tonfas, bokens qu'ils tenaient en réserve dans un sac rangé à l'arrière, sous le cercueil. Mais discrétion absolue, telle était la consigne, l'Avocat l'avait assez répété. Rémi V. avait du mal à retenir ses compagnons. Qui a eu l'idée de passer par là ? Il était aussi jeune qu'eux, aussi bouillant d'ardeur. Il n'aurait pas fallu trop le pousser, tout de même : certains slogans qu'il entendait portaient directement atteinte à l'honneur des soldats, et même parfois à celui de leurs mères.

— Alors on avance, on recule ? On fait quoi ?

Voilà la France, la France de Clovis, de Napoléon, de Jeanne d'Arc, d'Hubert Bonisseur de la Bath, la France des cathédrales et des Croix-de-Feu, la France immobilisée, humiliée, salie, traînée dans la boue et les excréments de moutons, et nous dans cette camionnette, incapables de faire un geste pour la relever. À l'arrière, assis sur le cercueil bâché, les garçons rongeaient leur frein. La foule des manifestants ruisselait maintenant entre les voitures encalminées, elle s'écoulait le long de la carrosserie avec un bruit liquide, de temps à autre un poing ou une paume martelait la ferraille au rythme des slogans. Ce n'est qu'un début. Si ce n'est qu'un début, on se demande ce qui nous attend après. La patience des jeunes athlètes était près du bout, surtout celle du chef qui, à travers le pare-brise, pouvait contempler comme dans un aquarium le défilé des trognes en friche. Ils prétendent refaire l'humanité à leur image, Sainte Vierge, aidez-nous.

Les hommes des Compagnies républicaines de sécurité, casqués, bottés, sanglés dans leurs uniformes bleu sombre, protégés derrière leurs boucliers, mains serrées sur les redoutables bidules, avaient pris place aux entrées des rues adjacentes. L'esplanade était bouclée sur le côté est, de façon à éviter tout débordement en direction des ministères. Les forces de l'ordre faisaient en sorte que la manifestation se dilue sur les quais, et que les bestioles ne viennent pas conchier le Palais-Bourbon. Cependant les manifestants ne montraient aucune envie de se diluer. Certains s'étaient grimés pour l'occasion à la façon des Cherokees. Des percussionnistes s'en donnaient à cœur joie sur des djembés de fortune ou sur des tambourins. Une banderole ondoyait dans la mélopée dissonante des trompettes et des clairons — *Des moutons, pas de canons !* —, un joyeux poivrot bramait en tendant vers le ciel un gobelet de rouge — *Des canons, pas de canons !* Une brebis promenait tristement une affiche fixée sur sa toison précisant qu'elle ne serait jamais une fille à soldats. On dansait, on chantait sous l'indulgente houlette de la bergère tour Eiffel.

Jamais Paul n'aurait chanté, encore moins dansé, au milieu d'une foule. Paul ne chantait que lors de ses gyrovagations nocturnes en compagnie de Hautaine Solitude, il chantait alors à voix forte, et puisait un plaisir amer dans la fuite des passants à son approche. Pourquoi cette vitre entre moi et le monde ? Pourquoi ne pas rejoindre ces filles qui se déhanchent en riant ? Qu'auras-tu choisi, dans le fond ? Qu'auras-tu choisi dans ta vie ? Même Lena, tu ne l'as pas choisie. Et ne parlons pas de cette chose qui pousse dans son ventre — rien que cette idée provoquait un vertige —, Paul vacilla, ferma les yeux, appuya sa main sur l'épaule de Salvador, mais ce n'était pas l'épaule de Salvador.

L'Espagnol se trouvait à cent mètres de là, il se faufilait comme un gros poisson de roche entre les voitures et dans les rangs des protestataires. Son quintal glissait à l'aise dans le flux général, qui insensiblement l'éloignait de Paul. C'est ainsi qu'il se retrouva dans l'avenue de Sacy à jouer du tam-tam sur les capots des voitures immobilisées, propriétaires hilares ou furieux, c'était selon. La petite femme replète, là, dans sa Simca 1100, par exemple, semblait aux anges. Elle accompagnait de la voix et des mains les démonstrations sonores, souriait aux plaisanteries des uns, faisait mine d'être choquée par les déclarations des autres. Une bonne cliente. Les occupants de l'Estafette Renault, en revanche, des jeunes gens aux cheveux courts, blousons et gants de cuir, non, ceux-là, décidément non. D'ailleurs, se dit Salvador, je connais cette tête. Il resta en arrêt, incrédule, les yeux fixés sur le type de la camionnette qui, de toute évidence, aurait préféré être ailleurs. Incroyable : ils s'étaient déjà trouvés face à face, en d'autres circonstances. Ce fils de famille était de toutes les bonnes occasions, de toutes les réunions du Front national et du GUD, de toutes les bagarres à la sortie de la faculté d'Assas, toujours prêt à en découdre, à défendre avec ses amis gros bras et grandes gueules la renaissance du patriotisme, la hiérarchie des valeurs, la restauration familiale ; une tête de futur barbouze. J'ignore ce qu'il fait ici, mais il n'est pas venu défendre les brebis du Larzac : ce garçon prépare un mauvais coup.

Ce qui se passe ensuite est difficile à décrire, car soudain ce coin de Paris, déjà passablement confus, semble visité par un typhon dont l'œil est fixé sur une camionnette Renault de couleur beige sale. Tout autour, en un mouvement plus ou moins circulaire, des personnages aux vêtements colorés, aux cheveux en bataille ont entamé une danse de guerre, alertés par les cris de Salva. On ouvre les portières, on tente d'extraire le chauffeur et son passager pour leur demander dans le langage des mains les raisons de leur présence en ces lieux. L'opération est compliquée par la découverte inattendue de renforts à l'intérieur même du véhicule. Quatre gaillards puissamment bâtis surgissent par l'arrière, tonfas au clair, dans la plus pure tradition des cadets de Saint-Cyr, déterminés à vendre chèrement leur peau face à un ennemi supérieur en nombre. Dès lors le tableau prend des allures cubistes à la André Lhote, il serait vain de tenter d'en rendre compte avec les outils de la peinture figurative.

Paul pendant ce temps se laissait digérer par la masse active de la foule qui le malaxait, l'enduisait de sucs sonores, le pressait, le propulsait un instant pour, l'instant d'après, le retenir et le ruminer encore un peu. À un moment, bien malgré lui, semble-t-il, il se retrouva au centre d'un cercle de jeunes femmes qui chantaient en sautant sur place à pieds joints. Comme les filles avaient changé! À vingt ans et des poussières Paul se souvenait du temps d'avant comme d'un passé lointain, nimbé de lumière grise, à l'odeur immuable et triste d'encaustique et de savon. Avant, les filles ne sautaient pas en l'air comme des bouchons de champagne, elles ne riaient pas en pleine rue à gorge déployée, avant les filles rosissaient en tirant jusqu'aux genoux leurs jupes écossaises, elles circulaient sur la voie publique avec des amies qu'elles tenaient par le bras en gloussant derrière leurs mains. Un grand pas avait été fait indéniablement vers l'avenir radieux, mais la moitié de l'humanité avait été oubliée en route.

Il était pris au piège. Maintenant les filles entamaient une manière de carmagnole autour de lui, sans le son du canon mais dans d'abondants effluves de musc et de patchouli, elles resserraient le cercle autour de leur proie. Puis, sans doute impressionnées par le visage ténébreux de Paul qui ne laissait percer aucune expression déchiffrable, elles rompirent le cercle pour partir en farandole. L'une d'elles saisit la main du garçon, qui se laissa entraîner. Perchée sur un croisillon de ferraille à mi-hauteur d'un pilier de la tour, Hautaine Solitude contemplait la scène avec mépris.

Là-bas cependant, un vrai choc de cultures. Côté brebis, les combattants compensaient leur manque d'expérience pugilistique par l'enthousiasme des novices. Les armes des jeunes gens vêtus de cuir ne leur étaient pas d'une grande utilité, faute d'espace pour les déployer. Leurs coups de poing, de pied, de tête, leurs manchettes véloces créaient force désolation dans les rangs adverses. À preuve cette sauvageonne qui faisait ses universités dans une communauté de Ménilmontant : elle avait saisi le mollet d'un ennemi au moment où la pointe de son soulier venait d'atteindre un plexus rival et y avait planté ses dents. Décontenancé par cette prise déloyale, le propriétaire poussait des cris de goret tout en assurant son équilibre en faisant tournoyer ses bras comme les pales d'un hélicoptère sur les crânes avoisinants. Les visages se coloraient de violet et de rouge sous l'averse de gnons, et Salvador, dans cette mêlée, donnait le meilleur de lui-même. Ses parents auraient été fiers du petit.

Manquaient de vrais professionnels de la torgnole. Tels des requins attirés par l'odeur du sang, les CRS encerclèrent bientôt le groupe de furieux et entreprirent de distribuer avec impartialité les coups de matraque. Les uns cognaient, les autres exfiltraient un par un les combattants en les traînant par les cheveux ou par les pieds en direction d'un des paniers à salade stationnés un peu plus loin. Les jeunes gens vêtus de cuir avaient beau expliquer aux policiers qu'ils étaient du bon côté, rien ne pouvait entraver la marche triomphale de l'Ordre, qui est sourd de naissance, et ils furent évacués comme les autres. Salvador, pour sa part, s'employait avec quelque succès à sauver les manifestants qui s'étaient laissé prendre et à les arracher aux mains des policiers. Le calme revint enfin sur le champ de bataille. La foule avait reflué vers les pelouses centrales et, comme par enchantement, l'embouteillage qui obstruait l'allée s'était presque dissous. Il ne restait plus sur la chaussée que les débris attestant la violence de la mêlée : bonnets de laine, sacs péruviens, sabots de cuir, peignes à cheveux, chiloms népalais, poings américains, bracelets de perles multicolores, tracts et papiers, un mégaphone, quelques molaires, et bien sûr l'Estafette, échouée comme un vieux morse sur la banquise polluée.

— Mon fils, disait à tout propos la mère de Salva, souviens-toi qu'à Barcelone nous avons pu combattre grâce aux fusils volés à l'ennemi.

La phrase, trop répétée, était devenue une formule propitiatoire applicable aux domaines les plus inattendus (quand il s'agissait de justifier le traficotage du compteur d'électricité de la ferme, par exemple, ou quelque autre larcin difficile à justifier politiquement : mon fils, souviens-toi qu'à Barcelone...), mais elle lui revint à ce moment précis, avec d'autres tout aussi chargées de légende familiale. La balle qui te tuera demain partira peut-être du fusil que tu as négligé de ramasser : ce genre de maximes. Au cours de l'altercation, Salvador avait entrevu, à l'arrière de la camionnette, une sorte de coffre recouvert d'une bâche. Nul doute que l'occasion se présentait d'infliger à l'hydre fasciste une perte historique. En tout cas une perte. Maintenant ou jamais : dans quelques secondes le véhicule serait embarqué vers la fourrière. Sans prendre le temps de la réflexion, Salva ferma à la volée les deux battants arrière, grimpa sur le siège du conducteur, démarra et profita de la dispersion des manifestants pour rejoindre le quai Branly.

Au milieu de l'esplanade, la farandole avait poursuivi sa course sinueuse pendant un bon moment, puis s'était fragmentée, et Paul se retrouva seul, les paumes encore chaudes des douces mains qu'elles avaient serrées, sous les ricanements de Hautaine Solitude revenue à ses côtés. Ça bardait, là-bas : de brusques mouvements de foule, des cris, des huées et un redoublement des tambourins signalaient une confrontation. Une partie des manifestants se pressait vers le champ de bataille, l'autre refluait prudemment. Paul attendait que l'un ou l'autre courant l'emportât quelque part. Puis tout se calma progressivement. Les paysans faisaient remonter les brebis sur les remorques attelées aux tracteurs. Le ciel était d'un gris de pierre tombale, où es-tu Lena. Les bruits autour de Paul s'estompèrent, des silhouettes filèrent autour de lui comme dans un manège en laissant derrière elles des traînées de couleur, Paris tournait autour de son axe avec la lenteur d'un vieux disque.

Paul se retrouva sur les trottoirs encombrés de

passants aux sourcils froncés, mains serrées sur les cols des pardessus. La grande ville flottait dans un grésil poudreux, des processions de carrosseries encombraient les chaussées.

Ce vieux monde est sur les nerfs, ce vieux monde va nous lâcher dans un instant, il s'effondrera sans un bruit et il n'en restera plus rien.

Paul s'arrêta, acheta un pan-bagnat qui sentait le caoutchouc et le jeta dans un caniveau, Paul prit une bière au comptoir d'un café, puis une autre bière à un autre comptoir, il avançait malgré lui vers l'appartement où personne ne l'attendait sinon le souvenir de Lena, l'odeur de Lena, et peut-être Lena, oui, peut-être Lena, il ne pouvait s'empêcher de l'espérer bien qu'elle l'eût prévenu qu'elle serait absente durant plusieurs jours sans lui expliquer pourquoi. Il arriva tard chez lui, n'ayant rencontré personne, et ce n'était pourtant pas faute d'avoir essayé de croiser la route d'un ami, d'un frère humain, d'une ombre comparable, ce n'était pas faute d'être passé au Caminito mais il n'y avait que quelques buveurs de camomille occupés à rédiger l'éditorial d'un nouveau fanzine, chez Salva où il avait trouvé porte close, sous les fenêtres de supposés amis, devant la grille du 34, mais rien, rien ni personne.

Il jeta son caban au sol et se laissa tomber sur le matelas. C'était un matelas en laine récupéré chez Emmaüs, qui sentait fort la fatigue. Deux palettes provenant d'un chantier voisin faisaient office de sommier. La pensée de Salvador l'agaçait comme une mouche. Où était-il passé? Pourquoi s'étaient-ils perdus? Paul se redressa brusquement. Quand il avait quitté le Champ-de-Mars, il avait surpris des conversations, sans y attacher trop d'importance car la manifestation se dispersait dans le calme : la police avait semblait-il arrêté quelques personnes. Il n'avait rien vu, bien sûr. Paul se releva, remit son manteau. Il se résigna à partir pour une tournée des commissariats, ensuite il ferait les hôpitaux, peut-être la morgue, l'amitié crée ce genre d'obligations. À cet instant, un sifflet familier résonna dans la cour. Inutile d'ouvrir la fenêtre, il avait reconnu l'oiseau. Il descendit rejoindre Salva. Qui avait une tête bizarre, c'est-à-dire plus bizarre qu'à l'ordinaire.

— J'ai besoin de ton garage. J'espère qu'il est vide.

Il restait de la place, oui. Peu après le garage accueillit une camionnette de provenance inconnue, que Paul observa d'un œil terne.

— Il y a de la lumière, là-dedans?

Salvador semblait bizarrement excité. Paul alluma le plafonnier, une ampoule de quarante watts dans une chaussette de poussière, qui répandit une lueur glauque. L'ami ouvrit la double porte arrière du véhicule, laissant apparaître une forme oblongue sous une bâche vert olive.

Sourcil haussé de Paul.

Moue évasive de Salva.

Ils saisirent les bords de la bâche, la tirèrent lentement, mettant au jour le trésor de guerre.

Le silence qui s'abattit dans le garage aux parois de parpaings fut, comme à l'ouverture du septième sceau, d'environ une demi-heure, et d'une consistance remarquable.

Il n'y avait aucun doute possible sur la nature de l'objet.

Ils montèrent dans l'Estafette, précautionneusement, comme pour ne pas réveiller l'invité. Une plaque était fixée sur le chêne verni. Salvador alluma son briquet, et ils purent lire l'inscription.

9.

Felipe avait ouvert le Caminito trois ans plus tôt. Venu d'Argentine, il fuyait une forme particulièrement terrible de dictature latino-américaine nommée Ermelinda, dite Linda, voire Lili à l'époque des années de miel. Il recevait de temps à autre des nouvelles d'elle sous forme de courriers d'avocats et lettres de menace, à se demander si l'océan qui les séparait était vraiment suffisant pour le mettre à l'abri. Felipe n'avait jamais su s'y prendre, avec les femmes. Et Lili, enfin Ermelinda, avait quelques raisons de s'acharner sur cet ancien boxeur rangé des rings qui ne voyait pas bien la différence entre une caresse et un crochet du droit. En venant ici il s'était dit qu'une Française, peut-être ; mais *¡ carajo !* elles sont bien comme les autres. Alors il avait dû se contenter d'offrir timidement des kirs aux jolies clientes venues des communautés avoisinantes, car le bar était le lieu de rendez-vous favori de la jeunesse révolutionnaire du quartier, aux riches discours et aux poches trouées.

Il aurait bien aimé, Felipe, s'asseoir par exemple à la table de ces deux filles, là, près de la vitre embuée, leur tourner quelques compliments bien sentis, leur faire découvrir un tango méconnu sur le juke-box exclusivement garni de vinyles *porteños*, les faire rire à quelque plaisanterie fortement lestée de testostérone dont il avait le secret, mais voyez-vous il n'osait pas, ce grand gaillard qui n'avait pourtant pas eu peur d'affronter Rico Manzanilla au palais des sports de Bariloche, catégorie poids lourds, un marteau-pilon monté sur coussin d'air (rencontre à laquelle il devait son profil si particulier), il n'osait pas. Dès qu'il s'approchait d'une femme, le souvenir de Lili, de Linda, d'Ermelinda lui procurait immanquablement une secousse électrique dissuasive qui le tenait à distance. De plus il sentait bien qu'il n'était pas leur genre, allez, trop de poils sur les bras et sur la poitrine, de nos jours elles préfèrent les freluquets à cheveux longs bâtis comme des allumettes, et puis le tango les aurait fait rire, ce qui est un crime, et les blagues les auraient laissées de glace, ce qui est un gâchis. La Française est ainsi, difficile à saisir, d'ailleurs désormais, où qu'on aille, le même problème se pose. Felipe était très inquiet pour l'avenir de la planète. Il renonça à offrir un kir aux deux inconnues, se cantonna derrière son comptoir et se consola en échangeant quelques pensées mélancoliques avec Salvador, un bon client qui venait ici se délasser entre deux traductions ou prendre des forces avant une castagne : un qui comprenait les blagues de Felipe, et qui savait rire en espagnol.

Salva n'avait pas peur des femmes, lui, et il serait bien allé tenter sa chance auprès des deux brunes qui parlaient à mi-voix en remuant leurs cuillères dans des tasses de chocolat mousseux, mais il avait ce matin des préoccupations plus urgentes, un problème très concret de marchandise et d'entrepôt qu'il exposa à Felipe en termes laborieusement vagues. À la fin d'une phrase comportant une bonne dizaine de propositions relatives encastrées vaille que vaille les unes dans les autres, dont on pouvait déduire que Salvador avait besoin d'un lieu discret et sûr où cacher un objet encombrant, Felipe secoua la tête en fermant les yeux : non non non. Certes, il disposait d'une cave en partie inoccupée, mais il était hors de question de l'utiliser pour y entreposer quoi que ce fût d'un tant soit peu illicite, il ne voulait même pas savoir de quoi il était question, le ton mystérieux de Salva indiquait suffisamment que l'objet était du genre à attirer des ennuis. Il vivait dans le petit appartement situé au-dessus du bar, expliqua-t-il, l'index pointé vers le plafond, il avait trouvé là une existence sans éclat peut-être mais paisible, et ne voulait à aucun prix s'attirer des ennuis avec la police française. Oui, il avait enfin trouvé un semblant de paix de ce côté de l'océan, et ne tenait pas à être renvoyé dans son pays où des généraux plus ou moins sanguinaires s'étaient succédé au pouvoir à un rythme accéléré jusqu'au retour de Perón l'année précédente, ce qui maintenait l'ensemble des militaires de tous grades ainsi que les forces de police dans un état de surexcitation malsain; et cela n'était rien comparé au danger mortel nommé Ermelinda, qui serait enchantée de son rapatriement, ah, tu n'imagines pas Ermelinda, mon vieux, tu ne peux pas savoir, elle est, elle est, alors non, désolé, non.

Depuis la veille, Salvador ruminait hypothèses et solutions; le garage de Paul était trop exposé, n'importe qui pouvait y avoir accès depuis le porche car la porte était branlante et disjointe. Il avait occupé une partie de la nuit à discuter avec Paul, qui l'avait quitté au petit matin pour rejoindre son passage à niveau. Trois cafetières y étaient passées, ainsi qu'une bouteille de prune et un chorizo entier, en pure perte. Ils avaient même envisagé d'emporter le cercueil dans la ferme familiale des parents de Salva, mais Dieu sait ce que ces gens étaient capables d'inventer à partir d'une telle matière première. Et puis ils avaient assez bassiné leur fils et neveu avec leur révolution, leur Durruti, leurs citoyens du monde et leurs *¡Ay, Carmela!* Salvador n'allait pas se laisser voler sa victoire, ce cercueil était à lui, il ne partagerait la dépouille qu'avec son poteau Paul, telle était du moins sa résolution à neuf heures et demie du matin, dans ce café tranquille auquel les vapeurs de l'alcool ingurgité durant la nuit conféraient une lumière rêveuse et tendre, une lumière d'aube des temps. Au-dehors, le monde hostile. À l'intérieur, un univers à l'odeur de café, de pain chaud, de chocolat, de tabac blond et de jeune fille.

Pourtant, une douleur sournoise lui rongeait le ventre. Ce n'était certes pas le chorizo, irréprochable, ni la prune, qui est un fortifiant; plutôt un souvenir, une subreptice angoisse, une voix, c'est cela, une voix, celle d'un journaliste à la radio, tout à l'heure, qui annonçait la disparition d'un cadavre considérable, volatilisé, emporté par des malveillants, dérobé dans sa sépulture de l'île d'Yeu — quel pays! semblait déplorer la voix, même les morts on ne les laisse pas dormir. Tandis qu'il écoutait les bavardages de Felipe, la voix avait creusé sa galerie dans le subconscient de Salvador, et elle venait de refaire surface. *Alertée tôt ce matin par le gardien du cimetière de l'île d'Yeu, la gendarmerie a constaté la disparition du cercueil du Maréchal. La pierre tombale avait été soigneusement remise en place, et seul le hasard a permis la découverte du forfait. Intrigué par le changement de place des fleurs et des ornements funéraires, le gardien a constaté que le joint de ciment était encore frais. Le préfet, interrogé sur le quai du port de Fromentine, a indiqué qu'aucun indice ne permettait pour l'instant d'orienter l'enquête. On ignore le mobile de ce rapt inédit. La piste crapuleuse n'est pas écartée, cependant aucune demande de rançon n'est parvenue aux autorités.*

Rumine, Salva, rumine. Que faisait le cercueil dans une camionnette conduite par un peloton de jeunes fascistes? Pourquoi ont-ils emmené leur otage à Paris? Ils comptaient peut-être le remettre sur le trône ? La première fois il tombait déjà en compote, mais là, c'est exagéré. Et à qui appartient l'Estafette ?

Le véhicule pouvait avoir été repéré sur l'île ou lors de la traversée en bac. Mieux valait s'en débarrasser au plus vite. Quant au trésor de guerre, on allait bien trouver quelque chose, il suffisait d'attendre que ces deux filles quittent le bistrot parce que, en leur présence, franchement, réfléchir était difficile. C'est que je suis fait pour l'action, moi, pas pour la contemplation.

La contemplation, c'est l'affaire de Paul. En ce moment précis, justement, Paul, dans sa guérite de garde-barrière, contemple intransitivement. Son regard pourrait contempler quelque chose de précis, d'élevé, de significatif, de poétique, de métaphysique, le spectacle des rails, par exemple, excellent sujet de contemplation, les rails, leur fuite à l'infini vers un ailleurs toujours différé, leur double scintillement dans la lumière grise de l'hiver, les rails qui bien que parallèles se réunissent à l'horizon dans l'axe de la perspective, tout cela prête indiscutablement à contemplation, voire à méditation, mais non. Paul contemple, point. Il s'abîme, il est abîmé. Un battant de cloche se balance à l'intérieur de son crâne, frappant durement les parois au rythme de son pouls. Salvador a beau dire, cette prune ferait danser les chèvres. Et dans le lugubre vacarme du tocsin, une image tremble, Lena,

Lena, Lena, un souvenir qui se perd dans les touffes jaunasses d'herbes givrées. Le corps splendide de Lena traîne sur le ballast, flotte dans la brise, se fond dans la brume, la voix floue de Lena broyée par le battant de cloche accroche partout des lambeaux de promesses, des serments en miettes, des coquilles de mots vidées de leur futur. Le regard dans rien, Paul contemple.

La sonnerie met fin à son rêve hagard. Arrivée du train au milieu de nulle part. Il faut sortir dans le froid, tourner les manivelles. Si les barrières ne sont pas baissées assez vite, le hurleur se mettra en marche, l'alerte sera donnée sur tout le réseau, ennuis, fatigue. Un train de marchandises passe avec un cataclong-cataclong écœuré, une litanie de wagons obtus, puis plus rien, la solitude qui s'abat lentement, le tocsin de plus belle, Lena partout qui éclabousse. Retour dans la guérite où ronfle le poêle à charbon, c'est l'antichambre de l'enfer. Paul enclenche le magnétophone qu'il emporte partout avec lui, une casserole à cassettes sur laquelle il met à frire un Rory Gallagher déchaîné. La voix de Rory a sur les tympans la douceur d'une râpe à fromage, et ses riffs implacables vous vrillent les méninges : rien de meilleur pour un matin comme celui-ci. Il faut en finir avec la contemplation délétère, réveille-toi, Paul, évite Terry Riley, Klaus Schulze et Tangerine Dream, évite même Soft Machine malgré le tant aimé Robert Wyatt, trop sophistiqué pour un temps pareil, il faut du lourd, du massif. Gallagher, feu à volonté. Ensuite, un Black Sabbath, ou si le heavy metal s'avère trop meurtrier, un Canned Heat, un Captain Beefheart, on trouvera. Ce ne sont pas les cassettes qui manquent, entassées en vrac dans le sac de surplus américain avec quelques livres, un cahier à spirale, un saucisson et un paquet de chips, deux ou trois pommes. Sur la tablette en bois un verre fume, moitié eau brûlante, moitié café soluble, avec ça on devrait tenir jusqu'au soir et ne pas s'endormir au moment de fermer les barrières.

Car il faut réfléchir. Ce type, ce Salvador, ce cher Salva, mon ami Salva, est totalement barré. À la masse, à l'ouest. Fou à lier. Sans doute dangereux. Mais allez savoir pourquoi, Paul éprouve une attirance marquée pour les fous dangereux. Cette plaque de cuivre à peine ternie par les ans, vissée sur le cercueil. Incroyable, n'est-ce pas ? Et le regard de Salva quand il l'a déchiffrée. Un regard de fou, vraiment. Paul n'a pas cru à ce qu'il voyait, il a tout de suite pensé à une farce, un coup monté. Jusqu'aux informations de ce matin, la voix congelée du préfet interrogé sur le quai de Fromentine, visiblement une sale journée pour lui, le bac bloqué par une mer mauvaise, l'île d'Yeu au loin comme un cauchemar flottant, quel pays, non mais quel pays, semblait dire le préfet tout en disant autre chose, ah comme il regrettait en ce moment de n'être pas allemand, japonais ou coréen du Nord, des pays où la fantaisie n'a pas cours et où les fonctionnaires peuvent fonctionner en paix.

Résumons : Lena est partie, j'ai le cercueil de Qui Nous Savons dans mon garage, et la journée est loin d'être terminée.

La journée est loin d'être terminée : voilà précisément ce qu'était en train de se dire Louis, l'un des jeunes gens athlétiques, en écoutant glapir l'Avocat dans son salon de grand bourgeois typique, moquettes onctueuses, tableaux coûteux, meubles hideux de grande classe. Louis, nous devrons y revenir, était un peu différent de ses compagnons.

Ils se tenaient devant lui, blousons de cuir et têtes baissées, comme des labradors affrontant les rafales d'embruns. L'Avocat n'était pas content, pas content du tout. On avait échoué, on avait trahi ses espoirs, on avait sali la mémoire d'un grand homme, on avait condamné à une errance sans fin et qui sait à une destruction infâme la dépouille du grand militaire dont la place était parmi ses chers poilus, à Douaumont. C'est là, dans l'ossuaire, qu'elle aurait dû se trouver en ce moment si une bande de bras cassés n'avait pas anéanti un plan parfait, par bêtise, par paresse, par manque de foi. Ah, comme elles étaient actuelles, les paroles du Maréchal, plus que jamais hélas en ces temps déréglés : *L'esprit de jouissance a supplanté l'esprit de sacrifice.* Là-bas, dans l'Est pluvieux et froid, les âmes des poilus attendraient encore longtemps la venue de leur chef, ce père plein de douceur compréhensive et de sévérité intelligente, lui qui avait su trouver, à la fin d'un discours de défaite, les paroles d'humble commisération aptes à consoler ses petits : « Mes enfants ! Mes enfants, serrez-vous ce soir autour de moi, pour qu'une France neuve et saine grandisse et se fortifie. »

Les jeunes gens attendaient la fin de l'averse, mais visiblement ce n'était pas pour tout de suite. Qu'avez-vous fait, misérables ? Supposez que l'on remonte jusqu'à moi ? Pensez-vous que la France ait trop de voix comme la mienne, qu'elle puisse s'en passer sans en souffrir ? N'étant pas grand-chose, vous n'avez guère à redouter. Mais moi ? Qui parlera, si je me tais ? Si le ridicule dont vous me couvrez me condamne au silence ? Car si l'affaire s'ébruite je serai radié de l'Ordre ! Mon honneur, mon combat, clame le grand avocat — en songeant *in petto* : mes tableaux, mes maisons, mes voitures —, tout cela jeté aux orties sous les ricanements de l'anti-France cosmopolite !

— Heureusement, ajouta-t-il soudain calmé, j'ai pu en partie réparer les dégâts.

Les labradors relevèrent la tête. L'Avocat leur expliqua qu'un motard avait pu rattraper l'autre équipe dirigée par le Breton, qui fonçait à toute vitesse en compagnie du faux cercueil, avant qu'ils ne se présentent à l'île d'Yeu où la sépulture avait été mise sous surveillance. Des amis haut placés allaient prendre l'affaire en main : le Tube Citroën serait arraisonné, et la fausse dépouille reconduite sous escorte au cimetière. On proclamerait que le Maréchal avait été retrouvé, on refermerait le dossier, on procéderait à une réinhumation dans les règles, la presse serait avertie, la plupart des hauts responsables continueraient d'ignorer la vérité, tout rentrerait dans l'ordre.

— À moins, conclut l'Avocat d'une voix lugubre. À moins, premièrement, que l'un d'entre vous ne parle. Il suffit d'un mot, d'une allusion, d'une maladresse, d'un moment d'ébriété, d'une confidence sur l'oreiller, que sais-je ? Cela pourrait avoir les pires conséquences.

Sur le mot « pires » son visage se froissa, sa bouche s'étira, ses yeux se plissèrent dans un fouillis de rides comme s'il venait d'avaler un verre de vinaigre et sa voix monta vers un aigu vitricide.

— À moins, deuxièmement, que le vrai cercueil ne réapparaisse. Ce serait la fin de tout. C'est pourquoi je vous ordonne, vous m'entendez, je vous ordonne — le « donne », fortement accentué, sonna par deux fois comme un gong funèbre — de vous mettre à sa recherche toutes affaires cessantes. Trouvez celui ou ceux qui ont commis cet acte innommable, ne vous accordez pas un instant de repos, reprenez possession de ce qui nous appartient. Nous ramènerons le Maréchal dans sa famille, à Douaumont. Prévenez-moi au moindre indice, je vous donnerai des consignes. Et de grâce, est-il utile de le préciser ? Oui, c'est utile. De grâce, aucune initiative.

Ah, comme il regrettait, le grand avocat, d'avoir voulu conférer à l'opération une dimension symbolique ! Il aurait dû laisser le Breton et son équipe agir jusqu'au bout. Des vieux de la vieille, des durs à cuire, de la graine de poilus. Hélas il les avait dessaisis, les vieux de la vieille, au profit de jeunes recrues, pour prouver que cet enlèvement n'était pas un baroud d'honneur nostalgique fantasmé par de vieilles ganaches, mais l'affirmation, eh bien oui, d'une renaissance. Tu parles d'une renaissance, fulminait-il intérieurement en contemplant les chiots transis qui lui faisaient face. Malheureusement, il ne pouvait pas se passer d'eux. Eux seuls étaient à même d'identifier le voleur, qu'ils avaient vu au cours de l'échauffourée sur le Champ-de-Mars avant qu'il ne s'enfuie. Puis il devait désormais se méfier du Breton, qui était du genre rancunier, et n'avait sans doute pas supporté sa mise à l'écart de l'affaire.

La France, mes amis, la France est mal en point.

10.

— Le monde change, maman. Tu ne vois pas que le monde change ?

La mère de Lena ne répond pas. Elle ouvre le bocal de café moulu, y plonge la dosette en plastique et remplit le filtre non sans renverser de la poudre un peu partout sur le plan de travail. Ses mains tremblent, ce n'est pas à cause de l'âge. Du quai en contrebas monte une rumeur entêtée. Elle referme le bocal avec peine. Lena n'est pas venue à Bordeaux depuis plusieurs mois, depuis leur dernière dispute.

— Ce n'est pas le monde qui change. C'est toi.

Pâle visage de la mère. On y lit la fatigue, la tristesse. Elle reste immobile, dos tourné à sa fille, surveillant d'un œil morne l'eau qui chauffe dans la casserole.

— C'est toi qui changes, Lena. Pas le monde.

Elle hoche imperceptiblement la tête, elle s'est adressée à la casserole comme si Lena était dedans. Ses lèvres se figent dans une moue amère.

La cuisine est étroite, la pièce en tout cas n'a pas beaucoup changé depuis l'enfance de Lena et de Claire. La peinture des murs a simplement pris quelques cloques, une sorte de vernis bitumineux s'est formé au fil des années. C'est toi qui changes, pas le monde.

Lena, assise face à la fenêtre, les pieds sur le radiateur bas, crache un long panache de fumée en direction de la vitre irrégulière qui déforme le paysage. Elle ne se retourne pas vers sa mère quand celle-ci pose les deux tasses sur la table en formica et s'assoit. La Garonne brasse son limon, un remorqueur paresse à contre-courant, des mouettes planent, des rouleaux de nuages laminent les toits.

— Tu as toujours voulu que je sois autrement. Que je ne sois pas moi.

Voix de Lena, indifférente dirait-on, mais elle est juste calme. Pourquoi es-tu venue, Lena? Pensais-tu vraiment que cette vieille femme sèche pourrait t'aider?

Quand elles étaient petites, les deux sœurs restaient des heures assises près de cette fenêtre à compter les voitures, à bavarder, à espionner les grutiers et les dockers avec les jumelles de marine héritées du père.

— Pour Claire, je n'y suis pour rien, tu sais, dit Lena en se tournant enfin vers sa mère. Comment faut-il que je te le dise? Elle est majeure.

La mère boit une gorgée de café, elle garde les yeux baissés.

— Je sais ce que je sais. Vous irez loin, tiens, avec vos banderoles, vos défilés. À montrer vos fesses au premier venu. Toi et tes idées. Claire n'aurait jamais fait ça toute seule.

Ça.

Lena revoit sa sœur Claire deux mois plus tôt, allongée sur une vieille table d'examen en skaï dans le local de l'association. Rideaux tirés, lumière du néon sur les jambes minces de ma petite sœur qui me tient la main et me regarde avec de grands yeux paniqués. Je ne l'ai pas traînée de force. Depuis qu'elle a fait le test de grossesse je l'ai vue passer par bien des états. La joie incrédule, l'inquiétude, la colère, la détresse, le désespoir et autres sentiments moins francs. Pour finir, nous y voilà : Claire allongée, Florence en train de déballer le matériel rudimentaire — un bocal, un tuyau en plastique auquel est fixée une canule, une pompe à vélo, des bougies métalliques stériles pour dilater le col. Contrairement à ce que croient certains de mes amis, le grand homme de notre époque ne s'appelle pas Mao Tsé-toung, il s'appelle Karman. Nous l'avons découvert grâce à un film dont les bobines circulent depuis quelques mois dans tous les recoins de France où grouille la jeunesse chevelue. *Histoire d'A* montre un avortement par aspiration, méthode simple et sans risques pour éviter les curetages clandestins et leurs séquelles désastreuses. Difficile de voir dans ma petite sœur effrayée sous le néon, toute pâle pauvrette, jambes écartées, pieds dans les étriers, nue jusqu'au nombril, difficile de voir dans cette fille grelottante, larmes aux yeux, serrant fort la main de sa grande sœur, une icône de la féminité libérée, une préfiguration des lendemains qui chantent, et pourtant, dans cette arrière-salle encombrée de tracts, tout le monde est persuadé qu'une partie cruciale se joue, dans l'improvisation et dans l'excitation, loin des blouses blanches et des ordonnances médicales, on y croit, on y croit dur comme fer. D'ailleurs, à part Florence, pas de médecin ici. Et ce n'est pas elle qui va pratiquer l'opération, mais un ou une des camarades ici présents, parfaitement ignares et tout aussi tremblants que Claire, mais brûlant de la foi des novices. Florence passe les troupes en revue, son regard s'arrête sur Paul, elle lui demande d'administrer la piqûre de Viscéralgine, et je vois mon Paul blêmir et reculer d'un pas en secouant la tête. Ce sera donc Delphine, plutôt compétente en matière de seringues puisqu'elle est sevrée depuis peu. Les gorges sont nouées, on partage la peur de Claire et celle des deux autres femmes en attente dans la salle contiguë, entourées par quelques jeunes gens qui tentent d'introduire en elles les germes du matérialisme dialectique.

Les femmes qui viennent ici, c'est étrange à dire, se soucient de Lénine comme de leurs premières règles. Tout ce qu'elles demandent, c'est qu'on les aide à expulser cette chose, là, dans leur ventre, qui les étourdit, puis qu'on les laisse seules avec le vide qui se sera fait. Certaines ont connu les tables de cuisine des faiseuses d'anges, d'autres, moins démunies, sont déjà allées en Hollande, en Angleterre ou en Suisse dans des cliniques spécialisées. C'est d'ailleurs ainsi que le mouvement est né, en organisant avec force publicité des voyages de groupe vers les cliniques étrangères qui ont fait de l'interruption de grossesse une spécialité lucrative. Devant l'absence de réactions de la force publique, il a été décidé de monter d'un cran et de pratiquer publiquement des avortements sur le sol français jusqu'à l'obtention d'une nouvelle législation.

Claire non plus en ce moment ne pense pas à Lénine, ni à la législation, elle ne pense pas aux vociférations de quelques députés à l'Assemblée qui comparent les salles d'avortement aux chambres à gaz nazies, elle ne pense pas aux jeunes gens compassés qui l'entourent et tentent maladroitement de la rassurer, elle ne pense pas au minuscule morceau de chair qui sera aspiré tout à l'heure, ni à la chanson que je lui ai fait écouter ce matin — *Non, non, tu n'as pas de nom, non tu n'as pas d'importance, tu n'es que ce qu'on en pense...* —, elle ne réfléchit pas aux progrès de la cause des femmes auxquels dans son malheur elle contribue, non, ne rêvons pas : en ce moment précis, mon andouille de sœur ne pense qu'à Gérard. Comment peut-on être amoureuse de Gérard? Mystère. Gérard a quatre ans de plus qu'elle, Gérard est contremaître dans une boîte de roulements à billes, Gérard aime le football, pire, Gérard est cégétiste, un vrai de vrai, stalinien jusqu'au fond du slip, et Gérard ne veut pas d'enfants. C'est lui ou moi, a laissé entendre Gérard. Alors mon andouille de sœur est venue pleurer sur mon épaule et me demander de l'amener ici, elle qui a toujours pensé que les féministes étaient un ramassis de frustrées hystériques. Bonne élève, gentille fille, préférée de maman, amoureuse de Gérard, c'est ma sœur.

Florence est en train de faire un exposé technique sur ce qui se prépare. Sa voix est posée, aussi chaleureuse que le métal chromé du divan, déjà Delphine a passé le coton imbibé d'alcool sur la peau, déjà l'aiguille s'enfonce, dans quelques minutes Claire se détendra, elle nous verra comme des pantins suspendus autour d'elle et ce sera presque fini. Une première bougie métallique est introduite dans le col, Claire se raidit, ferme les yeux, sa main écrabouille mes phalanges. Pendant ce temps, un garçon dont je ne connais pas le nom s'active avec la pompe à vélo pour faire le vide dans le bocal posé sur un tabouret. À un moment sa main dérape, le bocal glisse, le tabouret chancelle et tombe, entraînant le garçon dans sa chute avec fracas. Tout le monde rit, même Claire, mais pas Florence, bien entendu. Renaud, qui était en train d'évangéliser dans la salle d'attente voisine, passe la tête. Il désapprouve, cela se voit. Dans un monde réellement socialiste, de tels incidents ne se produiront plus. Il faut dire que Renaud a eu, c'est à peine croyable, l'immense privilège de rencontrer Chou En-lai, à Pékin, lors du vingtième anniversaire de la Révolution. Le Mandarin rouge lui a parlé, il lui a demandé de lui enseigner la manière de lancer un pavé, c'est dire à quel point les dirigeants chinois ont de l'humour. Même si depuis quelque temps il a pris des distances avec la chinoiserie, Renaud en conserve une certaine raideur.

C'est lui ou moi, à toi de choisir. Elle a choisi. Demain, après-demain, la semaine prochaine elle lui annoncera qu'il n'a plus rien à craindre. Et elle sera surprise, ma petite sœur, de saisir soudain dans le regard de Gérard une distance inédite, une froideur : le début de la fin. Impossible pour lui d'accepter la menace que tu auras fait peser sur sa petite vie. Son rejet sera d'autant plus fort qu'il ne voudra pas regarder en face sa propre lâcheté — rappelle-toi qu'il n'a jamais envisagé de t'accompagner ici ; ce brave type a choisi de faire comme s'il ne savait pas. Ils sont comme ça, que veux-tu, ma Claire, ils sont dans l'ensemble assez moches. Certes nous ne sommes pas meilleures, mais le vent de l'Histoire nous pousse, qui nous rafraîchit le dos et nous donne le teint frais.

Ensuite je n'ai pas aimé le bruit de succion de l'appareil, ma sœur, ni la vision des projections sanglantes dans le bocal, je n'ai pas aimé du tout. Pourtant j'y étais habituée, à force de venir tous les samedis dans ce même lieu pour y participer à la même dramaturgie foutraque, mais il y avait ce jour-là cette proximité perturbante, nos mains serrées, l'odeur de famille.

Puis une autre femme t'a remplacée sur la table d'examen, s'est déshabillée tandis que les garçons gênés regardaient ailleurs, a posé ses pieds dans les étriers, c'était une Portugaise de quarante ans. Je t'ai rejointe dans la salle d'attente où tu buvais un café tiède dans un gobelet en plastique en faisant semblant d'écouter Renaud.

Une semaine plus tard, la petite Claire disparut. Lena, inquiète, alla voir Gérard à la sortie de son usine. Elle le trouva mal à l'aise, et toutes dents dehors. Il n'avait jamais aimé la sœur de Claire : moi, les révolutionnaires en peau de lapin, ça va cinq minutes. Les cégétistes de ces temps-là avaient un problème avec le règne animal, ils voyaient partout des lapins réactionnaires, des vipères lubriques, des hyènes dactylographes.

— Qu'est-ce que tu fais là ?

Méfiant, teigneux. Plutôt beau garçon par ailleurs, regrettait Lena chaque fois qu'elle le voyait. La vie serait tellement plus simple si les crétins étaient toujours hideux. La conversation fut courte. Non, il ne savait pas où était passée Claire.

— Inquiet ? Je ne vois pas pourquoi. Et puis, ça te regarde ?

Il marchait à toute vitesse, Lena peinait à le suivre en parlant. Il s'arrêta brusquement.

— Comment ça, ce qu'elle vient de vivre ? De quoi tu parles ? De quoi tu te mêles ?

Ils restèrent un moment face à face.

— Va mourir, lâcha enfin Lena en prenant la tangente dans cette rue lugubre de Vitry.

Va mourir, et puisse ma sœur te voir avec mes yeux durant ne serait-ce qu'un quart de seconde.

Sa sœur finit par donner signe de vie quelques jours plus tard, elle était tout simplement retournée à Bordeaux chez maman après avoir rompu avec Gérard. Le vœu avait été exaucé, elle l'avait vu avec des yeux tout neufs. Cela s'était passé comme l'avait prédit Lena. Les sœurs aînées savent tout. Claire avait contemplé de la tête aux pieds l'homme jadis aimé, et soudain la vraie nature du beau Gérard était apparue dans sa nudité affligeante. La vraie nature de ce que je pensais être notre, je ne sais pas quel mot employer, soupirait Claire, disons notre amour, enfin bref. Elle avait vu sa vie future en une série de diapositives sous-exposées, quelques clichés tremblants, lieux gris, êtres fades, une vie plate défilant à l'insu de Gérard qui déjà s'effaçait, déjà n'existait plus, abandonnant Claire dans un vide glacial.

Lena n'avait pas pu lui annoncer l'étrange nouvelle qui la hantait et concernait son propre ventre. Les circonstances ne s'y prêtaient pas, et comment le dire ? D'ailleurs savait-elle vraiment ce qu'elle voulait ? Lena avait-elle vraiment décidé de le garder, ce petit ? Tant de choses à vivre, comment choisir, le monde s'ouvre et change, et il faudrait se cantonner au petit enclos conjugal, à sa triste mangeoire ? Elle voulait cet enfant, et elle en avait peur, sa simple pensée l'envahissait, la dévorait, elle voulait vivre.

Maintenant, elle est là, Lena, les mains posées sur le formica de la table, observant à la dérobée le visage de sa mère. Est-ce que tu nous as voulues, toi ? Est-ce que tu nous as espérées ? Certainement pas. Nous sommes venues à la façon dont les enfants jusqu'à aujourd'hui venaient aux femmes dans ce monde : comme une malédiction. Tu as eu ton Gérard, un Gérard de passage, un Gérard de hasard, à une époque où il n'était pas envisageable de faire le voyage en Angleterre ou en Hollande pour garder intact l'honneur de la famille. Et il ne reste pas une seule photo de lui, pas un souvenir hormis la paire de jumelles oubliée on ne sait quand ni comment, pas un regret dans tes paroles ni même dans tes yeux. Notre père sans visage, notre père invisible, à qui je dois beaucoup ressembler pour t'insupporter à ce point.

— Maman...

La mère a reposé violemment sa tasse, comme si elle ne pouvait pas souffrir qu'on l'appelle ainsi. Il suffit que Lena ouvre la bouche pour que ses nerfs se tendent, émettant un son presque audible.

— Lena, est-ce que tu es obligée de fumer dès le matin ?

Un peu de temps passe, péniblement. Lena se dit qu'elle va attendre que Claire se lève, elle ne peut pas repartir à Paris sans la voir. Elle ne dira rien. Ce n'était pas la peine, elle le savait, pas la peine de venir. Elle avait espéré, mais quoi ? Un miracle, une trouée de paix, peut-être, à la faveur du désarroi de Claire, un sursaut d'amour maternel — on peut rêver. Elles se seraient retrouvées toutes les trois comme aux très rares moments de l'enfance où la mère avait abandonné sa carapace d'amertume, où ses filles avaient vu un vrai sourire éclairer son visage, où elles avaient formé, disons le mot, une sorte de famille. Elle aurait posé sa tête sur l'épaule de sa mère ou sur ses genoux, elle se serait confiée, elle aurait parlé de sa décision de garder l'enfant. Mais depuis trois jours qu'elle était à Bordeaux, jamais le moment propice ne s'était présenté. Claire restait prisonnière de son silence et de ses larmes ; la mère de ses reproches et de son incompréhension.

Et puis il y a cet instant, quelques silences plus tard, où la mère relève la tête, lentement, fixe sa fille en ouvrant grands les yeux, la scrute intensément comme si elle venait d'avoir une révélation.

— Ne me dis pas que tu es enceinte.

Deux heures plus tard, Lena se retrouve sur le quai de la gare Saint-Jean, son sac de toile kaki en bandoulière. Les quais sont pleins de jeunes pacifistes qui s'habillent dans les surplus militaires. Pas la peine de venir, non, il n'y avait rien à attendre de cette ville, ni consolation ni conseils, pas même une main sur ma joue, une larme écrasée du pouce, une parole de mère. Et maintenant, se dit Lena la tête penchée par la fenêtre du train qui danse sur le tam-tam des boggies, et maintenant, les yeux fermés, giflée par le vent froid, et maintenant.

11.

Le Breton, assis à la place du mort, baissa la vitre pour régler le rétroviseur extérieur de façon à s'assurer en permanence que le Tube Citroën restait bien dans le sillage de la DS. Il pouvait voir les lèvres de l'Auvergnat au volant s'arrondir sur des trémolos déchirants, et ne put s'empêcher de ressentir un plaisir mauvais au spectacle du Hongrois accablé sur le siège du passager, la tête rentrée dans les épaules, incapable de fermer l'œil sous l'averse de trilles.

Le Polonais pilotait la DS en silence. Il se mangeait l'intérieur des lèvres jusqu'au sang, tourmenté par l'envie de fumer. Le ciel, une fois de plus, était gris serpillière. Le Breton changeait nerveusement de position sur le siège en cuir. La jeune garde, pensait-il, secoué d'un ricanement intérieur qui lui faisait mal. La jeune garde. Le grand avocat avait pris le risque insensé de confier la partie la plus glorieuse de la mission à de jeunes chimpanzés sans cervelle et sans nerfs, qui à la première occasion lâcheraient le morceau. Pourquoi eux ? Il les connaissait, ah, il les connaissait. N'en avait-il pas vu, des jeunes incapables, se faire tabasser par de vulgaires trotskistes pour n'avoir pas prévu de voie de fuite ! La jeune garde. Et le grand bourgeois de se gargariser, ébloui par leurs boules à zéro et leurs blousons de cuir : avec eux, nous prenons une assurance sur l'avenir, s'enflammait-il. Mieux vaudrait être sourd.

— Arrête-toi, dit-il au Polonais, j'ai envie de pisser.

Il fallait qu'il se vide de quelque chose. Le Polonais arrêta la DS sur le bas-côté de la nationale. Le Tube ralentit à son tour, mais il ne disposait pas de suffisamment de place pour stationner. L'Auvergnat fit signe qu'il continuait. La DS le rattraperait sans difficulté.

À peine descendu, le Polonais sortit avec précipitation une gitane de son paquet, l'alluma et inspira avec une telle force qu'un tiers de la cigarette fut consumé.

— La jeune garde, marmonnait le Breton en arrosant avec une agressivité désordonnée l'herbe du talus.

Dans le Tube, le Hongrois avait réussi contre toute vraisemblance à trouver le sommeil. *Oh, ma Rose-Marie !* s'époumonait le conducteur en fermant dangereusement les yeux. C'est ainsi sans doute que le véhicule s'engagea à la sortie d'Étampes sur la route de Méréville, au mépris des consignes orales et de l'itinéraire affiché sur le pare-soleil. *Les fleurs de la prairie se penchent devant toi lorsque tu passes !* Quelques minutes plus tard, la DS traversait l'embranchement à vive allure. Il fallut un certain temps encore pour que le Breton et le Polonais commencent à s'inquiéter : ils auraient dû rattraper depuis un moment le Tube plus lent qu'eux. Certes, le Polonais, une fois achevée sa première gitane, avait prétexté une envie soudaine pour s'éloigner à son tour et allumer une deuxième cigarette en faisant semblant d'uriner, ce qui avait pris quelques minutes supplémentaires. Mais tout de même. On avait bien parcouru dix kilomètres à toute vitesse, on aurait dû les rattraper.

— Je fais demi-tour ? demanda le chauffeur.

Le front du Breton se plissa et vint s'appuyer sur ses deux poings. Si une chose lui faisait horreur, c'était bien les demi-tours. Non. On n'était plus très loin de l'auberge où l'équipe devait s'arrêter pour déjeuner. On les attendrait là-bas.

Monique, la serveuse, les regarda entrer d'un œil morne. C'était toujours la même chose, elle reconnaissait immanquablement chez tout homme qui pénétrait en ces lieux *quelque chose* de son ex-mari : une expression, la forme des lèvres, la couleur des pommettes, la moustache épaisse, les mains de boucher, les jambes comme des tonneaux, rien à faire, toujours quelque chose de semblablement laid ou suspect. Oh, ils ne la trompaient jamais bien longtemps avec leurs faux airs propres. En cherchant bien, on finit toujours par trouver ce qu'il y a de dégoûtant en eux. Ces deux-là, par exemple, pas besoin de fouiller bien longtemps, ça saute aux yeux. D'ailleurs elle les a déjà vus, deux jours plus tôt. Ils ne vont tout de même pas devenir des habitués ? Rien de pire que les habitués : on a eu le temps de les jauger, le peu de grâce qu'ils pouvaient offrir s'est épuisé en deux visites, et voilà, on ne voit plus que leurs défauts. Le client de passage, ma foi, passe. C'est pourquoi on lui pardonne, pourvu qu'il ne chipote pas sur l'addition. Tandis que l'habitué promet de revenir, avec son sourire connivent, ses gestes sans gêne, son écœurante familiarité. L'habitué n'hésite pas à vous regarder dans les yeux, à faire des remarques obligeantes, des suggestions de décoration, pour un peu il se croirait chez lui. Une infection.

— Elle nous a reconnus, murmura le Polonais ému à l'intention de son chef, avec un petit sourire en direction de Monique.

Le Breton choisit en grommelant une place près de la fenêtre pour pouvoir surveiller la route. L'inquiétude montait en lui. L'Auvergnat et le Hongrois étaient des vieux de la vieille, de bons soldats, mais pas très éveillés, il fallait le reconnaître. Qu'arriverait-il si pour une raison ou pour une autre quelqu'un venait à découvrir le contenu du Tube ? Le cercueil avait beau être garni de sable, il était clairement identifiable grâce à la plaque. L'opération nécessitait une discrétion totale.

S'il avait cessé un instant de scruter la route et jeté un œil sur les titres du journal que tenait un client non loin de là, il aurait constaté que le secret de la mission était définitivement compromis. Il aurait pu avec le même profit écouter la radio que Monique laissait allumée derrière le bar pour égayer un peu le pesant silence de la salle principalement remplie de routiers solitaires et de voyageurs de commerce. Là encore, on parlait de leur passager clandestin, Maréchal par-ci, Maréchal par-là. Mais le Breton ne lisait pas, n'écoutait pas, tandis que le Polonais s'abandonnait au plaisir autistique de la tabagie.

C'est au moment où Monique s'apprêtait à poser sur la table le deuxième kir qu'ils virent enfin le Tube Citroën. Indéniablement, c'était lui, mais lancé à fond de train, il ne s'arrêta pas. Au volant, l'Auvergnat avait cessé de chanter. Ils n'eurent pas le temps de le voir, ni de capter les grands signes désespérés que leur faisait au passage le Hongrois. Le camion était encadré par une dizaine de motards de la gendarmerie.

Les deux hommes se levèrent précipitamment pour quitter l'auberge, mais Monique apparut comme un djinn à côté de la table, leur barrant la sortie jusqu'à ce que le Breton extraie un billet de son portefeuille, dont il n'attendit pas la monnaie. Un torchon à la main, la serveuse impavide les regarda courir sur le parking de terre battue et démarrer dans une gerbe de graviers et de boue. Quand ils eurent disparu, elle fit une moue. Tous les mêmes, toujours à cavaler.

La DS se mit à la remorque du convoi, à distance respectueuse. Le Breton hors de lui se perdait en conjectures, tapant du poing, les yeux exorbités, sur le tableau de bord. Qu'est-ce qui se passe, bon Dieu, qu'est-ce qui se passe? Le Polonais profita de la diversion pour entrouvrir discrètement sa vitre et allumer une gitane, le chef était trop absorbé pour s'en formaliser. Le cortège roula sans arrêt jusqu'à Fromentine, traversant des hameaux ébahis, des plaines glabres, égrenant les bornes de la nationale sous le marbre du ciel.

Le quai de Fromentine était envahi. Un cercle de gendarmes protégeait l'Estafette des journalistes surexcités qui tournaient comme des corneilles autour du véhicule. On avait ouvert les vantaux pour que chacun pût vérifier la présence de l'illustre dépouille. On attendait le bac réquisitionné par la préfecture, qui avait quitté l'île d'Yeu un peu plus tôt. Le préfet en personne versait dans les micros tendus l'élixir de la parole officielle. Ainsi le prisonnier d'Yeu réintégrait sa cellule pour y purger la peine perpétuelle à laquelle l'avait condamné la justice des hommes. Quelques fous en mal d'aventure ne détourneraient pas le fleuve puissant de la Loi. Et cætera.

Dans la foule, le Breton rongeait son frein. Cette mission, il l'avait voulue parfaite; il avait recruté, pensé, planifié, et voilà le résultat.

Il essaya de joindre l'Avocat par téléphone, mais le poste était occupé, et il dut céder sa place dans la cabine publique à l'un des journalistes qui la cernaient, impatients de dicter leur papier. L'Auvergnat et le Hongrois, mis à l'ombre d'un fourgon de police, n'avaient pu lui faire leur rapport. Deux motards les avaient interceptés au moment où ils rejoignaient la nationale après leur crochet involontaire. Ils avaient très vite compris qu'il ne s'agissait pas d'un simple contrôle.

Dans le fourgon, conformément aux consignes, l'Auvergnat et le Hongrois opposaient aux questions des gendarmes un silence militaire.

Voix froide de l'Avocat, un peu plus tard, au téléphone :

— Si je suis au courant ? Mon pauvre ami. Je suis là pour réparer les bavures des uns et des autres. C'est moi qui ai prévenu les gendarmes et qui les ai mis sur votre piste.

Le Breton eut du mal à en croire ses oreilles.

— Le viol de sépulture a été découvert très rapidement, expliqua posément l'Avocat, visiblement pressé d'en finir avec cette conversation subalterne. Vous n'écoutez pas la radio ? Vous ne lisez pas les journaux ? Vous auriez pu y trouver la trace de vos exploits, mon ami. Le joint. Le joint de ciment. Trop visiblement frais, voyez-vous. Du travail d'apprenti. Et dire que j'ai failli vous confier la totalité de la mission.

— J'avais pris toutes les précautions. C'est un coup du sort, affirma fièrement le Breton, mais j'assumerai toutes mes responsabilités le cas échéant. Le chargement est-il arrivé à bon port ?

— Cela ne vous regarde plus. Moins vous en saurez, plus je me sentirai en sécurité.

L'Avocat raccrocha. La glorieuse équipée

s'enlisait dans une purée noire. Il avait préféré tout mettre sur le dos du Breton et ne rien dire de la disparition du cercueil authentique. Vraie tête brûlée, celui-ci était capable de remuer ciel et terre pour le retrouver. Or le silence était le seul allié sûr qui lui restât. Mieux valait se séparer des vieux grognards, et tenter de galvaniser les jeunes troupes.

À Fromentine, le bac accosta dans un chuintement. Le cercueil fut porté à bord par six gendarmes. Il ne manquait que la fanfare. Le préfet embarqua lui aussi. Le Breton assista au départ, mains dans les poches. Les faux scellés étaient irréprochables, il les avait vérifiés pendant le voyage, l'incident était clos, officiellement du moins. Tout allait rentrer dans l'ordre. Le Maréchal, à cette heure, reposait parmi les siens à Douaumont, si les blancs-becs avaient correctement fait leur travail. Le vieux soldat dormait parmi ses poilus, à l'insu de la France ingrate.

Le Polonais fumait silencieusement à côté de lui. Ils regardèrent partir l'Auvergnat et le Hongrois, menottes aux poignets, dans le panier à salade. Ces deux-là sauraient dire ce qu'il fallait, ils y avaient été préparés : des nostalgiques de la Grande Armée, fils ou petit-fils de poilus, qui avaient tenté un coup d'éclat pour redorer le blason du grand chef. Et pour peu que l'Auvergnat ne se mît pas à chanter pendant le trajet, ils seraient traités avec indulgence.

Quelques jours plus tard, alors qu'il avait repris son activité à la direction de l'atelier de serrurerie hérité de son père, le Breton reçut un appel de Germain, commissaire divisionnaire qui avait jadis fait partie du même groupe que lui. Il ne pouvait rien dire au téléphone. Rendez-vous fut pris dans un bar en bas du boulevard Saint-Michel.

— Je suis au courant de tout. L'île d'Yeu, tout ça. Ne me pose pas de questions, je ne peux pas dire comment. Il y a un élément que tu ignores. Que tout le monde ou presque ignore. On cherche à étouffer l'affaire, mais je me devais de te le dire.

Long silence.

— Le Chef n'est pas où il devrait être.

Le visage du Breton ne laissa paraître aucune expression déchiffrable. Il attendit la suite, caressant d'un index machinal la buée sur son demi pression.

— On l'a perdu, ajouta Germain après un nouveau silence.

L'autre se réveilla. L'information peinait à trouver son logement dans les replis cervicaux.

— Perdu ?

— Perdu. Ces petits crétins se sont fait voler le Maréchal. Même le ministre l'ignore.

Le Breton hocha la tête, le regard vague, comme l'ange en plâtre de l'église de son enfance, à Locmariaquer, lorsqu'on glissait une pièce dans la fente.

— Je n'ai pas les mains libres pour aller sur le terrain, poursuivit Germain. Mais je peux trouver les renseignements. Faisons équipe, vieux. Soyons les premiers à retrouver les salauds qui ont fait ça.

L'ange continua d'approuver.

12.

— C'est lui. Ce type, là, le grand.

Plusieurs clichés étaient étalés sur le bureau de Germain. Les choses n'avaient pas traîné. Quelques heures après leur rendez-vous, Germain rappelait le Breton : il venait de recevoir les tirages du labo. Des photographes maison avaient mitraillé avec application la manifestation du Champ-de-Mars. Les photos étaient souvent floues, mais on distinguait sur plusieurs d'entre elles un gaillard mal peigné aux prises avec quelques jeunes gens à cheveux courts, au milieu d'une foule de gamins hystériques, de paysans hagards et de brebis pacifistes. Un cliché le montrait en train d'ouvrir la portière de la camionnette.

— Ces petits imbéciles ont trouvé le moyen de se faire coffrer et de laisser le véhicule seul. Il en a profité.

— On connaît son identité ?

— On cherche. On trouvera.

On chercha, on trouva.

— Nom : Martínez. Prénom : Salvador. Casier

vierge. Famille douteuse, bande de romanichels anarchisants reconvertis dans les fruits et légumes, du côté d'Orléans. Non imposables, tu vois le genre. Néanmoins pas de trafics louches repérés jusqu'à présent, aucune appartenance à un groupe politique constitué.

— Les rigolos indépendants, ce sont les pires, opine le Breton.

— Qui te parle d'indépendance ? Il avait obligatoirement été informé de l'opération. À mon avis, des complices ont provoqué l'échauffourée pour qu'il puisse s'emparer de la camionnette. C'est un réseau, et ils sont très forts, voilà ce que je pense. Si nous savions comment Martínez a été informé de l'opération et pourquoi il a fait ça, on aurait plus de chances de récupérer la camionnette et son contenu.

— Tu peux déjà l'arrêter et solliciter aimablement sa collaboration à l'enquête. Vous savez faire.

— Impossible. Les consignes sont formelles, tout doit se régler dans la plus grande discrétion. Nous n'avons rien contre lui, aucune plainte n'a été déposée pour vol. Imagine la panique s'il se faisait tabasser dans un commissariat.

Germain craignait les bavures, les journalistes, les ébruitements sournois, la stupidité des subalternes, les pervers de gauche, les hypocrites de droite, les flics zélés, les flics pourris, les sociaux-démocrates, les élus. Personne dans la Maison n'était au courant de la disparition du grand corps défunt, pas même le ministre. Pas question donc d'envoyer une équipe officielle chez ce Martínez, qui devait continuer à n'être personne, bien qu'il fût quelqu'un, visiblement.

— Il faut faire vite. Nous avons un cercueil à retardement qui menace de nous exploser au nez. Tu vas aller chez ce Martínez, dit-il au Breton.

La serrure n'a posé aucun problème, évidemment. Les gens ignorent ce que peut être une serrure, ils en dédaignent la beauté, la précision, l'intelligence. Le monde entier tient dans une serrure bien faite : la vie et la mort, l'amour et la haine, le rêve, la loi, le travail, la sécurité, l'aventure, ah, il y aurait à dire, mais bref. Sur le sujet, le Breton est intarissable. Fils de serrurier, peut-être un jour père de serrurier, si ce petit con se décide à sortir des jupes de sa mère, ce qui est hélas mal parti. Un métier comme on n'en fait plus, un métier d'homme et de poète, mais bref, bref. On n'est pas là pour ça. En tout cas, la serrure, une vulgaire Fichet en applique monopoint, n'a même pas offert une résistance de principe. Et on appelle ça des serrures. Que les gens arrivent à dormir en se sentant protégés par de telles babioles, alors là, mystère. Ce n'est pas pour paraître alarmiste, mais même avec des serrures beaucoup plus compliquées, le crochetage est à la portée d'un enfant de dix ans. On introduit le crochet palpeur, comme ceci, on le passe délicatement sur les goupilles situées à l'intérieur du barillet, en restant attentif aux sons rendus par les pistons qui se libèrent et aux sensations tactiles qui informent sur la résistance des goupilles restantes. Avec un peu d'entraînement, on se forme instantanément une image mentale du mécanisme. L'erreur des débutants est de vouloir aller trop vite, de penser tout de suite au résultat et non à la serrure, d'exercer une pression trop importante, alors qu'une serrure exige délicatesse, compréhension, doigté. De l'élégance, en somme. Un simple rayon de bicyclette chauffé à blanc et bien modelé peut fournir un sésame presque universel. Inutiles, les gadgets sophistiqués, les méthodes alambiquées, les brutalités hasardeuses. Ah, mais bien sûr, il faut de la patience dans l'apprentissage, et alors là, de nos jours, plus personne. Notre monde est trop pressé. En tout cas, voilà le résultat : huit secondes tout rond pour ouvrir celle-ci. À vous dégoûter du métier.

À l'intérieur, le Breton découvre un univers bizarre. Forte odeur de tabac et de pieds, et des livres partout. En rangs, en piles, en tas, des livres. Jamais vu ça. On ne me fera pas croire qu'il a tout lu. Un tel entassement de savoir a quelque chose de répugnant : sur les radiateurs, sous les chaises, ne parlons pas des étagères. Le Breton pose ses pieds avec circonspection entre les amoncellements de papiers et d'objets. Il se déplace comme un chat, tâtant de la pointe du pied les vagues du tapis tout en parcourant du regard la pièce où il se trouve, aux murs couverts d'affiches, de photos, d'objets divers épinglés çà et là aux rares endroits non colonisés par les livres. La cuisine, ensuite. Il ouvre le frigo pour s'assurer que là au moins il n'y a pas de livres, mais non : deux yaourts périmés, quelques carottes molles et noircies, un morceau de pâté. Ça se nourrit, quand même. À une tringle sont suspendus plusieurs chorizos qui suintent lugubrement une huile rouge. L'évier plein de vaisselle, les pommes de terre germées dans un panier, un vinaigrier cerné d'un halo de moucherons. Dernière pièce, la chambre, dans un état comparable, mais une odeur légèrement différente, plus puissante aussi. Retour à la pièce principale. Le Breton s'assoit au bureau, une simple table ensevelie sous un monceau de feuilles volantes et de bouquins. Une machine à écrire tente d'imposer sa présence sous la menace de plusieurs piles vacillantes. Coincé à hauteur de main droite entre deux dictionnaires, un cendrier dégueule une coulée de mégots.

Idéalement, le monde est organisé comme une serrure. Un agencement harmonieux et infiniment complexe de goupilles et de cylindres, de ressorts et de tubes, de paillettes et de gorges, de pênes et de gâches, s'emboîtant les uns dans les autres, allant et venant, tournant et retournant dans un céleste cliquetis, voilà le monde. Idéalement. Car l'univers est peuplé de gens qui se sont donné pour mission de coller des chewing-gums dans les serrures. Des gens comme celui-ci, ce Martínez. Pour qui l'ordre est une malédiction et non une lumière, une punition et non une paix, un esclavage, non une délivrance.

Le regard du Breton est accroché par quelques lignes, sur la feuille coincée dans la machine à écrire.

Il arrive que je me lasse d'être homme
Il arrive que j'entre chez les tailleurs et dans les cinémas
Fané, impénétrable, comme un cygne de feutre
Naviguant sur une eau d'origine et de cendre.
L'odeur des coiffeurs me fait pleurer à grands cris.
Il arrive que je me lasse de mes pieds et de mes ongles
Et de mes cheveux et de mon ombre
Il arrive que je me lasse d'être homme.

Le Breton reste interloqué. Il relit plusieurs fois les lignes dactylographiées. Qu'est-ce que c'est que ce truc. Que je me lasse d'être homme. Un cygne de feutre. L'odeur des coiffeurs. C'est un code, sans doute, un langage crypté. Ces petits salopards sont décidément très organisés. Et pourtant quelque chose le touche, là, sous la côte flottante, il est comme le taureau qui sent la première banderille lui transpercer le cuir, et qui ne comprend pas. Il reste un moment immobile, songeur, ensorcelé. Être homme. En lui se bousculent de confuses interrogations. Sa vie. Le sentiment d'avoir oublié ou raté quelque chose. On dirait que le poison de la poésie s'insinue et le ronge. Il arrive, oui, qu'il se lasse d'être homme. Il y a ces moments où il ne sait plus si tout cela a une raison d'être : lui, sa femme, son fils, son métier, ses convictions, ses rêves de force et de gloire, oui, il arrive qu'il soit fatigué. Il regarde autour de lui, cette pièce dans laquelle il détonne, habitacle d'une existence à jamais étrangère, indéchiffrable. Chez lui, il y a des napperons en dentelle sur les meubles cirés, des carrelages en faux marbre, des douilles d'obus en cuivre que la femme de ménage astique une fois par semaine, les seuls livres sont les douze volumes d'une encyclopédie fourguée par son fainéant de beau-père lorsqu'il avait trouvé un boulot de représentant, volumes placés sur une étagère si haute qu'il faudrait un tabouret pour les atteindre, mais qui aurait envie de ça ? Chez lui les objets et les gens restent à leur place. Ici c'est un autre monde, hostile, repoussant, dangereux, et pourtant quelque chose le retient et l'appelle, quelque chose le fige. C'est un instant d'étrange vacillement, hors de la conscience et de la raison. Long silence de l'homme assis, œil vague, mufle baissé. Enfin, peu à peu, la lumière pénètre de nouveau dans son esprit, il se ressaisit, s'ébroue, expulse de son dos la banderille, il se lève, éprouve une furieuse envie de tout foutre en l'air mais non, je ne suis pas un vandale, je suis un agent discret et lucide. Où chercher, dans ce capharnaüm ? Il ouvre un tiroir du bureau, trouve quelques trombones et un morceau de chorizo desséché, ouvre le tiroir du bas, trouve une bouteille et deux verres, prêts à l'emploi. Il la débouche, à vue de nez c'est de la prune, s'envoie un gorgeon, c'en est. Dernier tiroir : un passeport périmé, portant quelques tampons de pays franchement étrangers : Afghanistan, Maroc, Pérou, Chili. Enveloppes, cartes postales, carnets, chéquier. Et un agenda, que le Breton glisse dans sa poche. On trouvera bien là-dedans un indice. Il a bien dû la cacher quelque part, cette camionnette. Il faut aller vite, qui sait quels sont ses projets. Le Breton procède à une perquisition systématique, mais il ne trouve rien. Les étagères contiennent quelques ouvrages subversifs, dont plusieurs exemplaires du Petit Livre rouge (Salvador a commencé une collection par pur vice), mais de nos jours, on ne peut même plus vous coffrer pour ça.

Quelques heures plus tard, lorsque Salva revint chez lui, il éprouva une sensation bizarre, un malaise. Certains objets semblaient avoir été déplacés. Il avait pourtant trouvé la porte d'entrée normalement fermée à clé. Dans la cuisine, les chorizos, Dieu merci, étaient bien à leur poste, mais le volume de García Lorca ne se trouvait pas sur cette pile, la chaise n'avait pas été glissée ainsi sous le bureau. En ouvrant le tiroir, il constata la disparition de son agenda, et il sentit son ventre se contracter. Ils étaient sur ses traces. Ils cherchaient à récupérer le cercueil. L'adresse de Paul se trouvait dans le calepin. La guerre de mouvement commençait.

L'opération fut décidée très vite, et mise en œuvre dans la foulée. Salva guetta la mobylette de Paul de retour du passage à niveau et se rendit aussitôt chez lui pour lui expliquer son plan. Il fallait immédiatement déménager la camionnette, mettre son contenu en lieu sûr. Felipe rechignait à entreposer dans son sous-sol le trésor de guerre, mais en le prenant par les sentiments, et surtout par surprise, Salva se faisait fort de le convaincre.

À 1 h 30 du matin, l'Estafette effectua une sortie discrète dans la rue et parcourut à petite allure les quelques centaines de mètres qui la séparaient du Caminito, devant lequel elle se mit en stationnement. Le bar venait de fermer : Felipe avait posé les chaises à l'envers sur les tables, sorti les bouteilles vides sur le trottoir dans une grande poubelle, et il faisait la caisse avant de rejoindre son lit au terme d'une journée de labeur délicieusement ordinaire, une journée de paix supplémentaire gagnée sur le cyclone Ermelinda. Mais voilà : quelques coups frappés sur la vitre, et c'en était fait de sa tranquillité et de son sommeil.

Les palabres furent brèves. Felipe protesta pour la forme. Ils ne furent pas trop de trois pour transporter le cercueil dans le café toutes lumières éteintes. On baissa les stores avant de rallumer. De l'objet, aux vernis encore luisants, aux parures de laiton à peine ternies, émanait une sorte d'arrogance malsaine dans le cadre bon enfant du bistrot.

Paul et Salva se mirent à l'ouvrage et descendirent l'objet, suant et grognant dans la difficulté. Salva cria quand le cercueil parvenu en bas lui écrasa un orteil. Tout au long de l'opération, on entendit les restes du défunt s'agiter dans la boîte, comme un grelot sourd, menaçant, mêlé au tintement des médailles.

La cave n'était accessible que par une trappe située derrière le bar. Une échelle donnait sur une pièce de dix mètres carrés, où Felipe entreposait son vin et divers ustensiles.

— Comment veux-tu que les femmes te prennent au sérieux, dit Salvador, tu ne sais pas dire non.

Le visage de Felipe, dans l'encadrement de la trappe, là-haut, avait une pâleur de lanterne. Il n'avait pas dit non, c'est vrai, mais tout en lui exprimait une réprobation navrée : sourcils froncés, lèvres pincées, pauvre Felipe. En dessous, Salva et Paul soufflaient près du cercueil posé debout contre l'échelle.

Une porte en fer ouvrait sur une deuxième pièce, très étroite, sorte de tranchée où le héros de Verdun serait parfaitement à son aise. Felipe rejoignit les deux autres en bas et les aida à y glisser la bière, que l'on déposa sur quatre parpaings.

Salvador ferma la porte métallique à double tour, et glissa la clé dans sa poche. En bas de l'échelle, Paul trouva un cache-vis en laiton qui s'était dévissé du cercueil. Il le ramassa et le mit dans sa poche.

Ils remontèrent à la surface où Felipe, le visage toujours fripé, sans un mot ni un sourire, remplit trois verres de calva, tandis que la voix de don Carlos Gardel, ruisselant hors du juke-box, se répandait en sinuant entre les tables : *Audacia.* Felipe ne réclama même pas la clé du réduit, confisquée par Salva. C'est ce qu'il y a de bien avec les Latins : ils savent accepter les ordonnances du destin.

Salvador et Paul abandonnèrent la camionnette dans une ruelle du Kremlin-Bicêtre. Pas question de la laisser près de chez eux. Salva était partisan de la faire brûler : un incendie au Kremlin, vrai régal d'anarchiste. Paul parvint à l'en dissuader. Lecteur occasionnel de romans policiers, il passa un chiffon sur le volant, les poignées, boutons et tous endroits susceptibles de porter des empreintes. Une bonne partie du trajet retour s'effectua à pied, car le métro n'avait pas encore ouvert ses portes. Paul n'eut que le temps d'acheter une baguette de pain et d'enfourcher sa mobylette pour rejoindre le passage à niveau.

Le matin même, à 7 h 42, M. Caillet, résidant rue de la Fraternité au Kremlin-Bicêtre, signala au commissariat de quartier qu'une Estafette de couleur beige sale en stationnement l'empêchait de quitter son garage. À 8 h 15, un camion de la fourrière prenait en charge l'ex-corbillard. À 8 h 52, Bernard Stramboulian, gardien de la paix en service au commissariat, reçut un appel de la fourrière signalant l'enregistrement par ses services d'une camionnette Renault retirée de la voie publique le matin même, modèle Estafette 800, dont il transmit le numéro minéralogique à des fins d'identification. À 10 h 02, quand il en eut le temps, c'est-à-dire après le troisième de ses cinq Nescafé de la matinée, qu'il prenait allongés et accompagnés d'un cigarillo méphitique au grand dam de ses collègues de bureau et en particulier de la secrétaire enceinte, Stramboulian contacta le service des immatriculations pour que l'affaire suive son cours, que le contrevenant soit informé et puni, que l'ordre règne. À 14 h 23, le service des immatriculations signala à Jérôme Coignard, du commissariat du Kremlin-Bicêtre (Stramboulian était entre-temps parti en tournée avec son collègue Nèfles, jeune recrue fraîche émoulue de l'école de police, à qui il inculquait les rudiments du métier en lui faisant contrôler quelques identités tout en lui racontant Mai 68 et la guerre d'Algérie), que le numéro en question était celui d'une Simca 1000 et non d'une camionnette Renault. Une fausse plaque, ah ça ! Le sang de Coignard, toujours impatient de terrasser le dragon de la délinquance, ne fit qu'un tour, et il alerta l'inspecteur Gestède qui justement passait par là, précédé par un gobelet de thé tremblotant au bout de son bras. L'inspecteur souleva le sourcil gauche. Une fausse plaque ? Même en se forçant, Gestède, dont la femme venait de quitter le domicile conjugal, n'en avait rien, mais alors rien à cirer. Quelqu'un se souvint soudain d'une note à tous les services qui avait été distribuée la veille, concernant justement une camionnette activement recherchée, une Estafette 800. Vérification faite (le véhicule correspondait au signalement avec sa carrosserie beige, son toit blanchâtre, son immatriculation charentaise et fausse), Gestède, qui retrouvait un peu goût à la vie, appela les services centraux au numéro indiqué pour signaler la prise. Il était alors 14 h 49. (Notons qu'à cet instant Salvador, qui s'était réveillé tard, commençait à peine à travailler; Paul somnolait dans sa guérite; Felipe débitait des boissons et des amabilités commerçantes; et Lena, eh bien Lena, comme souvent, était ailleurs.) L'interlocuteur avec qui l'on mit en relation Gestède se nommait Germain. Le grand avocat avait informé Germain de ses déboires : le Maréchal en cavale, les jeunes loups sur les dents, le besoin de silence. Que rien ne s'ébruite, de grâce. Germain signifia à Gestède qu'il prenait l'affaire en main. À 14 h 59, après avoir rassuré le grand homme (aucune inquiétude, les meilleurs limiers seraient lancés sur l'affaire, et l'Avocat serait informé en temps réel de toutes les avancées de l'enquête, bien entendu, maître, bien entendu), Germain appela le Breton.

— La camionnette a été retrouvée. Le vieux crétin mouille ses couches. Je passe te prendre, on va sur les lieux.

L'Estafette les attendait dans un hangar près de Charléty, en compagnie de quelques dizaines de voitures orphelines. Germain et le Breton, précédés d'une équipe de spécialistes chargés de relever empreintes, traces, poussières et autres fragments de vérité utile, auscultèrent le véhicule, le regardèrent les yeux dans les phares, se souvinrent, déduisirent, extrapolèrent, imaginèrent.

La veille au soir, les jeunes gens athlétiques s'étaient réunis dans un bar de la rue du Cardinal-Lemoine, où ils se repassaient indéfiniment le film du Champ-de-Mars.

— Je le connais, dit le chef, Rémi V. Je connais ce type. Il était à la Mutualité en janvier, il était à la manif du mois dernier à la Bastille. Il nous cherchait, il aime la castagne, c'est un dur. Il faut le trouver.

Depuis les événements du Champ-de-Mars, Rémi V. se sentait envahi par un sentiment d'humiliation insupportable, sentiment partagé par les autres à un moindre degré car ils n'étaient pas chefs. Il établit des ordres de mission. Il fallait contacter tous les groupes amis, diffuser le signalement du voleur. Espionner les groupes ennemis, le cas échéant. Agir, foncer, cogner, se venger, récupérer la dépouille sacrée, rétablir les valeurs bafouées, restaurer l'honneur, tout ça. Les autres approuvaient en silence. Louis, dont il nous faudra reparler, observait un bouton d'acné sur la lèvre inférieure de Rémi, qui profanait l'altière pureté de son discours. En réalité, Louis se livrait à une activité intime qui à son échelon pouvait s'apparenter à de l'insubordination. Louis réfléchissait.

13.

Mains posées sur son ventre plat, Lena regardait défiler la vie des autres derrière la vitre du bus. Rien ne bougeait, là-dedans. Aucune voix intime ne lui parvenait, contrairement à ce que laissaient croire les mythes de la maternité sacrée, aucun murmure céleste, nul pépiement de séraphin : silence plein et chaud du ventre de Lena, il n'y a personne — s'il y avait quelqu'un je l'entendrais, pensait-elle pour se rassurer. Pas de place pour quelqu'un. Dans le sac de voyage posé sur le siège, la plaquette de Stédiril inachevée, le chapelet de comprimés bleu layette qui lui restaient à prendre lorsqu'elle s'était aperçue d'un oubli.

Cette façon de mêler les jours et les nuits, aussi, ces fêtes à répétition, l'euphorie des rencontres, le temps qui se faufile en douce, l'aube qui tire le matin, la nuit qui tombe en avalanche sur le soir, les rigolades, les discussions à n'en plus finir, la musique, encore la musique, Deep Purple en boucle, Pink Floyd sous une couette épaisse de fumée, la soirée s'étirant quelqu'un mettait sur la platine un vinyle plus rare, un Blue Öyster Cult des familles, Firefall, Kim Fowley, puis on revenait à Led Zeppelin ou aux Doors, avant que la nuit ne se dilue dans un petit jour couleur d'anis avec les mélopées entêtantes de Nico ou Leonard Cohen, quand les corps s'effondraient les uns sur les autres, filles et garçons dans un épuisement ultime — les garçons : j'ai quelque chose avec les garçons, il y en a trop. Et la fac, n'oublions pas la fac, les heures à traîner sur le campus ou à la cafétéria, le temps comme un accordéon qui s'étire et soupire et gémit et soudain crache un son intense et violent, et puis les repas de pâtes à trois heures du matin, les joints qui circulent, les sourires béats, voilà comment on se retrouve enceinte. Trois jours d'oubli, et elle avait renoncé à reprendre le cycle, à avaler trois pilules d'un coup selon les conseils mal assurés des amies qui tremblaient pour elle, parce que chacune gardait le souvenir d'une mère, d'une tante, d'une sœur qui un jour avait connu l'angoisse de la grossesse non voulue, le fléau séculaire, la panade ontologique, chacune sentait le poids de cette boule de plomb sous le plexus.

Étrangement, Lena avait tout de suite accepté son sort, comme si elle avait su, précisément, sûrement, comme si elle n'avait eu aucun doute sur l'engrenage vital qui venait de se mettre en marche. Et quand était arrivé le troisième ou le quatrième jour de retard, c'est pour simple confirmation qu'elle avait acheté le test de grossesse, sans en parler à personne. Elle s'était levée tôt, elle était allée dans la salle de bains, tous les occupants du 34 dormaient à poings fermés, et elle était restée longtemps, longtemps à contempler l'anneau bleu qui se formait : la petite auréole du futur salopiaud.

Quand elle arriva au 34 il n'y avait pas grand monde. Delphine, assise à la table de la cuisine, enfilait des perles en plastique sur des fils de nylon pour fabriquer colliers et parures qu'elle vendrait cet été avec Barbara. Elles partiraient sur les routes dans leur combi VW au gré d'un itinéraire soigneusement aléatoire. Elle en avait déjà deux cartons pleins.

Florence était présente, elle aussi. Elle ne travaillait pas au dispensaire ce jour-là. Elle lisait, à moitié allongée sur un pouf du salon, un livre dont Lena ne distingua pas le titre, mais qui était sans aucun doute d'une nature constructive et utile pour le prolétariat. Au cours des derniers mois, Renaud et Florence, dans un grand élan pédagogique, avaient déjà essayé de faire lire à toute la communauté *Le Capital*, *Que faire ?*, *Le programme militaire de la révolution prolétarienne* et, en dessert, *De la juste solution des contradictions au sein du peuple.* Ils avaient animé des séminaires, c'est le mot, de culture marxiste, tentant de bêcher les esprits ingrats et peu fertiles de leurs compagnons pour y faire lever les graines de la conscience politique. Les séminaires avaient pâti d'un absentéisme notable, voire essuyé quelques ricanements. C'était déjà assez dur de distribuer des tracts au petit matin à l'entrée des usines : les ouvriers souvent gardaient les mains dans les poches de leurs canadiennes en rigolant à la vue de la jeunesse hirsute qui prétendait leur apprendre la vie. C'est ainsi que le militant s'endurcit, expliquait Renaud. Mais si en plus on devait *lire* Marx et Lénine... Le matérialisme dialectique, il faut se l'infuser : ce n'est pas de la camomille. Emmanuel, ayant fait quelques mois de Langues O, se plaisait à brailler, quand il avait un coup dans le nez, que selon ses informations le nom de Mao Tsé-toung signifiait en chinois « le poil (*mao*) qui mouille (*tsé*) l'est (*toung*) ». Authentique, les gars ! Avec un nom aussi tarte, il parvient à soulever les foules et à déplacer des montagnes ! Ça ouvre des perspectives ! Cependant, du haut de leurs presque trente ans, les bergers Florence et Renaud ne se laissaient pas démonter par ce genre de gamineries — d'autant qu'ils avaient pris quelque prudente distance, ces derniers temps, avec la révolution chinoise — et persistaient à mener leur maigre troupeau, bon an mal an, bêlant râlant, à la baguette idéologique, vers les pâturages de la Cause.

Lena monta poser son sac dans sa chambre, se laissa tomber sur son matelas. Quand elle rouvrit les yeux, le jour commençait à baisser. Elle descendit, trouva Florence dans la même posture, sans doute avait-elle franchi une nouvelle étape dans la connaissance de la classe ouvrière ; Delphine avait rangé ses perles et disparu de la cuisine.

— Alors, qu'est-ce que tu comptes faire ? s'enquit Florence en fermant son livre et en se redressant.

Lena s'était préparée à la question, elles en avaient déjà discuté avant son départ pour Bordeaux. C'était une question de mère, de grande sœur, telle que Lena aurait été en droit d'en attendre dans sa propre famille, non pas une marque d'affection ou de tendresse, il ne fallait pas trop demander, mais une marque d'intérêt. Florence se montrait attentive et sévère, elle n'approuvait pas le dévergondage des camarades du 34, cette atmosphère de libertinage sans conscience, ce laxisme des mœurs que Mai 68 avait déchaîné, et qui selon elle faisait le jeu du pouvoir bourgeois. Si elle luttait avec d'autres pour la liberté de l'avortement et de la contraception, ce n'était certes pas dans une perspective d'émancipation (de Gaulle, autre grand homme, dont les maoïstes de mai réévalueraient l'héritage trente ans plus tard, n'avait-il pas déclaré : « La contraception, c'est comme l'automobile : de l'amusement » ?), mais pour affaiblir l'institution familiale, pilier de l'ordre, et pour permettre aux femmes de consacrer leur temps à une cause révolutionnaire autrement plus urgente que la toilette des marmots. Dans la maternité comme dans la débauche, les énergies se diluent, les convictions s'amollissent. Le plaisir — et sur ce point Florence et Renaud rejoignaient certaines fractions du trotskisme honni et du communisme orthodoxe, pour ne pas parler du catholicisme apostolique et romain —, le plaisir est l'ennemi du peuple. Toutefois, en bonne ex-disciple du Grand Timonier (qui pendant ce temps-là pelotait des gamines dans les couloirs de la Cité interdite), elle croyait aux vertus de l'éducation, sans parler de la rééducation, et faisait preuve de mansuétude face aux égarements de ses ouailles.

— Je le garde, répondit Lena.

— Tu le gardes. Et tu feras comment, pour l'élever ? Tu imagines un bébé ici ?

— Je déménagerai.

— Tu arrêtes tes études ?

— De toute façon, ma bourse ne sera pas renouvelée. Et puis ça ne m'intéresse pas vraiment.

— Tu seras obligée de travailler, alors. Qui s'occupera du petit ?

— Il a un père.

— De ce côté-là, c'est vrai, il n'est pas démuni.

— Il aura l'embarras du choix, confirma Lena, éclatant en sanglots.

Florence la fit asseoir sur le vieux canapé et passa un bras autour de ses épaules.

— Tu devrais réfléchir encore. Même si ta mère n'est pas d'accord, tu n'es pas forcée de le garder. Tu es très jeune, Lena.

Lena hausse les épaules, oh, ma mère. Laissons-la où elle est. Je ne sais pas ce que je veux. Je ne sais pas ce que je vais faire. Je ne sais pas qui j'aime. Ce que j'ai trouvé si simple et naturel pour ma sœur me semble pour moi atroce, insurmontable : je ne peux pas le faire, je ne peux pas arracher ça. Je ne me vois pas en mère de famille, en pousseuse de landau, en donneuse de sein, je ne me vois pas gazouiller au-dessus d'un berceau, je ne me vois pas attendre chez moi qu'un homme rentre le soir, toujours le même, et pourtant il y a quelqu'un, là, dans mon ventre, il y a quelqu'un, c'est effrayant, quelqu'un m'habite. Je ne serai plus jamais libre. Je ne peux rien faire contre lui, je le sens, il m'a agrippée, il me tient, je suis impuissante. J'aurais voulu vivre, moi, connaître des mondes, construire, voler, rire, j'aurais voulu continuer. Je suis jeune, c'est vrai. J'ai peur de ce qui m'attend. De ce qui me prend par le ventre et me ramène dans l'épaisse durée. J'ai l'impression que ma vie se termine là, une autre vie commence, qui m'effraie, et me dégoûte, et me déchire, et me remplit de joie.

Il faudrait expliquer tout cela à Florence, mais autant avouer qu'on ne croit pas aux vertus du matérialisme dialectique ; Florence, on la craint et on l'admire comme une mère supérieure. Sans doute a-t-elle programmé d'avoir des enfants, plus tard, quand il le faudra ; pour l'instant elle milite, et se plaît à dire qu'elle ne forme pas avec Renaud un couple mais une équipe. Des années après, quand il pensera à eux, Paul aura à l'esprit l'image de deux casemates jumelles, pareilles à celles que l'Oncle Enver, sentinelle du socialisme, avait semées par dizaines de milliers sur le territoire albanais. Florence peut faire preuve d'un libéralisme apparent lorsqu'elle est en terre de mission, comme au 34, mais, d'après certains témoignages, il en va autrement au sein de l'organisation. L'obéissance y est considérée comme une vertu majeure, la délation comme un devoir sacré, les relations amoureuses entre militants comme une variété d'inceste.

Lena voit bien que personne ne peut l'aider. Elle se sent lourde. Il faudra quitter la légèreté des jours, partir d'ici bientôt, laisser ces rires et ces fureurs, ces idées ivres, aller vers l'objet, vers ce qui pèse et dure, elle ne sait pas si elle en aura la force, le désir, elle aimerait que Paul soit là, qu'il lui dise qu'elle a raison.

Paul n'est pas là, mais il n'est pas très loin. Il lit l'article du journal que Salva vient de lui tendre. Deux colonnes en troisième page signalent que la dépouille du Maréchal a réintégré sa demeure de Port-Joinville, sur l'île d'Yeu. Un officier de l'état-major personnel du président de la République pompidolienne était présent hier matin aux côtés du préfet de Vendée, pour déposer une gerbe de chrysanthèmes pourpre et or et prononcer un discours où il était question de foi, d'épée, de lauriers et du mystère sacré de la réconciliation.

— Maintenant, c'est à nous, dit Salvador en faisant claquer le cul de son verre de blanc sur le marbre de la table.

Il y a du monde au Caminito, le percolateur enrhumé crache ses cafés noirs, les chaises raclent le plancher, don Carlos s'égosille au fond du juke-box.

— À nous de quoi ? s'inquiète Paul.

— À nous de frapper un grand coup. Nous avons une arme quasi nucléaire. Que le vieux monde explose enfin !

Paul n'aime pas quand Salva rit de cette façon. Ce type, son ami, est trop excité.

— Nous n'avons pas d'arme nucléaire, nous avons Pétain dans la cave et des ennuis en perspective. Ils sont venus chez toi, ils sont sur notre piste, rappelle Paul posément. Ils ont ton agenda.

— Et alors ? Nous nous battrons jusqu'au dernier. Rappelle-toi le 30 avril 1863, ordonne Salva en pointant son index sur l'œil droit de Paul. Dans le petit village de Camerone au Mexique, soixante-quatre légionnaires résistent héroïquement aux deux mille Mexicains qui les encerclent. À la fin du combat, les vainqueurs font une haie d'honneur aux trois seuls survivants. Voilà l'exemple à suivre. Ne me dis pas que tu as peur d'un petit cambrioleur.

Allons bon, il est soûl. Rien n'est plus déprimant que l'héroïsme des ivrognes. Ce soir, Salva est prêt à arracher le monde aux griffes de la sainte alliance du grand capital, des nationalismes et du stalinisme, à étrangler de ses mains le fasciste qui sommeille en chacun de nous. Qu'ils y viennent ! Des idées il en a, et des bonnes. Il faut combattre la marchandise par la marchandise, le spectacle par le spectacle. La meilleure idée selon lui consistant à incinérer publiquement le cercueil à Drancy, cité de la Muette, sur les lieux de la honte française, en prévenant au dernier moment journalistes et associations. Un vrai bordel, fais-moi confiance. La police ne pourra rien faire, ni même les pompiers. Et Salvador de réciter les 67 000 déportations de Juifs, les soixante convois pour Auschwitz sous surveillance de *nos* gendarmes, le dernier convoi d'août 44 qui permit à Alois Brunner de fuir avec ses SS et cinquante et un déportés...

— Tu débloques, mon pauvre Salva. Ce cercueil n'est pas à nous. Je n'ai rien à voir avec cette chose, avec cet homme, avec cette histoire. Je ne veux pas en entendre parler.

— Rien à voir, rien à entendre, mais voyons. Ton père, ton grand-père, tes oncles, tes tantes, ils n'ont rien vu, eux non plus, rien entendu. Regarde ton pays, mon petit, regarde-le bien. Tu as cru qu'il se soulevait au joli mois de mai pour je ne sais quelle révolution, mais cinq ans plus tard, voilà, il est redevenu lui-même : une nation de pleutres et de collabos, un ramassis de faux-culs délateurs bêlant leur soif de Maréchal. Quant à tes amis du 34, tu peux me croire, dans trente ans ils seront ministres, ou philosophes officiels, ils continueront de donner des leçons au peuple en se tenant le front dans leurs canapés en cuir, en se pavanant sur les plateaux de télévision, en monopolisant les tribunes des journaux, et tu penseras à moi.

— Arrête le blanc, Salva. Tu me fous le tournis, à tout mélanger.

Mais ne sommes-nous pas en plein rêve ? On nous force à vivre avec cet héritage, à porter des cercueils, à cohabiter avec des morts. J'ai un peu plus de vingt ans, je ne sais pas où je vais ni où je dois aller. Mon pays, c'est la vie. Dans quelques décennies on nous accusera d'avoir été des enfants gâtés, on nous reprochera de ne pas avoir fait la guerre, de ne pas être allés au Vietnam ni en Algérie, de ne pas avoir versé notre sang, de n'avoir pensé qu'à jouir et, ce faisant, d'avoir préparé l'avènement de la jungle libérale. Tout cela est une vaste blague.

— Jure-moi, Salva. Oh, hé, je te parle. Jure-moi que tu ne feras rien...

Mais Salva vient d'être hypnotisé par une fille en manteau afghan qui a fait son apparition dans le bar. Une bouffée d'air glacé est entrée avec elle, faisant baisser brusquement le volume des conversations et augmenter les rythmes cardiaques. Salva arbore un sourire bête, Paul lui aussi a du mal à se concentrer, il faudrait nous attacher au mât mais il n'y a pas de mât. Il saisit le menton de son ami et le force à le regarder.

— Jure-moi que tu ne feras rien sans en parler d'abord avec moi.

Salva, qui a conservé son sourire niais, soulève un sourcil.

— Hermano, que ferais-je sans toi ? Je ne bougerai pas d'un cil. Lâche-moi le menton, maintenant, je ne voudrais pas que cette dame nous prenne pour ce que nous ne sommes pas.

Il y a quelques semaines, les Sioux Oglala, descendants de Crazy Horse, ont occupé Wounded Knee pendant soixante et onze jours. Oglala signifie « ils se dispersent ». C'est ce que nous faisons tous, bon gré mal gré. *Et chacun est rentré chez son automobile*, comme Paul nez au vent rentre chez sa mobylette, il y a dans l'air un parfum tenace d'insatisfaction et d'échec, le froid de la défaite vous glace jusqu'aux os avant même que vous ayez livré bataille. Paul regarde les rues immuables, une éternité de ciel bas, de goudron, dans les bruits épuisés de la ville. Il est l'heure de rejoindre le passage à niveau et ses patientes béatitudes.

14.

Louis, donc, réfléchit. Ça ne fait pas si mal. Dans le bar de la rue du Cardinal-Lemoine, Rémi V. parle vite et fort, il semble en colère, sollicite l'avis de ses camarades, sonde leur adhésion à ses thèses ; mais encore faut-il attendre que celles-ci tracent leur route dans les replis des cortex, ce sont des chemins mous et pleins de virages. Outre le bouton d'acné sur la lèvre du chef, certaines de ses idées ou expressions gênent Louis. Il n'est pas sûr d'être d'accord. Ce sont peut-être d'ailleurs moins les idées que le ton : un emportement excessif, quelque chose d'ultrasonique et de mal réglé dans la voix, qui blesse l'oreille. Louis a toujours eu envie d'obéir, mais il n'a jamais vraiment trouvé à qui. Peu à peu les voici qui se dispersent, les jeunes gens athlétiques, les voici qui se dirigent vers leurs missions, à la recherche de leur trésor volé, deux par deux, Louis reste seul. Ils sont chargés d'espionner les groupes gauchistes les plus actifs à Vincennes, à Jussieu, à la Sorbonne, de se poster à l'entrée des salles de réunion, des locaux d'associations subversives, de s'approcher des communautés urbaines les plus en vue, de s'informer du calendrier des manifestations, de se renseigner sur les coups d'éclat en préparation.

Tout serait plus facile s'ils avaient leurs entrées aux Renseignements généraux. L'Avocat aurait pu leur faciliter la tâche, mais il n'a rien voulu savoir. Débrouillez-vous, a-t-il craché, je me suis assez mouillé pour vous.

L'Avocat craint la maladresse de ces jeunes chiens. Il mise tout en réalité sur le silence qui guérit tant de plaies. Qu'on ne parle plus jamais de cette navrante équipée. J'aurai fait mon possible pour sauver l'honneur, qu'on me laisse à mon chagrin et à mes causes, à mes plaidoiries qui font jaillir les mouchoirs hors des poches, qu'on ne me demande plus rien d'autre. La dépouille illustre a disparu ? C'est effarant, c'est regrettable, mais la nation se moque des puanteurs de la chair morte, la nation se nourrit de symboles et de mythes. Je m'occupe des symboles et des mythes, j'avais un projet grandiose qui eût répandu quelque lumière sur ce siècle obscur, eh bien tant pis. France, tu n'as pas mérité un homme tel que notre Maréchal — le Grand Homme Seul, comme l'appelait René Benjamin. Qu'un cercueil vide repose à l'île d'Yeu, peu importe, si personne ne le sait. Ta silhouette vénérable nous domine et nous apaise, voilà ce qui compte. Tu es là, tu es partout, tu es resté, les Français par lâcheté font mine de l'ignorer mais ils le savent, un jour ils s'en souviendront. Je n'aurai pas été pour rien ton fidèle serviteur, secrétaire général à l'information sous Vichy, mais oui, j'en suis fier. Ainsi se rassure l'Avocat face au miroir du salon, il aimerait revenir en arrière, revenir au moment où cette idée stupide a germé dans sa tête, il n'en mène pas large, un juriste de son envergure, rendez-vous compte, un homme qui a eu le panache de se présenter à une élection présidentielle et qui a recueilli plus de cinq pour cent de suffrages sur un admirable slogan, « Vers l'avenir par la liberté », un programme simple et solide, unité nationale et réductions d'impôts, bref un homme tel que moi, quelle tristesse.

Louis a reçu son ordre de mission : le 34, un repaire lui a-t-on dit d'individus sans foi, de cosmopolites dégénérés, de petits-bourgeois décadents, Rémi sait que leur ennemi déclaré, le voleur de camionnette, fréquente l'endroit. Il l'a repéré lors d'affrontements précédents, il a ses sources, on n'est tout de même pas chef pour rien ; et c'est ainsi que Louis se retrouve sur le trottoir de la rue du Chevaleret, dans ce quartier où jamais il n'aurait songé mettre les pieds. Il faut dire, mais disons-le à la fin, que Louis ne ressemble pas aux caricatures complaisamment diffusées parmi ceux qui veulent faire chanter les lendemains : pour eux, Louis et ses semblables sont les fils naturels d'Adolf Hitler, tous identiques dans l'ignominie, crânes rasés audehors et vert-de-gris en dedans, *Mein Kampf* entre les dents et les phalanges continuellement serrées sur un poing américain.

Louis, donc, n'est pas un fasciste comme les autres, il n'est pas un fasciste du tout d'ailleurs et, à bien y regarder, peu de ses camarades pourraient être définis comme tels, mais n'entrons pas dans ces complications. En Mai 68, Louis tentait de mettre un terme à des études secondaires qui, de redoublement en rattrapage, s'étiraient lamentablement. Arrivé en terminale, il avait décidé de donner un coup de collier, aidé par ses parents qui promettaient de lui couper les vivres en cas d'échec au bac. Ils étaient du genre à tenir leurs promesses. C'est ainsi que les soulèvements printaniers le saisirent en plein effort, et suscitèrent en lui une profonde indignation : pour une fois qu'il souhaitait travailler, des forces hostiles tentaient d'anéantir cet admirable élan. Tandis que ses camarades de classe se retrouvaient chaque matin dans la cour du lycée pour régler leur compte à la bourgeoisie et au grand capital, Louis continua de suivre assidûment les cours des quelques professeurs non grévistes, dans un face-à-face gêné au milieu de salles vides comme des cryptes. On entendait monter de la cour ensoleillée les chants et les cris. Quelques années plus tard, malgré la dissolution des mœurs, Louis continue de ranger sa chambre, se lève tôt, fait son lit au carré, est toujours à l'heure, pour ne citer que quelques-unes de ses bizarreries les plus notables. Il complète la modeste pension que lui allouent ses parents en travaillant trois fois par semaine comme portier de nuit dans un hôtel du Xe arrondissement.

Pour s'introduire au 34, il a un atout. Louis est un beau garçon au regard droit, à l'allure sportive et déterminée, aux cheveux dégagés sur les oreilles. Or les filles, qui préféreraient mourir plutôt que de l'avouer, ne dédaignent pas ces virilités avantageuses. Elles en ont assez des garçons qui se dessinent les yeux au khôl, portent bagues et bracelets et prennent sur les sofas défoncés des poses d'odalisques, sans pour autant pousser la recherche de la femme en eux jusqu'à faire la vaisselle et nettoyer la salle de bains.

Prenez Lena, par exemple, Lena qui en ce moment même ouvre la porte en fer donnant sur la rue : elle apprécie instantanément la vision dépaysante de ce jeune gaillard qui a sans doute perdu son chemin — et pourtant Dieu sait que Lena a d'autres soucis en ce moment. C'est plus fort qu'elle, les gens l'intéressent, et dix minutes plus tard les voilà attablés au Caminito, Lena une main sur sa tasse de café, l'autre posée sur son ventre où toujours rien ne semble bouger. Sur le chemin elle n'a pas remarqué la mobylette de Paul qui s'éloignait dans un nuage de fumée bleue ; lui les a vus ; dommage, sa journée sera moins sereine que prévu.

C'est Louis qui lui a proposé de boire un verre. Voilà un garçon très curieux, il pose question sur question, mais Lena répond de façon élusive, plus par jeu que par crainte de se dévoiler. Il a des yeux noirs et fixes, on dirait qu'il ne cille jamais, cela lui donne l'air un peu fou, un peu inquiétant, ou un peu enfant malgré ses larges épaules. La vie de Lena dans cette communauté le captive. Vous vivez à combien là-dedans, et vous faites quoi de vos journées, et vous faites quoi de vos nuits, et vous mangez toujours tous ensemble, et sur quel argent : ce type est un Martien, il découvre le monde des humains avec une fraîcheur d'outre-espace. Ou alors il est en train de me draguer, possible aussi. De temps en temps il lâche un petit rire étonné, où pointe un soupçon de dégoût presque indécelable à l'œil nu, une répulsion d'évangéliste devant la vie sauvage. Tu peux venir, dit Lena avec un de ces sourires qui finiront par provoquer chez Paul une rupture d'anévrisme, tu peux venir un de ces jours, je te les présenterai. Et il y a du travail, si tu ne sais pas quoi faire. Tirer des tracts, peindre les banderoles, tout ça. Cependant la moue de Louis indique que les tracts, les banderoles, non.

C'est au moment de se lever pour quitter le Caminito qu'il l'aperçoit. Le voleur de camionnette, le sacrilège, le recherché, là, assis au comptoir devant un verre de blanc. Louis le reconnaît sans l'ombre d'un doute. Lui-même portait une cagoule sur le Champ-de-Mars, et risque d'autant moins d'être identifié qu'en bon explorateur il a revêtu aujourd'hui, pour sa mission, l'habit gauchiste traditionnel : veste et pantalon de velours avec les poches réglementaires aux genoux et aux coudes, écharpe en laine orange vif, tout cela emprunté au petit copain de sa sœur, un fumeur de joints qui n'en a pas cru ses yeux. Reste la coupe de cheveux, mais nous l'avons dit, c'est une originalité charmante. Le regard de Louis est toujours fixé sur Salva qui siffle paisiblement son sauvignon. Ce n'est pas une habitude chez lui, le sauvignon à onze heures du matin, cependant la nuit a été pénible, le locataire du sous-sol lui a occasionné une suée et, depuis, Salvador ne cesse de méditer le coup d'éclat qui, grâce à ce trésor de guerre, pourrait incendier l'abjecte grisaille du crépuscule social-démocrate.

Bien que le gars soit costaud, Louis est convaincu que dans un dojo il n'en ferait qu'une bouchée : le genre de combattant tout en énergie, dépourvu de sang-froid, inapte au calcul, un *mawashi* ou un *hittsuhi-geri*, et hop, les épaules au tapis. Quoi qu'il en soit, il n'est pas question de tester ses compétences ici, en présence de la tribu hostile qui peuple le tripot.

D'autant que Lena vient de s'approcher du voleur pour lui claquer deux bises. Incroyable. L'appariement de deux êtres aussi dissemblables a quelque chose de répugnant. Elle, souple, gracieuse, fraîche, parfumée d'elle-même, calme-toi Louis, élancée et mobile, poitrine glorieuse, perfection du rose des pommettes et de l'ondulation des hanches, calme-toi je te dis, lui rustique et mal rasé, sûrement malodorant, la tignasse gauloise coiffée au beurre rance, une infection, sans parler de l'intérieur, sans parler de ce qui remue derrière ces yeux noirs et perçants, les ombres dangereuses du désordre. Chez elle au contraire tout est ordre, chaque parcelle de son être semble avoir été disposée en harmonie parfaite avec l'ensemble et avec le monde extérieur, il faut voir comme elle bouge, un miracle, comme elle rit, un prodige, il faut voir cette impalpable fossette qui apparaît sur sa joue chaque fois qu'elle sourit, il faut voir son corps qui danse et se déploie autour de son bassin comme porté par l'eau, assez, Louis, tu es en mission, n'oublie pas qu'elle est de leur côté. (À noter que ces pensées sont rapportées du mieux possible mais sans doute un peu grossièrement par un narrateur qui peine à en suivre à mesure les mouvements fulgurants, comme il peine à restituer dans ses infinies nuances la grâce de Lena — mais qu'est-ce qu'elle a de si particulier, bon sang? C'est une fille, quoi. Ah, oui, voilà, c'est une fille.)

— Salva. Enfin, Salvador. C'est le meilleur ami de Paul.

— Paul?

Là, elle a marqué un temps d'arrêt, Lena, avant de lâcher un « mon ami » peu convaincu, car enfin est-il vraiment mon ami? Ce n'est pas assez dire. Mon amant? Allons, nous sommes en 73, tout de même. Mon fiancé, mon futur, mon promis? Mon homme? Mon copain, mon type, mon doux, mon amour, mon mec? Rien ne va, rien ne suffit, tout est trop ou pas assez ou à côté. Comme la vie était simple, avant, soupire Lena tout en tendant la joue à Louis pour qu'il y dépose les baisers de rigueur, deux, trois ou quatre selon l'humeur, encore un code indécodable comme tous ceux qui se sont mis en place depuis quelques années, depuis que le couvercle s'est soulevé, mais pour Louis ce sera une seule bise effarouchée, une bise de collégien, un frôlement d'aile qui le laisse abasourdi, le pauvre, nous sommes bien à plaindre.

Et tandis que Lena s'éloigne dans la rue en direction de ses problèmes, Louis s'installe dans une encoignure en attendant la sortie de l'autre.

Salva n'habite pas loin, il est facile à suivre. Il marche tête basse, mains dans les poches de son jean, secouant parfois sa chevelure d'un air désolé, comme si chaque pas lui apportait une preuve supplémentaire de l'infamie du siècle. Voilà, c'est au numéro 128, Louis le voit disparaître dans le porche crasseux. Quelques boîtes aux lettres indiquent des noms à coucher dehors, dont celui de Salvador Martínez, premier étage droite. Quand je pense qu'elle a embrassé ça. Il se passe dans ce pays des choses pas très claires.

Quelques heures plus tard les jeunes gens athlétiques, dont Louis qui a remis les habits adéquats, se trouvent devant la porte. Ils ont attendu un bon moment dans la rue assombrie que M. Martínez daigne quitter son domicile, ce qu'il a fini par faire aux alentours de 20 heures. Il a été suivi sur quelques centaines de mètres, jusqu'à la bouche de métro où il a disparu. Maintenant le chef ausculte la serrure avec des gestes réticents, comme s'il s'agissait d'une bête venimeuse ; faute de l'expertise du Breton, il a conclu qu'il s'agit d'un modèle inviolable par les voies chrétiennes, il sort un pied-de-biche de sa manche. L'autre porte du palier laisse passer les beuglements d'une télé à plein volume, des hurlements d'enfants excités, des jappements de chien, aucun risque qu'on entende le craquement du bois.

À l'intérieur, rien de très reluisant. Des amoncellements de papiers et de livres, chorizos, bouteilles, objets divers, on ne va pas revenir là-dessus.

— Dix minutes pour trouver quelque chose. Pas une de plus.

Alors ils cherchent. Non avec la délicatesse méditative de leur prédécesseur, mais dans une hâte juvénile et brouillonne qui fait peine à voir, avouons-le. Les papiers volent, les livres s'effondrent par piles, les tiroirs se renversent. Seul Louis s'applique à manipuler les objets avec respect. C'est son premier cambriolage, et l'expérience ne lui plaît pas. Ses camarades, persuadés d'être en terrain hostile, font de chaque objet un ennemi personnel. S'ils pouvaient mettre le feu, ils le feraient. Ils ne savent même pas ce qu'ils cherchent. Comment dénicher une piste intéressante dans un tel capharnaüm, sans un minimum de méthode ? Il faudrait trouver un carnet d'adresses, par exemple, un répertoire téléphonique — mais pas trace de téléphone. Faute d'indices, il faudra pister ce Martínez, découvrir ses habitudes et ses ressources, afin de remonter jusqu'à la cache au trésor. Or comment fera-t-on pour le suivre discrètement, après un tel désastre ? Il sera sur ses gardes, il va fuir, se cacher. Surtout, au nom de quelles idées agit-on de la sorte ? Louis a rejoint ce groupe par amour de l'ordre, il avait le sentiment de défendre la France et l'Europe contre les menées de quelques extrémistes sans foi ni loi. Pour les filles, aussi, parce qu'on lui avait dit que le groupe était mixte ; en réalité, la seule fille présente à quelques réunions restait engoncée dans son loden, elle portait des chaussettes en laine, et un coup d'œil suffisait à comprendre qu'il eût fallu un dégrippant surpuissant pour faire enfin coulisser la mécanique de ce corps-là. Méchante, avec ça, taciturne et rougeaude, et voilà pour les filles. L'idéologie à laquelle il avait adhéré sans réserve était simple : anticommuniste, antiaméricaine, farouchement hostile aux groupuscules néonazis, contre la déliquescence des mœurs, pour la restauration des valeurs nationales mais aussi d'une idée européenne qui les transcenderait. Il avait participé à quelques bagarres, au cours desquelles il avait appris à redouter particulièrement les trotskistes, véritables nuisibles, physiquement aguerris, retors, vindicatifs, une plaie. Il s'était engagé sur la base de certitudes simples : lui et ses camarades représentaient la force qui punit, domine et apaise ; face à eux, les idées fumeuses, les corps avachis, les arguties, la paresse, la veulerie, le blasphème. La déconvenue avait été rude la première fois qu'il s'était trouvé face à un bataillon casqué, armé de manches de pioche et sachant s'en servir. Le trotskiste cogne salement, il faut le savoir.

Louis sort sur le palier, referme la porte tant bien que mal. La télévision des voisins hurle toujours, couvrant les bruits du saccage. Si c'est pour faire ça, ils n'ont pas besoin de moi. Il s'éloigne dans les rues, sans doute aimanté par une force qui le dépasse car, quelques minutes plus tard, il se retrouve devant la porte en fer du 34, à guetter les signes de vie qui pourraient lui parvenir à travers les vitres. Que peut-il se passer, là-dedans ? Quelles gens, quelles vies ? Et qu'est-ce que je fais là ? Il va rester un bon moment à se poser la question, avant de se décider à retourner chez Martínez où les autres ont dû terminer leur besogne.

En fait, non. Car tout à l'heure Salvador, qui devait se rendre en métro à un récital de *canto jondo* du côté de la rue Saint-Paul, s'est soudain aperçu qu'il n'avait pas un sou en poche. Il a donc rebroussé chemin au bout de deux stations, et le voilà qui remonte l'escalier du métro, marche à grands pas le long du trottoir, s'engouffre dans le porche dont Louis est sorti quelques instants plus tôt, pénètre dans son appartement où il neige des feuilles de papier.

Sans doute est-il nécessaire, à ce point du récit, d'user d'une ellipse afin d'éviter une nouvelle scène de violence, il n'y en a que trop. Disons simplement que les uns et les autres vont avoir le visage passablement tuméfié, cela suffira pour donner une idée du climat. Maintenant

Salva est donc allongé par terre, deux jeunes gens ont posé leurs genoux sur ses bras, un autre lui maintient les jambes, le chef lui tord le nez en posant des questions. Il commence à comprendre, et Salva est le premier à le lui confirmer, qu'ils ont été doublés : quelqu'un est passé ici avant eux. A-t-il obtenu l'information recherchée ? On a beau presser le citron du suspect, il n'en sort aucun jus convaincant.

Lorsque Louis arrive à son tour à proximité de chez l'anarchiste Martínez, il voit ses camarades jaillir du porche au pas de course, tandis qu'au bout de la rue se profile une voiture surmontée d'un gyrophare qui asperge les façades de jets bleus. Les voisins, ayant éteint la télévision, couché les enfants et le chien, se sont avisés que d'étranges bruits provenaient de l'appartement d'à côté, et ont cru bon d'alerter la police. Salvador en personne accueillera les hommes en uniforme, pour leur assurer, avec un sourire largement ouvert sur des dents ensanglantées que ce n'est rien, vraiment, une petite discussion entre amis, rien de plus, une soirée un peu agitée, messieurs, vous savez ce que c'est.

15.

Et celle-ci, une de ces fausses Picard trois points qu'on vend aux gogos pour leur faire croire qu'ils sont en sécurité, regardez-moi ça. Sans sortir les mains de ses poches, le Breton jauge la serrure de la porte de Paul avec une moue écœurée. Quarante secondes. Et encore. Il introduit le crochet palpeur tout en vérifiant l'emplacement de la trotteuse sur son chronomètre, c'est parti. Premier passage sur les goupilles, on ferme les yeux pour être en connivence avec l'objet, toutes les sensations se regroupent dans les doigts et dans l'ouïe. Déplacer rapidement le crochet d'avant en arrière sur les goupilles tout en ajustant la force rotative sur le barillet. Une, deux, trois, quatre. Je vois. Sons clairs, bonne souplesse des pistons, on pouvait craindre pire. Le crochet est le prolongement du doigt, il va et vient tout en douceur le long du barillet, petite difficulté au fond avec la dernière goupille qui refuse de se positionner, pas d'affolement, je reprends, une, deux, trois, quatre, ah, ça accroche, pas de geste brusque, une simple tension vers le haut, viens ma jolie, viens, et voilà. Quarante-huit. Pas si mal, allons.

Le Breton entre, referme la porte derrière lui. Lors de son intrusion chez Martínez, il avait trouvé un certain nombre de messages entassés dans un tiroir du bureau, griffonnés à la va-vite : « Suis passé, Paul » « 15 heures, qu'est-ce que tu fous ? Paul » « Caminito, Paul », etc. Pour des lettrés, ces gens-là ne sont pas très sophistiqués. Le carnet d'adresses de Martínez ne contenait qu'un Paul, nommé Destrem. Et voilà. Le Breton a d'abord frappé à la porte, dans l'espoir d'une conversation avec l'autochtone. Nous allons donc nous installer ici et espérer son retour.

Petit tour du propriétaire, en attendant. Eh bien dites-moi. Ça veut changer le monde, mais ça n'est pas capable de ranger sa chambre. Deux pièces minuscules, glauques, humides, un repaire de batracien. Vêtements épars sur la moquette trop petite pour la pièce, simplement posée sur un linoléum hors d'âge, constellée de taches et d'auréoles. Une ampoule nue pendouille dans chacune des deux pièces, entourée d'un voile vaguement indien.

Des bouquins, évidemment, des bouquins partout, ils croient que ça les rend intelligents. Et puis, dans une caisse en bois, des disques. Une centaine de 33 tours au moins, destinés à alimenter la chaîne stéréo qui trône sur la bibliothèque — cinq planches de chantier empilées sur des briques. Voyons voir. Led Zeppelin. Kevin Ayers. Blind Faith. Eric Clapton. Pas beaucoup de Français, comme par hasard. Je serais curieux de savoir où on trouve l'argent pour nourrir une telle collection. Deep Purple. The Doors. Jimi Hendrix. Des ultramarins, des métèques. Eh bien mon vieux. Et ça, Nina Hagen, une tête de sorcière, ne me dites pas que ça chante. Queen, UFO, Frank Zappa, Velvet Underground. Oh là là. Pink Floyd. Soft Machine, Robert Wyatt, Matching Mole. Can. Tangerine Dream. Klaus Schulze. Rolling Stones. Nico, Motörhead, Santana, non mais regardez-moi ça, comment peuvent-ils prétendre faire de la musique avec leurs tignasses huileuses qui leur descendent sur les yeux ? Assez, assez, ça suffit. Je trouve ça dans la chambre de mon fils je lui écrase la tête avec son Teppaz (le Breton n'a jamais eu la curiosité de regarder sous le lit de son fils, où avec la complicité de la mère celui-ci cache ses vinyles de Canned Heat ou de Jefferson Airplane).

Le Breton se déplace avec une lenteur hébétée, en proie à une vraie souffrance. Mon pays va mal. La jeunesse déboussolée cherche l'ivresse dans une musique cacophonique, la civilisation part en lambeaux, il n'y a plus d'idées, plus de foi. Pauvres enfants décervelés. Nous-mêmes nous sommes abîmés dans la mollesse, le renoncement, la corruption, l'ignoble satisfaction des ventres pleins. Il pourrait citer Paul Valéry en 40, s'il le connaissait : « La liberté des esprits, l'insoumission des individus, tout ce qui dégénère en facilité, en négligence, en improvisation... Nous sommes victimes de ce que nous sommes... » Combien de temps résisterons-nous encore ? Hochant la tête, il passe machinalement le doigt sur un meuble, saisit un livre, le replace, s'assoit sur le lit. Il se sent envahi d'une grande faiblesse, il pense à Germain, à l'Avocat, aux jeunes crétins qui ont failli à leur mission, il pense à l'illustre dépouille abandonnée par les siens, livrée à Dieu sait quelles avanies. Même nos morts nous n'avons pas su les protéger.

Son regard, glissant le long d'une étagère de la bibliothèque, est accroché par un objet brillant. Il se lève, le prend en main. Du laiton, lourd et froid. C'est une pièce de métal ouvragé, un cache-vis semblable, mais oui, à ceux dont on décore les cercueils, et portant deux lettres gravées : R F.

Nom de Dieu.

Saisi d'un regain d'énergie, il se met à fouiller, à la recherche d'autres indices. À côté de la porte, punaisé sur le mur, un planning manuscrit, sur papier à en-tête de la SNCF. Voilà l'emploi du temps de Paul Destrem pour tout le mois. Il travaillerait donc ? Oh, mais à temps tout ce qu'il y a de partiel, apparemment. C'est bien le diable s'il se fait dix jours par mois. À chaque date correspond un code : PN 196, PN 284, PN 178... Il ne faut pas longtemps au Breton, petit-fils d'un cheminot de Guémené-Penfao, pour faire le rapprochement avec les plaques émaillées que l'on voit sur les façades des maisons de gardes-barrières, aux passages à niveau. PN 284, nous trouverons bien.

Dans ce pays, vous avez remarqué, on distingue à peine le printemps de l'hiver. La nature s'ébroue de mauvaise grâce, fumante et poisseuse, en ce mois de mai 73. Une chiche végétation borde les voies qui filent entre les terrains vagues et les zones industrielles. L'herbe est jaune, la terre noire, les murs gris, çà et là des flaques ont des scintillements lugubres de métal sous le ciel bourrelé comme un vieux matelas. De temps à autre un camion ou un tracteur franchissent le passage à niveau en brinquebalant, petite route croisant petite voie pour justifier l'emploi d'un jeune homme au regard vague, à l'âme flottante. Enfermé dans sa guérite où ronfle un poêle à charbon inadapté à la demi-saison, Paul est obligé d'ouvrir de temps à autre la porte pour évacuer des bouillons d'air chaud et laisser pénétrer le petit vent aigre chargé de crachin qui rampe sur le ballast.

Les trains sont rares. Paul lit, réalise des collages en découpant de vieux numéros d'*Actuel.* Il écoute *Phallus Dei* d'Amon Düül sur une cassette avariée. Dire qu'il a dépensé cinq francs pour acheter ce journal décrivant la « grande misère du sexe ». Était-ce nécessaire ? Espérait-il vraiment trouver un mode d'emploi ? Époque difficile. La liberté sexuelle est obligatoire. Le Petit Livre rouge n'est pas un missel suffisant : il faut y ajouter *Écoute, petit homme.* « J'ai découvert ce qui faisait de toi un esclave : tu es ton propre flic. Tu es seul et unique responsable de ton esclavage.

Toi et personne d'autre. Moi, je te dis : ton seul libérateur c'est toi ! » Etc. Avec ça, on est bien partis. Paul peut admettre qu'il est à la fois un esclave et un flic, mais par pitié qu'on lui foute la paix. Les apôtres du corps s'occupent trop de celui des autres. Qu'on le laisse contempler Lena dans le reflet de la vitre qui ondule au-dessus du poêle ; c'est quand elle n'est pas là qu'il la voit le mieux. Sa présence réelle lui brouille la vue.

Aucun train ne passera avant 11 h 27, le convoi de marchandises en provenance d'on ne sait où, un interminable défilé de wagons, à se demander comment une motrice seule, fût-ce une BB9200, peut tirer une telle caravane.

Aucun train donc avant une bonne heure, et tout le loisir de contempler Lena qui ondule comme une flamme contre le gris du ciel. Lena enfin, telle qu'en elle-même, seule avec moi. Qui était ce type qui l'accompagnait quand je suis passé devant le Caminito tout à l'heure ? Oublions-le. Paul abandonne ses ciseaux et sa colle, la rêverie l'empoigne, il commence par les pieds, c'est l'heure des béatitudes bestiales. Elle a souvent les ongles des orteils peints. En rouge, en rose, en bleu, en nacre, ils roulent comme des billes sur le plancher du 34, rebondissent sans bruit, se reposent parfois au plus laiteux de l'intérieur des cuisses quand Lena s'assoit sur le lit en lotus, car elle sait faire ça. Elle est toujours pieds nus, dans ces lieux mal chauffés et pleins de courants d'air. Pour peu que le regard s'arrache à ces dix cailloux sautillants, il ne rencontre aucun obstacle en montant vers les chevilles.

Et alors là.

Les chevilles de Lena. Ça n'a l'air de rien, une cheville, on n'y prête guère attention, et comme on a tort. Quelle mécanique, mes enfants. Cinquante kilos de chair et d'os reposent sur ces deux bijoux de précision, donnant à leur propriétaire l'allure d'un tissu qui vole dans le vent, sans blague. Quand elle marche, par exemple, Lena tout entière pivote alternativement sur chacun de ces deux axes graciles, sans que rien ne trahisse l'effort ou l'existence d'une quelconque loi de la gravité. Deux exquises jointures finement haubanées de tendons que l'on devine sous la peau quand ils s'étirent comme des cordes d'arcs. Déjà, vous pouvez me croire, des orteils aux chevilles, il y a matière à longuement méditer. Cinquante-deux os délicatement emboîtés les uns dans les autres, c'est d'une telle beauté qu'on s'en contenterait presque, mais ce n'est qu'un début ! Regardez ces mollets ! Ah, le mollet de Lena. N'écoutez pas ceux qui prétendent qu'un mollet n'est jamais qu'un mollet, ils ne méritent pas le monde qui leur est offert, ou ils n'ont jamais vu Lena. En action, les mollets de Lena sont deux fuseaux agiles qui se creusent de fossettes ; au repos, hampes florales, double promesse, préfiguration des cuisses longues et blanches de Lena qui culminent et se croisent au-dessus des genoux, lesquels mériteraient une halte si nous n'étions pas un peu pressés. Les mollets la font surgir, bondir et disparaître ; les cuisses la ramènent, la chair s'y fait plus calme et plus large comme la rivière qui s'apaise en sortant de ses gorges, il est bon d'y plonger et de se laisser porter vers le confluent. Arrivé à ce point de sa rêverie, Paul se sent pris d'un vertige synesthésique, ce qui signifie, pour simplifier, que tous ses sens se mélangent : il voit avec les oreilles, goûte avec les yeux, touche les odeurs, je ne sais pas si je me fais bien comprendre, enfin c'est assez spécial, et assez long, en général. Quand il émerge, comme un nageur à bout de souffle, il se sent sur le point d'exploser de bonheur. Certes, une telle expression peut paraître exagérée ou convenue, mais c'est ainsi, que voulez-vous.

Où en étions-nous. Oui, le ventre de Lena. Mappemonde translucide où germent des constellations. Paul se penche sur ce puits, y enfouit la tête, ouvre grands les yeux. Inutile d'appeler, il sait qu'il y a quelqu'un dans cette nuit tiède, une ombre insaisissable se faufile dans les lueurs, une anguille, un serpent, quelqu'un. Mon fils, bon Dieu, ma fille. Quittons ce lieu inquiétant et exquis. Le ventre de Lena, de face, de profil. De dos, les reins de Lena, tendre hamac où parfois Paul pose la nuque pour regarder le ciel ou le plafond qui en tient lieu. Tout cela est parfait et cette perfection fait mal tant elle est désirable.

Faut-il vraiment que s'ajoute à cela la poitrine de Lena ? Oui, sans doute, il le faut. Car les seins de Lena sont un mystère qui bouleverse la vie de Paul. Parfois il les regarde gonfler la laine du pull marine, sûrs d'eux, rieurs, triomphants même. Ils exultent et provoquent, ils se vantent, ils tanguent, roulent, et c'est Paul qui chavire ; mais lorsqu'il se jette sur eux, lorsqu'il les débusque dans leur cachette de laine et de nylon, ce sont deux oisillons fragiles, deux chatons transis qui appellent la caresse précautionneuse, plus légère qu'une haleine. Il faut les voir quand elle les sort de la douche, finement hérissés comme l'eau d'un lac sous la pluie. Il faut les voir au réveil, quand Lena se retourne en gémissant vers le rai de lumière qui filtre entre les volets, et qu'ils font leur apparition, tendres et blancs, portant la marque des draps froissés autour des tétons bruns.

Mais ce n'est pas tout. Il y a encore du chemin à faire : la gorge de Lena, les épaules de Lena, les bras et les mains de Lena. Son cou, un rêve d'étrangleur, pas de ces cous à l'épaisseur d'écorce sur lesquels les jugulaires grimpent comme du lierre, non, l'encolure d'un vase d'opale qu'un rien pourrait briser, c'est une façon de parler bien sûr, une image, mais vous voyez, j'espère, de quoi il est question. Avons-nous parlé de son menton gentiment pointu, de ses lèvres, du goût de sa salive, de la forme de ses dents (en particulier les incisives du haut), de son nez petit et au dessin irréprochable, de la teinte de son visage quand elle rougit — car elle rougit de temps à autre, c'est son arme fatale —, de l'implantation des cheveux sur son front, du lobe de ses oreilles où chaque jour scintille un morceau de plastique différent plus beau que l'émeraude, avons-nous parlé de sa nuque ? Non, hélas. Sans compter qu'arrivés là, force est de constater que nous n'avons pas même évoqué ses hanches, le roulis enchanteur, c'est à peine croyable, quiconque marche dans la rue derrière elle en perd la route et la raison, quiconque la voit arriver en face est instantanément aveuglé par la blanche vacuité de sa propre existence, non, je vous jure, il y faudrait un livre entier. Or le narrateur sent déjà poindre chez le lecteur comme un agacement : sommes-nous dans un roman, oui ou non ? Et si oui, pourquoi ne s'est-il rien passé depuis plus de trois pages ?

N'exagérons pas. L'apparition de Lena sur la vitre d'une guérite de passage à niveau ce n'est pas rien, tout de même. Et il serait injuste de priver Paul de ses extases contemplatives, qui sont le meilleur de sa vie. Pour le reste, sa vie, n'est-ce pas, sa vie est approximative, parsemée d'incongruités ou de surprises parfois mauvaises, comme ce bruit de pas, tenez, qui se fait entendre sur le gravillon de l'allée.

Il n'attendait pas de visite. Ah, vous voyez bien qu'il s'en passe, des choses.

L'image du Breton, qui vient de pousser le portillon et s'approche de la guérite, se superpose désagréablement à celle de Lena, jusqu'à la dissoudre. L'inconnu est massif, peu amène, il ouvre la porte sans même frapper et prononce quelques mots que Paul ne saisit pas à cause d'Amon Düül. Et voilà que l'homme, qui n'aime sans doute pas le free jazz, écrase de son gros index la touche arrêt du magnétophone.

Le silence qui s'installe dans l'habitacle vitré est comparable à une dépressurisation brutale, il fait mal aux oreilles. L'homme sort de sa poche un objet, le fait claquer sur le numéro d'*Actuel* ouvert sur une bande dessinée de Crumb, c'est un cache-vis en laiton marqué du sigle de la République française. On ne rit plus.

— Je serai bref, dit le visiteur. Il vaudrait mieux que tu répondes à mes questions sans réfléchir, il n'y en aura pas beaucoup. Je suis déjà très énervé. Il ne faudrait pas que tu en rajoutes.

Est-ce un défaut, est-ce une qualité ? Les réactions de Paul aux sollicitations du réel sont toujours différées. Rien à faire, il n'y a pas moins spontané que lui. Les informations extérieures disparaissent pendant un temps dans un obscur bac de décantation, d'où elles ressortent un peu, parfois beaucoup plus tard, pour être traitées.

Disons qu'en l'occurrence, c'est un défaut. Il ne devrait pas poser sur le visiteur ce regard atone, il ne devrait pas garder le silence pendant aussi longtemps, ni rester immobile. Il pourrait au moins lever un bras pour se protéger de la gifle qui ne va pas tarder à tomber, qu'est-ce que je vous disais, voilà : un aller, et tiens, un retour, c'était à prévoir. La chevalière a légèrement entamé la pommette droite.

— Première question, annonce le visiteur.

La première question tient en un mot : « Où ? »

Paul ne répond pas, et son silence a des conséquences immédiates sur la pommette gauche. La deuxième, c'est : « Pourquoi ? » Paul, qui est à moitié tombé de sa chaise, retrouve sa voix, mais en fait un usage inconsidéré. Rien ne sert de crier, d'insulter, de menacer, les grosses mains exigent des réponses. La conversation va se poursuivre ainsi pendant un long moment. Paul a peu de courage, mais beaucoup d'amour-propre. L'autre l'a braqué avec ses mauvaises manières, et dans ces cas-là il n'y a rien à en tirer. Une vraie tête de mule.

— Tu ne te rends pas compte, dit le Breton, haletant. Tu ne te rends pas compte. (Et ses propos sont ponctués par les mouvements amples et comme désolés du bras qui va et vient, les claquements de la main sur le crâne ou sur les joues.) Tu ne te rends pas compte de ce que vous avez fait. Vous ne voyez rien (un coup), vous ne comprenez rien (un coup), vous ne servez à rien, vous ne valez rien. Dire que je pourrais avoir un fils qui te ressemble (un aller-retour).

Et à ces mots le Breton se souvient qu'il a effectivement un fils qui ressemble à ça : double aller-retour. Il faut que tu me dises tout. Avec qui, pourquoi, et où vous l'avez mis.

— Je crois que je vais appeler la police, prévient Paul en crachant un peu de salive sanguinolente.

Il se croit drôle, le pauvre.

— La police, petit avorton, la police c'est moi. En pire. Je suis un moindre mal. Si je lâche les chiens, crois-moi, tu sauras ce que c'est que le regret.

De temps à autre, le Breton est obligé de faire une pause, lorsqu'un camion ou une voiture traversent le passage à niveau, au risque de surprendre leur conversation. Puis il reprend la litanie des « Où ? » et des « Pourquoi ? », à quoi Paul répond par un silence buté. Le visiteur a beau frapper, lui promettre un avenir lamentable, décrire les ennuis sans nombre qui vont commencer de pleuvoir sur lui, il n'obtient qu'un regard niais, un sourire ouvert sur des dents rouges, rien de plus agaçant.

Il est sauvé par la sonnerie qui annonce le train de marchandises de 11 h 27. Il faut que j'aille fermer les barrières, chuinte Paul dont le visage a pris des teintes à la Chagall. La motrice BB9200 passe à vitesse sénatoriale, et le conducteur a tout le temps d'observer le jeune garde-barrière aux cheveux hirsutes, au visage bariolé. Les gamins d'aujourd'hui n'ont plus aucune tenue. Le Breton se résout à quitter les lieux. Il n'a pas envie qu'on le voie, et surtout il sait que lorsqu'il laisse monter en lui la fureur, il ne se connaît plus. Nous nous reverrons, crois-moi, glisse-t-il en passant devant Paul, qui se met au garde-à-vous tandis que les wagons défilent pesamment. Pauvre petit morveux.

Le morveux a de longues heures à tuer avant la fin du service, ce soir à 22 h 38, après le dernier train. De longues heures en compagnie de

Lena, se console-t-il en tamponnant ses pommettes à l'aide du drapeau rouge entreposé dans un placard avec la lampe-tempête, le coupe-circuit et les fusées de détresse.

Toute la journée, il la passe dans la guérite en compagnie de Lena qui tremble sur la vitre, mais ce n'est plus aussi bien. Il y a la douleur qui élance, le souvenir déplaisant du Breton, la perspective de le rencontrer de nouveau dans les jours à venir, et puis aussi l'image lancinante de Lena marchant dans la rue ce matin en compagnie d'un type, un grand blond baraqué jusque-là inconnu dans les parages, et elle lui souriait. Les coups du Breton semblent avoir eu cet effet secondaire regrettable, de faire remonter l'image qui recouvre et disloque celle de la jeune fille en gloire rayonnant sur le verre transparent.

Pour échapper à ces visions, Paul n'a plus que le recours d'un livre, celui qu'il transporte avec lui depuis plusieurs jours sans oser l'ouvrir. Philippe Pétain, *Actes et écrits.* Après tout, maintenant, entre nous, c'est à la vie à la mort. Il l'a volé chez Gibert la semaine dernière, beau volume à couverture orange préfacé par un avocat célèbre. La présence soudaine du Maréchal dans sa vie l'embarrasse et l'obsède, comme un secret de famille que l'on répugne à découvrir.

Demain, tous des Chefs !
Seul est vaincu celui qui croit l'être.
Français, vous avez vraiment la mémoire courte.
Je ne quitterai pas le sol du pays.

Qui est cet homme en qui tant de Français ont cru trouver un père ? Un mot de lui, et deux millions d'écoliers envoyaient leurs dessins à Vichy. Un bref discours, et la Chambre des députés presque unanime votait les pleins pouvoirs. Une apparition publique et les quarante millions de républicains fervents de 1936 se découvraient partisans de l'Ordre nouveau. Qui était Henri Philippe Benoni Omer Joseph Pétain ? Un caprice inédit de l'Histoire, ou plutôt le symptôme d'une maladie chronique apparue après l'écrasement de la Commune de Paris, un cancer qui, à la faveur des guerres et des désastres économiques, avait lentement gagné tout le corps national ?

C'est le cœur serré que je vous dis qu'il faut aujourd'hui cesser le combat.

Trop peu d'enfants, trop peu d'armes, trop peu d'alliés, voilà les causes de notre défaite.

Rappelez-vous surtout que vous êtes des hommes. Ressaisissez-vous.

Philippe Pétain, premier paysan de France.

Il ne saurait y avoir de fraternité véritable qu'à l'intérieur de ces groupes naturels que sont la famille, la cité, la patrie.

Il ne faut penser qu'à l'ordre, et l'ordre c'est la conscience de tous.

L'esprit de revendication retarde les progrès que l'esprit de collaboration réalise.

Toute communauté requiert un chef. Tout chef doit être honoré et servi.

Paul feuillette le livre, s'imprègne malgré lui du ton sentencieux de celui que ses collègues de l'École de guerre surnommaient Précis le Sec. Le vieil autocrate est au centre de toutes les conversations avec Salva. Dès qu'ils sont ensemble, ils ne peuvent s'empêcher de parler de lui : on dirait que c'est lui qui s'est emparé d'eux, et non le contraire. À la fermeture du Caminito, il leur arrive de descendre au sous-sol pour vérifier que le captif est toujours là, malgré les protestations de Felipe — ils s'en fichent, ils ont la clé. Ils emportent une bouteille et deux verres, qu'ils posent sur le cercueil, et devisent.

— Il avait cinquante-huit ans en 14. Il aurait pu être dans la même classe que Rimbaud, imagine.

Et d'inventer à Philippe et Arthur des bagarres de cour de récréation, tournant forcément à l'avantage de l'agité des Ardennes, même si l'on devait reconnaître que le placide Cauchois avait fabriqué, lui, des dormeurs du val en quantité industrielle.

Surtout, ils tentent d'inventer une issue à ce rapt involontaire, mais sans parvenir à se mettre d'accord. Salvador avance des idées dangereusement fumantes, il projette une expédition à Colombey-les-Deux-Églises, une incinération sur le parvis du Palais-Bourbon, un char de carnaval descendant les Champs-Élysées pour être jeté à la Seine. Il ne sort finalement rien de ces conclaves souterrains, sinon de durables migraines.

À la nuit tombée, Paul rejoint son domicile à mobylette. Baume du vent frais sur les plaies. Mais en matière de désagréments, la journée n'est pas terminée. Arrivé chez lui, il a à peine eu le temps de poser sa besace, de se passer la tête sous l'eau, de mettre *Tubular Bells* sur la platine et de se laisser tomber sur le matelas, que plusieurs coups résonnent contre la porte. Paul se redresse à demi. Il n'y a que Salva pour venir à cette heure, sans doute armé d'une bouteille de prune et d'un sujet de conversation urgent.

Ce n'est pas Salva. En trois secondes, le petit appartement est envahi par les volumineuses carcasses de quelques jeunes gens athlétiques dont les mines ne disent rien qui vaille. Furieux d'avoir été doublés chez Martínez, ils arrivent ici avec la ferme intention de mettre tous les atouts dans leur jeu et de récupérer ce qui leur a été volé. Ils sont venus sans Louis, cette fois. Le chef a décidé de ne plus le convier à ce type d'opérations : il a tendance à faire des manières. D'ailleurs, Louis est en mission actuellement, inutile de le distraire.

À voir la tête de Paul, ils comprennent qu'ils arrivent trop tard. Quelqu'un est passé avant eux, a sans doute obtenu l'information. Peut-être la même personne qui les avait précédés chez Martínez. Qui ? Ils ont besoin de le découvrir. Tout cela est d'une injustice flagrante. Le cercueil est à eux. Ils l'ont momentanément égaré, certes, mais il est à eux, ils en ont la charge.

Quand ils ressortent de chez Paul, une heure plus tard, ils ont des envies de carnage. Ou d'incendie, à la rigueur. Paul a confirmé leurs soupçons sans se faire trop prier : oui, il a reçu la visite d'un homme menaçant à qui il a tout dit. Terrorisé, il lui a livré la cachette : le cercueil était entreposé ici même, dans son garage. L'homme, aidé d'un acolyte posté dans une camionnette, a emporté l'objet.

Il n'y a pas eu besoin de trop écraser les doigts de Paul, ni de trop lui taper dans le ventre pour qu'il décrive avec précision l'individu en question. Trapu, moustachu, la mèche terne, un loden, le teint rouge. Les jeunes gens se remémorent instantanément une rencontre dans le garage de l'Avocat, lors du changement d'équipe. Le type avait livré la camionnette arrivant de l'île d'Yeu, et semblait furieux d'avoir été dessaisi de la mission. Il veut se venger, s'approprier ce qui nous appartient. Nous avons affaire à un élément incontrôlable, il faut prévenir l'Avocat.

Après leur départ, l'esprit de Paul ressemble à son appartement. Au moins a-t-il réussi à les envoyer sur une fausse piste. Mais ce n'est pas fini. L'autre reviendra, avec ses mains dures et ses yeux qui roulent.

Paul, en ce moment, voudrait ne jamais avoir connu Salvador Martínez, et voyez comme nous sommes faits : c'est pourtant vers chez lui que ses pas le portent spontanément. Arrivé sur le palier, il se dit que si l'Espagnol est dans le même état que sa porte, c'est qu'il y a une justice. Je ne vois pas pourquoi je serais le seul à me faire écrabouiller. Paul pousse la porte, jette un œil à l'intérieur, appelle. Personne ne répond. À en juger par l'état de l'appartement, soit M. Martínez a organisé une fête à tout casser, soit il a reçu le même genre de visite que moi.

Selon un tracé prévisible, l'itinéraire de Paul aboutit en ligne à peu près droite au Caminito, surpeuplé et bruyant. Il reconnaît immédiatement le dos vaste de Salvador, attablé au fond, près du bar.

Et en face de lui, Lena.

Et à côté de Lena, ce grand type blond aperçu ce matin dans la rue, qui parlait avec elle. Ils ont passé la journée ensemble, ma parole. Quand Paul pose sa main sur l'épaule de Martínez, l'autre lève vers lui un visage multicolore, assez semblable au sien, dans des teintes peut-être un peu plus affirmées.

En le voyant, Lena s'est aussitôt levée.

— Non, pas toi, quand même, dit-elle, l'air désolé. Salva ne veut rien me dire. Vous vous êtes battus ?

Et elle l'attrape doucement par la nuque, pose ses lèvres sur les siennes. Il avait oublié ce souverain remède, il avait oublié à quel point être dans le souffle de Lena porte à vivre, il est donc vivant, je vis, je vis, des lendemains m'attendent.

— Qu'est-ce qui se passe, Paul ?

Mais Paul n'a pas envie de répondre. Il jette à Salva un regard lourd de sentiments variés, salue vaguement le type que lui présente Lena — c'est

Louis, dit-elle, il fait socio à Vincennes, dit-elle, il aimerait venir vivre au 34, dit-elle — et s'assoit. Il n'a jamais vu ce Louis à Vincennes, mais après tout il y passe assez peu de temps. Non, attends, elle a vraiment dit qu'il va venir vivre au 34 ? D'un seul coup, le sentiment de bien-être qui l'avait empli à l'instant se lézarde.

Depuis le bar, Felipe les observe à la dérobée. Il n'aime pas ça. Il n'aime pas ça du tout. Ces visages tuméfiés, ces pommettes gonflées, ces paupières bleuies ont à voir sans aucun doute avec l'indésirable colis qui hante le sous-sol. Il voit luire dans la pénombre les ongles acérés d'Ermelinda, dont les reflets dansent sur la mélodie de *Volver*.

Lena a tendu son bras en travers de la table pour saisir la main de Paul. Dans tes yeux Lena la paix et la guerre coexistent. Où serons-nous demain, dans un mois, dans dix ans, où seront tous ces gens qui nous entourent et qui chantent et qui crient, cette jeunesse dont chaque geste semble proclamer : *pas d'autre programme que l'horizon et que la mer prodigieusement là-bas* ? Un des poètes invendables chers à Salva l'a écrit : « Je vais dire Présent, et le Présent a déjà fui / Le présent est un souffle, un soupir, un voile que l'on noue / Mais comment lier l'avenir au passé / Je dis Présent, et le voile est cousu et le voile est déchiré... » À travers les doigts de Lena circule un courant électrique venu de son ventre. Les jours vont passer, les mois les années, tout ça pour quoi, quand on se le demandera il ne sera plus temps.

16.

Et pourtant les jours s'écoulèrent sans événements notables ni tabassages impromptus, comme si le petit cyclone qui avait menacé d'emporter les uns et les autres s'était dissous dans l'air épais de la France des années soixante-dix, comme si le Grand Homme Seul s'était accommodé sans rechigner de sa nouvelle sépulture privée de brise marine, envahie chaque soir d'une rumeur de tangos et de piétinements d'ivrognes venus de l'étage au-dessus, comme si ceux qui le cherchaient avaient finalement renoncé, comme si la vie devait reprendre un cours normal. Paul de temps à autre allait lever et baisser ses barrières, parfois aussi il pointait le museau à la faculté, mais l'été arrivait et seuls les bons élèves s'obstinaient à s'asseoir sur les sièges inconfortables des amphis. Lena écoutait pousser son petit, le 34 préparait le grand soir en faisant cracher à tout-va la ronéo, en buvant du thé à la cardamome ou des boissons moins recommandables dans le smog de cannabis qui piquait les yeux et les bronches. Felipe parfois parvenait à oublier

Linda à force d'astiquer le comptoir en zinc et de répondre aux commandes de la jeunesse assoiffée. Salvador Martínez imperturbablement traduisait ses poètes immatériels et il aurait continué de se jeter sur les filles esseulées avec une énergie de busard s'il n'était pas, tenez-vous bien, tombé amoureux.

L'accident avait eu lieu dans une pharmacie où Salva était entré à la recherche d'un pansement, car une de ses plaies au visage s'était rouverte inopinément. Il serait entré dans la Pharmacie Centrale, trois cents mètres plus bas, que son existence n'aurait pas pris ce virage soudain. Ou dans le Franprix de l'avenue, tenez, juste à côté, qui vendait à prix avantageux des pansements tout à fait convenables. Mais voilà, le petit démon du hasard, juché sur son épaule, l'avait conduit tout droit entre les mains expertes d'Anniki, jeune Islandaise qui effectuait à la Pharmacie du Progrès les derniers jours d'un contrat de trois mois. Venue à Paris dans l'espoir de perfectionner son français, elle passait son temps dans l'arrière-boutique à déballer des cartons, signer les reçus des coursiers qui ne lui adressaient pas un mot, ranger des médicaments dans les grands tiroirs coulissants, classer le courrier et passer la serpillière. Son français s'était tout de même amélioré : elle connaissait désormais le nom d'au moins trente maladies différentes. Le petit démon s'était arrangé pour que la pharmacie fût vide de clients lors de l'entrée de Salva, pour que la pharmacienne fût occupée dans l'arrière-boutique et pour qu'Anniki fût ce jour-là disponible et de bonne humeur, car elle avait un caractère aussi changeant et brutal que les cieux de son pays, ce que ne laissaient en rien présager sa physionomie souriante, sa chevelure calme qui tombait autour d'elle comme une chute d'eau éclairée par le soleil de minuit, ses petites dents rondes, ses mains douces dont le contact inopiné, au moment de rendre la monnaie, allait être fatal à la tranquillité d'esprit du compañero Martínez. Ce fut une perdition corps et biens dans le regard couleur banquise. Le soir même il était dans le lit d'Anniki, radeau auquel ils restèrent accrochés durant plusieurs jours et plusieurs nuits comme des naufragés heureux dans une mer déchaînée. Une semaine plus tard, Salvador Martínez décidait de faire son paquetage et de la suivre là-haut, laissant Paul abasourdi par la nouvelle. Ils partiraient en auto-stop, avec un sac à dos chargé de chorizos et de livres, sans compter la machine à écrire.

— Tu me laisses seul avec le problème, quoi.

— Quel problème, mon petit Paulo ? Il n'y a pas de problème. Chaque chose est à sa place, et je suis amoureux. Si tu veux, ce soir, nous irons vérifier que notre vieille Pétoire est toujours là, et nous boirons à l'avenir.

Et le soir même, en effet, à la fermeture du Caminito, ils claquaient le cul de leurs verres sur le cercueil de Précis le Sec après avoir avalé un ou deux décilitres de prune maison, pour arroser entre autres le 18 juin prochain.

— Je n'imagine pas la vie sans toi, disait Paul que l'alcool rendait sentimental.

— C'est que tu manques d'imagination. Essaie d'anticiper *¡carajo!* Ta Lena va te faire voir du pays.

— Et l'autre ?

— L'autre.

— L'autre, là-dedans, dit Paul en tapant sur le couvercle du cercueil. Ne fais pas l'idiot, Salva, tu m'énerves.

— Ah, l'autre.

Salva plissa le front, un long silence s'installa. Il parut soucieux, mais en réalité, ses pensées erraient sur le lac Jökulsárlón, longeaient les glaciers du Breiðamerkurjökull, survolaient la vallée inhabitée de Landmannalaugar, ses sources d'eaux chaudes et ses montagnes de rhyolite, s'enfonçaient dans les volcans égueulés d'Eldgjá, s'ébrouaient dans la cascade d'Ófærufoss — sites mirifiques auxquels se superposaient les hanches d'Anniki, les cheveux d'Anniki, les fesses d'Anniki. Le pauvre garçon avait perdu tout contact avec le monde alentour. Il n'y a pas de quoi rire, cela pourrait nous arriver.

— Qu'est-ce que je vais en faire, Salva ? Qu'est-ce que je vais faire de ça ?

— Il t'appartient. Il est à toi, à ton pays, fais-en ce que tu veux, mon frère. Si tu me le demandes, je t'aiderai à le monter sur le trottoir, les éboueurs s'en chargeront demain matin. À moins que tu n'attendes le retour de nos petits amis, qui se feront un plaisir de t'en débarrasser.

Ton pays ne sent pas bon. Tout ça n'est rien, mon petit Paul. Laisse tout tomber, et viens avec moi.

La proposition méritait une nouvelle rasade de prune, qui ne contribua pas à dissiper les brumes nordiques dans lesquelles s'enfonçait à son tour l'esprit de Paul. Il se vit soudain avec Lena sur des névés hostiles du côté de Vatnajokull, fouettés par le vent polaire, un vent professionnel, implacable et sans relâche. Il protégeait tant bien que mal le gros ventre de Lena avec l'anorak dont il s'était défait au péril de sa vie, tandis que Salva et Anniki, dans l'igloo voisin, travaillaient au renouvellement de l'espèce — ou simplement au réchauffement de la planète. Ce n'était qu'un début : ensuite il faudrait, il le savait bien, tenter de subtiliser à une ourse blanche un peu de lait pour le petit, faire fumer des filets de hareng au maigre feu du bivouac, siffler des bières une fois par mois avec des trappeurs de Kopavogur dont il ne comprendrait pas la langue, apprendre à son fils à faire des trous dans la glace. Engelures, doigts coupés, béribéri, ennui.

— Je reste.

Avait-il des raisons d'avoir honte de son vieux pays malodorant ? Avait-il des raisons d'en être fier ? Enfermé dans ce sous-sol avec son meilleur ami et un pesant défunt, son esprit sautillait dans les vapeurs d'alcool à la recherche d'une idée à suivre, d'une conviction, d'un semblant de lumière. La fierté lui paraissait le sentiment le plus abject qui fût, et la honte le plus inutile. L'aube approchait quand ils remontèrent tant bien que mal l'échelle qui menait à la trappe derrière le bar du Caminito. Ils avaient laissé la bouteille vide sur le cercueil, éteint la lumière, verrouillé le caveau.

Une fois la trappe refermée, Salva remit solennellement la clé à son ami Paul.

— Ne touche à rien, et sois sans inquiétude, hermano. Si un jour je reviens, nous lui fabriquerons un nouveau destin national.

Ils étaient devant l'issue de service du Caminito, dont Felipe à contrecœur leur avait donné un double. Sur le trottoir ils s'embrassèrent, et restèrent un bon moment ainsi agrippés l'un à l'autre, soudés moins par l'émotion que par la crainte de perdre l'équilibre, puis ils se diluèrent dans le matin pâle. Salva se réincarna un peu plus tard contre le corps tiède d'Anniki. Une aurore boréale se forma instantanément au-dessus du lit.

Paul ne voulait pas dormir. Il savait que s'il s'allongeait l'univers se mettrait à tourner autour de lui à vitesse croissante et qu'il cracherait l'intérieur de son corps retourné comme un gant. Il marcha longuement, rejoignit le fleuve en tirant des bords, longea les berges, se perdit dans des rues qui lui parurent tortueuses et qui en réalité étaient droites, passa devant des commissariats, devant un hôpital où il hésita à entrer pour demander une ablation de la tête, se retrouva par enchantement dans les parages du 34 alors que le soleil fourbissait les armes d'une vraie journée d'été.

Il ne voulait pas entrer, rejoindre Lena et les autres, à supposer qu'ils fussent levés, entendre leurs discours et leurs citations, il ne voulait pas se percevoir en misérable sybarite taraudé par une gueule de bois parmi les fiers gardiens du temple prolétarien. Il s'installa sur les marches de la maison d'en face. Dans les jardins, les merles avaient monté une fanfare de cuivres et faisaient rouler des riffs d'enfer. Il appuya sa tête contre la pierre, il pouvait fermer les yeux sans que l'univers bascule à la renverse, la longue promenade l'avait un peu dégrisé. Il se laissa envelopper par une caressante fatigue.

L'odeur du tabac le réveilla. Quand il ouvrit les yeux, il vit Louis, assis à côté de lui, qui contemplait rêveusement l'entrée du 34.

Grâce à l'entremise de Lena, Louis avait pris ses quartiers au 34. On l'avait installé dans un grenier inoccupé, à charge pour lui de le rendre habitable s'il désirait vraiment rester. Il avait manifesté dès le départ son intérêt pour les vastes théories des uns et des autres, avait posé des questions, proposé des coups de main, au point de se faire considérer comme une recrue encore mal dégrossie mais pleine d'avenir par Renaud et Florence.

Lena, pour sa part, continuait de le trouver étrange et plutôt séduisant. Sa façon de parler en regardant intensément son interlocuteur avec une ombre de sourire, ses mains fortes qu'il laissait pendre le long du corps, ses longs silences, ses questions incessantes sur des points d'évidence, comme un détenu retrouvant le monde après dix ans de réclusion et qui cherche à comprendre. Sans se montrer trop curieux, Louis tentait d'obtenir des renseignements sur le fonctionnement des divers groupes représentés dans la communauté, mais jusqu'à présent rien ne lui avait permis de détecter une quelconque implication des uns ou des autres dans le vol de la camionnette. Il était particulièrement attentif lorsque Salvador Martínez faisait une apparition au 34, cependant rien, pas un signe, pas une allusion. Martínez avait donc sans doute agi seul, ce qui était tout de même difficile à croire : comment, sans l'appui d'un groupe organisé, avait-il pu repérer et suivre la camionnette, créer un incident sur le Champ-de-Mars pour neutraliser l'équipe et s'emparer du véhicule ? L'hypothèse d'un coup solitaire éloignait la menace d'une exploitation politique de l'affaire. Peut-être avait-il agi sur un coup de tête et se trouvait-il embarrassé par son butin.

C'est en tout cas ce que Louis tenta d'expliquer à son chef, Rémi V., lors d'un rendez-vous dans un bar près du Père-Lachaise ; mais l'autre était assez énervé, pressé par l'Avocat de résoudre l'affaire au plus vite depuis qu'on savait le Breton également sur la piste. Le chef n'était pas contre la manière forte, au nom des plus hauts intérêts du pays. Louis n'avait pas de goût pour la violence, il ne voyait pas l'intérêt de brutaliser ces jeunes phraseurs qui, à les fréquenter, lui paraissaient décidément inoffensifs. Même sous la torture, Martínez ne dirait rien. Mieux valait obtenir les informations par des méthodes moins rustres, et moins risquées. On n'était ni au Brésil ni en URSS, tout de même. Eût-on de bonnes raisons de le faire, il restait interdit de fourrer les doigts d'un gauchiste dans une prise électrique, par exemple. Le chef se laissa convaincre. Par ailleurs, Louis ne tenait pas à écourter sa mission au 34, où vivait Lena — le pauvre ignorait encore qu'elle était deux.

Une nuit, alors qu'il se retournait sur son matelas en mousse posé à même le plancher poussiéreux du grenier sans trouver le sommeil, Louis fut alerté par un bruit provenant du jardin. Par la lucarne, il aperçut une ombre qui se faufilait à travers les arbustes en direction de la maison. Il attendit un moment, descendit en évitant de faire craquer l'escalier de bois. Dans la grande maison, tout le monde dormait. Un rai de lumière filtrait sous la porte de la chambre de Renaud et Florence, sans doute s'étaient-ils assoupis en lisant *L'impérialisme, stade suprême du capitalisme.* Au rez-de-chaussée, pas un bruit. Le visiteur avait disparu. Louis aperçut la porte entrouverte de l'escalier menant au sous-sol. La salle de la ronéo était éclairée. À l'intérieur de la pièce, un homme ouvrait méthodiquement les tiroirs métalliques, sortait les classeurs, parcourait les documents sans s'attarder. Quand il fut de profil, Louis le reconnut. Il ne portait plus le loden hivernal, mais un blouson de toile beige. C'était bien l'homme qui avait mené à bien l'enlèvement de l'île d'Yeu, et transmis le relais dans le garage de l'Avocat, celui qui avait précédé les jeunes gens athlétiques chez Martínez et chez Paul, une brute passéiste, un facho à l'ancienne, sans doute catholique intégriste, agrippé aux valeurs du vieux monde, rien à voir avec la jeune garde solidariste, européenne, ouverte aux théories économiques modernes.

L'autre se figea quand Louis approcha. Il ne le reconnut pas. La carrure du jeune homme, son expression placide, ses mouvements souples lui firent comprendre qu'il n'avait rien à gagner à chercher l'affrontement physique : quinze ans de plus, peu d'entraînement.

— On a trouvé quelque chose d'intéressant? s'enquit Louis.

Le Breton ne répondit pas. Il remit dans le tiroir les documents qu'il tenait en main, le referma.

— Je crois que nous cherchons la même chose, dit Louis. Vous ne trouverez rien. J'ai déjà fouillé.

Louis poursuivit en lui rappelant leur rencontre chez l'Avocat. Tout en parlant, il continuait de se rapprocher de l'autre.

— On peut peut-être travailler ensemble, proposa le Breton, passant derrière la ronéo dans une tentative de contournement.

— Partez, dit Louis en repoussant le Breton

vers l'escalier. Et ne faites pas de bruit. Ils dorment, ils ont besoin de bien se reposer avant de faire la révolution. Vous n'avez plus l'âge de sortir aussi tard.

Le poing du Breton partit à toute vitesse, mais Louis, rompu aux combats à mains nues, l'intercepta sans difficulté et lui tordit le bras en exerçant une torsion tout à fait antinaturelle de la main. « *Gyaku hanmi katate dori* », expliqua-t-il en raccompagnant le visiteur qui jurait à voix basse, bras tordu dans le dos. Le cas échéant, il pratiquerait un *yokomen uchi* autrement douloureux.

Une heure plus tard, le Breton furieux était dans le bureau de Germain. Ils méditaient sombrement sur l'avenir de la France. Jeanne d'Arc se sera sacrifiée pour rien, tout s'en va, tout nous échappe.

— Je vois très bien qui sont ces petits crétins. L'Avocat s'appuie sur eux, ils sont dociles et arrivistes. Leurs chefs finiront notables d'un parti présidentiel, tu verras. Les sous-fifres, à la Santé. L'Avocat n'a qu'un but : abandonner l'affaire. Retrouver le cercueil, le remettre discrètement aux autorités ébahies, en omettant de préciser son rôle dans l'histoire. Il sera de surcroît remercié pour sa trahison. Si nous abandonnons, le Chef ne reposera jamais à Douaumont, parmi ses poilus.

Germain expliqua qu'il avait les mains liées : ici les murs avaient des oreilles, et même parfois des yeux.

— Compte sur moi, dit le Breton. Je ne lâcherai pas.

Louis, donc, fume une cigarette dont l'odeur a réveillé Paul. Ils sont tous deux assis en face du 34, dans le soleil levant et la fanfare des merles. Paul referme les yeux, laisse l'autre parler. Il se sent dans un état étrange, vaporeux, entre le sommeil et l'ivresse. Louis parle à mi-voix, c'est assez agréable, il parle du 34, pose quelques questions discrètes mais n'insiste pas quand Paul lui répond par une sorte de gémissement indistinct, il parle de Renaud et de ses projets grandioses, Paul garde les yeux fermés, il parle de Florence qui ne rigole pas, il parle de Lena, Paul ouvre un œil, il dit qu'il aimerait bien faire l'amour avec elle, Paul ouvre les deux yeux.

— Je blaguais, dit Louis dont le regard vague perdu sur le premier étage du 34 indique assez qu'il ne blague pas.

— Bon. C'est qu'elle est avec moi, précise Paul d'une voix pâteuse.

— Je sais, je sais bien, répond Louis comme s'il s'agissait d'un détail sans importance.

Louis indique négligemment qu'il lui a semblé reconnaître des flics en civil qui rôdaient aux alentours. Auraient-ils des raisons particulières de fouiner par ici, en dehors bien sûr du danger de renversement imminent des institutions que représente cette communauté ?

— Quelles raisons veux-tu qu'ils aient ?

demande Paul qui s'est redressé, tout à fait réveillé.

— Je ne sais pas, moi. Ils peuvent être sur la piste de marchandises illicites. Des documents. Des armes.

Louis explique qu'il sait les repérer de loin, son club de karaté fourmille de flics.

Paul pense à Salvador, qui a bouclé son sac et en ce moment lève le pouce au bord d'une nationale du côté de Goussainville en compagnie d'Anniki, direction Rotterdam où ils embarqueront à bord d'un cargo vraquier, sur lequel ils travailleront pendant seize jours avant d'atteindre Njardvik et les mers gelées. Paul pense au Grand Homme Seul bien à l'abri dans son réduit. Il pense à l'étrange tournure que prend sa vie. Les policiers peuvent toujours fouiller le 34 de la cave au grenier, ils ne trouveront jamais que les œuvres complètes de Louis Althusser et les notes de Renaud pour sa prochaine allocution ou pour un livre toujours en gestation.

— Ils étaient aussi hier devant chez ton ami Salva. J'espère que vous n'avez pas fait de conneries ?

Louis a un petit sourire goguenard. Paul se redresse, en alerte, oh, que je n'aime pas ça. Des sons parasites ralentissent ses pensées, genre free jazz, il ne parvient pas à se concentrer. La brute du passage à niveau, puis les jeunes fascistes énervés, maintenant la police, cela commence à faire du monde.

En vérité Louis n'a pas vu de policiers en

maraude. Il tente simplement de pousser Paul dans ses retranchements, connaissant ses liens avec Martínez. Peut-être laissera-t-il échapper un renseignement utile. Mais Paul s'est refermé sur son concert intime, il tente de rassembler ses pensées qui s'égaillent, c'est un exercice douloureux, bientôt interrompu par le grincement du portail d'en face.

Et alors là.

Il faut la voir sortir dans le soleil de juin. Il faut la voir, je sais, nous l'avons déjà dit mais cela vaut d'être redit, faire danser son corps sur deux flammes d'air. Pour d'autres créatures on dirait simplement qu'elle marche, mais là c'est autre chose. Rien de commun avec ces pimbêches à talons aiguilles et minijupes en lamé sur les photos publicitaires, non : Lena porte une robe de coton vichy bleu sans manches, des espadrilles bien ajustées sur le cou-de-pied, tout ça vous a la simplicité des miracles. Lena s'est légèrement penchée pour tirer le portail, puis elle s'est redressée et a rejeté sa chevelure en arrière d'un léger coup de tête, c'est à ce moment qu'elle les a vus, les deux ravis jouant les ténébreux assis comme des frères sur les marches de la maison d'en face. Elle a traversé la rue en souriant, s'est inclinée vers Louis pour l'embrasser sur les deux joues, puis vers Paul et le baiser a passé sur ses lèvres comme un courant d'air, comment fait-elle pour sentir si bon, ce n'est pas le savon, ce n'est pas le parfum, c'est elle, voilà tout. Et elle, Lena, a pris la main de Paul et l'a guidée jusqu'à son ventre pour l'y presser furtivement, c'était chaud, c'était rond, un rêve de paume.

Comme elle faisait mine de reprendre sa route, les deux garçons lui ont emboîté le pas sans un mot. Ils l'accompagneront au moins jusqu'au métro. Elle porte ses cours de socio dans un sac multicolore. Ils l'accompagnent comme deux joueurs de foot qui se marquent au maillot. Elle les salue en agitant gaiement ses doigts, descend l'escalier en rebondissant sur les marches. En quelques secondes elle s'efface comme un rêve. Les garçons se séparent, chacun veut savourer en silence la vision de Lena qui persiste sur leurs rétines.

Dans les jours qui suivirent, Paul prit l'habitude de venir à toute heure s'installer au comptoir du Caminito, à la place même qu'occupait naguère Salva, et de se lamenter avec Felipe sur le caractère imprévisible des Espagnols. En Argentine, confirmait Felipe entre deux clients, on ne quitte pas ses amis comme ça, sur un coup de tête. Les femmes, oui, quand on est obligé, mais les amis, jamais.

Paul apprit qu'un individu bizarre était venu au Caminito poser des questions au patron. Questions diverses, mais assez précises sur certains clients. Un dénommé Salvador Martínez n'avait-il pas ici ses habitudes ? Quand l'avait-on vu pour la dernière fois ? Felipe n'avait rien lâché, mais ses genoux tremblaient. À la description qu'il en fit, Paul reconnut le visiteur du passage à niveau, et admit que le patron du Caminito avait raison : il fallait débarrasser le sous-sol de son occupant.

— Vous ne vous rendez pas compte de votre bonheur, disait Felipe. Vous devriez vous tenir tranquilles et bénir le ciel de vivre dans un pays opulent où les femmes sont gentilles, au lieu de quoi vous n'avez que votre révolution à la bouche. Nous, en América del Sur, des révolutions, on en a une par semaine. Vous devriez venir voir, ça vous remettrait les idées en place.

17.

— Tu rigoles.

— Mais non, papa. Allez.

— Regarde-moi ça, dit le père en tâtant le biceps de Paul. Tu n'aurais même pas la force de tourner le volant. C'est que c'est lourd, cet engin, une tonne cinq, tu imagines ? Prends plutôt la 2 CV, c'est moins risqué.

— Trop petite. J'ai besoin de l'autre, je te dis.

— J'ai besoin, j'ai besoin..., ronchonne le père.

Il entreprend posément de se rouler une cigarette. Il sort le paquet de bergerac, une feuille de Riz Lacroix, fait une moue dubitative, jetant de temps à autre un regard sur son fils.

— Viens voir, dit-il après avoir enfin allumé la cigarette et craché un épais nuage.

Paul le suit dans le bric-à-brac ordonné du garage, jusqu'à la porte du fond qui donne sur le jardin. Odeurs d'essence, de carton, de poussière, vieux caoutchoucs et cuirs usés, odeurs de cambouis et de white-spirit du côté de l'établi, couleurs pâlies du vieux film de l'enfance. L'enfance de Paul était cette cage. Côté rue, une enfilade de pavillons, à gauche jusqu'à la gare, tout au bout; à droite vers une zone industrielle vague et fuligineuse sous les lignes à haute tension. Quand l'ennui de sa chambre le prenait à la gorge, Paul venait s'installer dans le garage. Il rêvait là, tranquille, dans l'entassement des tapis roulés et des meubles qu'on n'avait pas voulu jeter, d'objets inutilisables mais on ne sait jamais, d'outils de jardinage au garde-à-vous contre un mur, d'armoires métalliques regorgeant de ferrailles indispensables, de réveils à réparer, de grille-pain présumés sauvables, sous les cannes à pêche en bambou refendu suspendues à l'horizontale à une poutre avec l'épuisette, le siège pliant et la bourriche métallique. Paul, dans les replis de ce dédale sur lequel les hublots de la porte coulissante distillaient un jus de lumière blême, vivait sa vie secrète d'enfant-blatte.

Le jardin est une bande étroite de terre minutieusement retournée, désherbée, engraissée, qui produit dix fois plus de légumes que le père ne pourrait en avaler, même s'il aimait un peu moins la viande. Depuis que sa femme est morte, il y passe une grande partie de son temps.

S'il a voulu s'installer ici il y a trente ans, ce n'est pas tant pour la production maraîchère que pour la rivière qui coule au bout du jardin. La rivière : une rigole qui va se déverser à deux cents mètres de là dans une autre rigole un peu plus large et profonde, d'où le père extrait les gardons anémiés et les tanches verdâtres qui font sa fierté. Quand Paul vivait ici, tous les soirs, aux beaux jours, en rentrant du travail, le père prenait son pliant et ses gaules. Le souvenir de la tanche au vin rouge préparée par sa mère reste un souvenir d'abomination ineffaçable. La bête était servie entière dans un plat en pyrex, posée sur un grabat d'échalotes bistre, avec ses yeux blancs navrés, sa chair molle hérissée d'arêtes sur laquelle la peau luisante tombait comme un bas sur la jambe d'une vieille.

Il suit le dos robuste de son père, le pas inéluctable de son père, la veste en toile bleue inchangée, la démarche calme, la tête aux cheveux rares traversant les nuages de fumée qu'il crache devant lui le long de l'allée. Le jardin forme deux rectangles. Il faut passer le petit portillon et descendre trois marches pour accéder à la partie basse, que borde la rivière. Le père s'arrête près de la bétonnière orange qui n'a pas encore retrouvé sa place au garage, derrière la 2 CV et le fourgon Peugeot.

C'est là. Paul découvre la nouveauté : un petit bassin aux formes indéfinies, carrelé de bleu et de vert, pourvu en son centre d'une rocaille qui brandit un petit jet d'eau quasi marocain. Quelques poissons stupéfaits restent entre deux eaux, figés dans la nostalgie des flots huileux de la rivière.

Le père et le fils restent un long moment côte à côte, à contempler l'œuvre.

— Tu trouves ça moche, hein.

Paul secoue la tête. Le père lui donne un coup de hanche.

— Allez, dis-le, tu trouves ça moche.

— Pas du tout, répond Paul.

C'est une magnifique horreur. On y sent un amour enfantin de l'existence, un émerveillement de chaque geste. Ces affreux carreaux bleus et verts rayonnent de bonheur. Il y a chez cet homme, mon père, une inépuisable capacité d'admiration qui le préserve de toute médiocrité : il voit spontanément en toute chose la beauté qu'elle recèle, et en toute personne. Il n'est ni dupe ni crédule, mais il ne cède pas aux faciles plaisirs de l'ironie, du désabusement, de la noirceur, du sarcasme nihiliste : il est prêt, il est disponible, il est ouvert, il est humble, il est heureux. À se demander s'il est vraiment mon père.

— Alors, tu me le prêtes ?

Le père se penche en gémissant pour ramasser une feuille qui flotte sur le bassin. Il se relève posément, continue de scruter ses carpeaux et ses brèmes.

— Qu'est-ce que tu veux en faire ? Tu ferais mieux de préparer tes examens. Avec tout ce qu'on vous fourre dans le crâne, de nos jours, je me méfie.

— On ne nous fourre rien dans le crâne, papa. On est capables de penser tout seuls, ment Paul.

— Oh, ça. Il y a toujours eu des plus vieux pour pousser les plus jeunes à faire des conneries. Pour leur dire de faire la révolution ou d'aller se faire trouer la peau. Depuis les Grecs, et même avant. Ils se croient, les jeunes, mais ils n'ont pas grand-chose dans le ciboulot, hein, dit le père en posant sa main sur la nuque du fils. On leur met un livre entre les mains, et ils prétendent avoir inventé le monde. Tu n'es pas avec ces maoïstes, au moins ?

— Je ne peux pas les sentir. Et puis ils n'ont plus tellement le moral, on n'en trouve plus beaucoup.

— Ni avec ces trotskistes ?

— Papa, tu m'as regardé ?

— Les anarchistes ne sont pas mieux, tu sais.

Au téléphone, Paul a dû lui parler un jour de Salvador Martínez et de sa lourde hérédité.

— Bon alors, papa, tu me le prêtes ?

— Et même avec tes examens, tu n'es pas sûr d'avoir un métier. Ce n'est pas le tout de lire des livres. Faut croûter, mon vieux.

Paul choisit de se taire. Ils vont faire un tour jusqu'à la rivière. On dirait que le père ne voit pas les berges crasseuses couvertes d'une herbe jaunie et clairsemée, tachées de ciment et de gravats, fliquées par une sinistre escouade de peupliers, on dirait qu'il ne voit pas les auréoles moirées du gazole à la surface de l'eau stagnante, les morceaux de plastique qui traînent dans les fossés. Il voit la splendeur de la vie qui irradie de toutes ces misères, un sourire éclaire son visage, quelle chance d'être là, se dit-il.

Ils remontent vers la maison sans rien dire.

Arrivés au garage, le père s'approche du fourgon tôlé bleu ciel, un D4B Peugeot qui n'a pas vu la lumière du jour depuis des lustres. Il ouvre la portière, explore la cabine en hochant la tête. Les deux sièges en moleskine sans rembourrage sont suspendus aux armatures métalliques par des ressorts. Cela sent la graisse et le métal, la fatigue heureuse du père, le temps passé.

— Freins puissants, dit le père. Tu feras gaffe.

Le Maréchal était dans le coffre à outils. Paul et Felipe avaient passé une partie de la nuit à l'extraire de sa cachette. Sans l'aide de Salva, il avait fallu mettre en place un système de palan et de cordes pour le hisser le long de l'échelle. Puis on l'avait traîné sur le sol du Caminito et introduit non sans mal dans le fourgon garé devant, en espérant qu'aucun voisin ou passant ne serait alerté par le mouvement inhabituel à cette heure. Par chance, Paul put quitter les lieux sur le coup de 4 heures sans avoir attiré l'attention de personne, après de brefs adieux et les remerciements soulagés de Felipe. Ils avaient installé le cercueil dans le coffre jadis utilisé par le père pour ranger son matériel, qui formait une banquette en longueur à l'arrière sur le côté droit, laissant un espace suffisant pour l'étroit rectangle de mousse qui servirait de couchage au long du voyage. Paul et Felipe calèrent la bière de toutes parts dans le réceptacle avec des cartons et de vieux chiffons. Puis Paul verrouilla les deux antiques cadenas qui scellaient le couvercle du coffre, et partit garer l'engin dans une ruelle. Il passa le reste de la nuit dans le fourgon. Après avoir dormi quelques heures, il alla au 34 chercher Lena. Elle l'attendait sur le trottoir comme convenu, avec son sac, jean et débardeur vert pomme.

Bientôt les lents paysages de la Beauce vinrent s'ouvrir comme une mer sur les deux vitres du pare-brise. Lena, les pieds sur le tableau de bord, braillait une chanson bête. De temps à autre, la main de Paul venait se poser sur elle, ici ou là — généralement plutôt là. On était bien.

Dans la cage vibrante du fourgon, il n'y avait qu'elle et lui — exception faite du passager allongé dans le coffre à outils, mais Paul n'y pensait pas. Elle et moi, l'instant parfait, l'avenir qui s'ouvre devant nous comme les frondaisons, elle et moi, et Paul en aurait presque oublié un autre passager qui faisait la brasse dans sa petite piscine amniotique. Une contraction soudaine du diaphragme remontant jusqu'à la gorge, un assombrissement des couleurs alentour, les sons devenant cotonneux et lointains, telle une faim brusque : il reconnut l'envie de mourir. Elle le saisissait de temps à autre, violente, agréable comme un évanouissement ou un vertige. Puis la vie reprenait. La vie, un flux sans appel qui grondait sourdement au fond d'un ravin : la vie.

Ce sera une fille, disait Lena. Paul était d'accord. Elle s'appellera Louise. Paul était d'accord. Elle sera luciole, comme moi. Paul était d'accord. Elle sera calme comme toi, rapide comme moi, belle comme personne. Luciole, c'est le surnom que Paul avait donné à Lena car elle abandonnait derrière elle une traînée lumineuse, laissant toutes les ampoules allumées dans les pièces qu'elle quittait, alors que lui avait été élevé par son père dans un souci constant d'économie. Paul hasarda que tout de même ce serait peut-être un garçon, Lena répondit qu'elle s'appellerait Louise, un point c'est tout, et qu'elle n'encombrerait pas le monde d'une paire de couilles surnuméraire. Ainsi étaient les femmes en ces temps, péremptoires et gaies. Les bons jours.

C'était un bon jour. Paul, soucieux d'être discret, avait décidé d'éviter les nationales, et le fourgon bleu ciel filait à petite allure sur des départementales bouillonnantes de vert.

Lena voulait voir la mer. Le camion bleu se laissa glisser vers l'ouest aux longs nuages blancs, vers la Saintonge et les marais. Ils firent halte dans la citadelle maritime aujourd'hui repoussée à l'intérieur des terres, échouée sur un talus de vase comme le seraient bientôt les chalutiers de la mer d'Aral : où que nous allions le monde est plein de ces délicats appels à la mélancolie, le temps nous cerne et nous use et, voyez comme nous sommes, nous ne renonçons pas pour autant à respirer ni à rire. Ils se perdirent dans le fouillis de routes et de chemins sinuant le long des pertuis, entre les marais salants et les parcs à huîtres, il faisait bon, l'air était chargé de parfums de vase et de liberté. Ils aboutirent dans un cul-de-sac au bord de la Seudre, où ils choisirent de passer la nuit. Le vieux soleil touillait lentement une soupe de nuages mauves. Ils restèrent longtemps à contempler sa chute, assis sur un talus, en mangeant du pain. Ce fut leur seul repas car ils avaient oublié de faire des courses en route. Ils dormirent à l'étroit dans le camion sur leur matelas de mousse, serrés entre la paroi métallique et le coffre à outils, dont Lena ignorait le contenu tandis que Paul en était obsédé. Depuis l'arrivée du Grand Homme Seul dans sa vie, il avait le sentiment de vivre un rêve étrange. De nuit comme de jour, il était traversé de visions effrayantes, la statue du Maréchal, immense, se mettait à marcher vers lui dans un assourdissant tintement de médailles.

Paul ne se plaignait pas du manque de place, avec Lena il aurait dormi dans un sarcophage. La nuit, elle eut un sommeil agité. Paul se faisait petit, se rencognait contre le coffre à outils de peur de la réveiller. Il pouvait la voir malgré l'obscurité totale, il la respirait. Quand il s'assoupissait, sa main allait d'elle-même chercher le ventre arrondi de Lena.

Ils passèrent à Bordeaux pour voir Claire, la petite sœur. Elle avait décidé de rester là-bas, près de sa mère, loin surtout de Gérard et des souvenirs désolants. Claire vivait dans un studio près de Saint-Michel, et faisait tous les soirs le trajet à pied jusqu'au quai des Chartrons pour boire un tilleul avec la vieille femme sèche. Celle-ci lui avait facilement pardonné l'avortement, puisque Lena était coupable de tout. La rupture avec Gérard n'avait pu que la satisfaire, elle ne voyait pas sa fille faire sa vie avec un ouvrier, syndicaliste de surcroît. La petite sœur avait un joli regard qui étincelait par moments entre les paupières plissées. La mère la regardait, presque attendrie, comme une image de ce qu'elle aurait pu être si la vie avait été plus juste : une femme malléable et légère, sans disposition durable pour le chagrin.

Malgré les incitations de Claire, Lena refusa d'aller voir sa mère. On dîna dans un bistrot de la place Saint-Michel, bondé d'ouvriers portugais épuisés par leur journée. Une radio postillonnait sur les dîneurs des nouvelles de la France, vieux pays plongé dans une léthargie amère. Personne ne l'écoutait. Lena et Paul étaient assis face à la petite sœur. Les côtes de porc trempaient dans un jus couleur caramel d'où émergeait un monticule de purée jaune d'or. Paul, changeant provisoirement d'objet de contemplation, laissa involontairement son regard détailler les contours du visage de Claire, ses fossettes attendrissantes, les coussinets de ses lèvres, le fin duvet chatoyant parfois dans le contre-jour, un charme sans complication ni mystère, directement accessible, offert à tous vents avec une modestie joyeuse : le genre de filles dont les garçons abusent sans y penser.

— Et après, et après, je ne sais pas. Je ne sais pas du tout, je crois que je m'en fous, disait la jolie Claire en écarquillant les yeux. La fac, peut-être, mais pour faire quoi ?

— Pour faire quoi, répétait Lena avec une moue d'agacement. Tu as une bourse. Tu peux bosser, aussi. Tu ne vas pas traîner éternellement chez maman à te faire payer ta chambre et tes fringues, si ? À prendre un tilleul tous les soirs ?

— J'aime bien le tilleul, répondait la jolie Claire avec ce sourire particulier perfectionné pendant des années dans le seul but d'exaspérer la grande sœur.

Eh oui, comme il était exaspérant, ce petit sourire imperceptiblement moqueur, le serrement des lèvres creusant les fossettes, tête à peine penchée ! Gérard était peut-être un franc salaud, mais il avait quand même dû en baver.

Paul refusa de quitter son camion pour la nuit, malgré l'hospitalité offerte par Claire dans son studio. Déjà, les deux filles avaient dû l'attendre au bistrot pendant qu'il cherchait une place de stationnement visible depuis l'établissement. Il ne voulait pas quitter le Maréchal de l'œil.

— C'est le camion de son papa, expliquait Lena à Claire. Trésor de famille.

Elle ne croyait pas si bien dire ; si elle avait su, elle aurait pu ajouter le travail et la patrie. Paul passa donc la nuit seul dans le vacarme de la circulation du cours Victor-Hugo, tandis que Lena partageait le canapé-lit de Claire qui l'avait suppliée de rester avec elle. Au matin, la portière s'ouvrit alors qu'il venait enfin de trouver une sorte de sommeil, et il sentit le corps de Lena se glisser contre le sien.

— Ne fais pas semblant de dormir. C'est moi. Lena. Debout les morts.

La main de Lena fit en sorte qu'il ressuscite, le corps dénudé de Lena enveloppa le sien pour le hisser vers les contrées du rêve éveillé.

Une demi-heure plus tard, la fumée des premières cigarettes commença d'envahir l'habitacle.

— Pour Louise, dit Lena dont la peau luisait de sueur. Je l'ai dit à Claire. Je ne voulais pas qu'elle l'apprenne sur le tard.

— Et alors?

— Alors, bien sûr elle a pleuré. C'est une championne des larmes, ma sœur. Et aussi, ajouta Lena en soufflant un jet de fumée, elle veut venir avec nous.

Paul se redressa, ahuri, affirma qu'il n'en était pas question, qu'il avait envie d'être seul avec Lena, tout seul avec Lena, non, s'il te plaît, et dix minutes après, Claire jetait son sac sur le coffre à outils avec un petit rire. Elle était vraiment charmante.

Ils passèrent à Libourne, à Bergerac, longèrent la Dordogne aux remous vert bronze. Les deux sœurs partageaient le siège unique du passager.

Du côté de Sarlat, le camion s'engagea dans un chemin qui bordait un petit affluent encadré de falaises. Ils mangèrent quelques provisions achetées en route, assis sur des rochers. L'eau blanche filait entre les cailloux. Un poisson patientait dans une crevasse, se déplaçant de temps à autre mollement d'un coup de queue. Regardez la truite, dit Lena. Un chevesne, précisa Paul, fort de la science paternelle. En réalité c'était une truite, mais Lena n'avait rien à faire de ce genre de détails. Elles n'ont pas ce goût de la nomenclature, que voulez-vous, elles se fichent de connaître les marques des automobiles ou la vitesse du vent.

Lena s'endormit près du camion, dans l'herbe où elle avait disposé une couverture. Les deux autres partirent en exploration le long du ruisseau. Ils marchèrent près d'une demi-heure en suivant le sentier de pêcheurs, écartant avec des bâtons les herbes hautes et les orties. Puis il arriva ce qui, sans doute, devait arriver. En essayant de repasser le film des événements, Paul ne parviendrait pas à comprendre qui avait décidé quoi, comme toujours. Il revoyait Claire marcher devant lui, elle était vêtue d'une jupe en jean et d'une chemise indienne à moitié transparente qui laissait deviner la courbe de ses hanches, si ce n'était pas une invitation, ça, puis il y avait ce gros chêne dont le tronc obstruait à moitié le chemin, et au lieu de se faufiler sur le côté pour reprendre sa marche, Claire se retournait sans crier gare. Voilà Paul projeté contre elle. Cela durait un quart de seconde, au terme duquel ils s'écartaient l'un de l'autre sans rien dire avant de se remettre en route, mais dès lors ils ne pouvaient plus ignorer ce qui allait arriver. Une boule dans la gorge, un nœud dans le ventre, ou l'inverse, un tremblement intérieur, un trafic d'hormones à haute tension, une appréhension animale qui n'avait rien à voir avec la crainte que Lena pût les suivre, car Lena soudain, c'est incroyable, n'exista plus.

À cet instant, Lena dormait profondément sur sa couverture. Elle ne dormait plus quand ils la retrouvèrent, une heure plus tard. Elle était à genoux sur un rocher, le bras plongé dans l'eau jusqu'au coude, en train d'essayer d'attraper la truite, le chevesne, enfin la truite. Elle se redressa quand elle entendit leurs pas. Paul, cette fois, marchait devant. Inutile de demander par quel sortilège elle comprit tout en un clin d'œil, avant même qu'ils arrivent près d'elle. En chemin, Paul s'était rincé dans l'eau courante, y avait trempé la tête et les bras pour se laver de l'odeur de Claire, pour se séparer de l'odeur délicieuse de Claire, du souvenir irréel de ces instants volés, ou pour se réveiller peut-être d'un cauchemar exquis. Mais rien n'y avait fait : l'odeur restait en lui et sur lui, perceptible sans doute à dix mètres à la ronde, et l'image de Claire haletante et la bouche entrouverte, collée contre le tronc du chêne, l'image défilait à la surface de ses yeux comme sur un écran, avec le son, qui sait, or Lena n'était ni sourde ni aveugle.

Le trajet jusqu'à la gare la plus proche fut ténébreux. Assise sur le matelas à l'arrière, Claire tentait de couvrir de ses sanglots la rumeur du moteur et des tôles vibrantes. Au gré des virages, elle se cramponnait alternativement au coffre à outils et à la paroi, suppliant sa sœur de comprendre, et pourquoi pas de pardonner. On n'est plus au Moyen Âge, quoi, Lena. Paul crispait ses mains sur le volant. *L'esprit de jouissance a supplanté l'esprit de sacrifice.* Certes. Lena, tout de même, était mal placée pour faire une scène. Elle n'avait d'ailleurs pas crié, ne s'était pas répandue en reproches ni en menaces. Elle avait sans un mot rassemblé les affaires, sans un mot balancé le tout à l'arrière. Puis elle avait pris Claire par le bras, l'avait poussée sur le matelas en mousse, et après avoir claqué la portière sans écouter les explications de sa sœur, s'était installée à l'avant en attendant que Paul se décide à monter et à mettre le moteur en marche.

— Tu la conduis à la gare la plus proche.

Paul aurait pu, aurait dû plaider, raisonner, expliquer, s'inculper, défendre Claire. Il conduisit en silence jusqu'à la gare la plus proche, qui ne l'était pas tant que ça. Claire s'adressa à lui, elle lui demanda de dire quelque chose. Mais que pouvait-il dire? Que c'était bien, mais qu'ils avaient eu tort? Il se tut.

À la gare, Lena alla seule au guichet demander l'heure du prochain train pour Bordeaux. Paul et Claire restèrent un moment face à face. Elle avait les yeux rougis. Elle lui donna un violent coup de poing dans la poitrine, qui le fit tituber. Puis elle eut un sourire, lui passa doucement une main sur la joue, prit son sac et partit.

18.

Sous le tissu indien qui pendait des bords de la table, Rosa observa le visage luisant de son petit frère et dut se rendre à l'évidence : Vladimir n'était qu'un fasciste. Il avait cet air méchant et rusé, et il trichait à la bataille. D'ailleurs il n'était sans doute pas vraiment son frère. De son côté Vladimir n'en pensait pas moins. Les mots de menchevik et de social-traître se présentaient à lui, mais incertain de leur sens il n'osa pas les utiliser, car les flèches ironiques de sa sœur pouvaient se révéler quasi mortelles. Il n'eut que le recours d'une rage impuissante qui le précipita contre elle. La table oscilla, et la pile de disques qui était posée dessus s'effondra. Le saphir de la platine se mit à danser au-dessus des sillons, donnant à *Voodoo Chile* des hoquets prémonitoires de rap. La conversation volait dans les hautes sphères de la lutte idéologique. La porte-fenêtre ouverte sur le jardin du 34 plus poussiéreux et désolé que jamais exhalait des volutes de fumée dans le ciel épais, des paquets de mots plus ou moins creux, plus ou moins lourds. Agir, être au plus près, suivre, conduire, frapper, porter, résister, rapport de forces, classe contre classe, répliquer, durcir, aller de l'avant, unifier, rebondir. La force de conviction se mesurait en décibels. Il était question du Larzac, du grand rassemblement prévu au mois d'août. Un émissaire de la gauche ouvrière et paysanne, moustachu et fumeur de pipe, expliquait que la révolution était possible, oui, à partir des mouvements de masse, et qu'elle ne connaissait qu'un seul véritable obstacle : le Parti communiste. Les trotskistes présents faisaient front pour rappeler que le salut de l'humanité se trouvait entre les mains du prolétariat ouvrier, tandis que la paysannerie restait irrémédiablement enlisée dans la boue des vieux mythes réactionnaires. La révolution marche sur deux jambes, ripostait Renaud, jambe ouvrière et jambe paysanne. Que serait la Chine aujourd'hui, hein, et donc le monde, hein, sans la contribution décisive des paysans du Sichuan et du Yunnan à la Révolution ? On se le demandait, en effet. Ouvrez un peu les écoutilles, les gars : le pas triomphant du laboureur chinois fait vibrer les anciens parapets de l'Europe. L'œil du paysan voit juste, a dit Mao, même si, admettons-le aujourd'hui, il a pu parfois faire fausse route. Il a dit aussi : « La pensée de Marx est toute-puissante car elle est vraie. » Sacré poète. À part ça, le frigo est vide, annonça Josette. Vladimir bondit de sous la table, poursuivi par sa sœur aînée armée d'un peigne péruvien à trois dents notoirement effilées. Les deux enfants s'élançaient entre les adultes qui les repoussaient négligemment, sautaient sur un accoudoir, se faufilaient sous une chaise en criant. Ils finirent par disparaître en direction de l'étage où leurs courses continuèrent de résonner, ponctuées par la chute d'objets divers.

Le téléphone grelottait sous un coussin. Allongée juste à côté dans le vacarme de la discussion en tirant pensivement sur un joint, Barbara souleva le coussin, observa un long moment le combiné comme un animal potentiellement venimeux, et se décida à décrocher.

— Lena ? Oh, fermez-la, tous, on n'entend rien.

Lena avait besoin d'appeler régulièrement le 34, au gré du périple en camion. L'existence de Paul à ses côtés l'effrayait, elle sentait en lui l'avenir prendre forme, comme un djinn surgi d'une bouteille.

Et son ventre qui s'alourdissait et l'entraînait vers l'avant.

Est-ce que Paul est la forme sous laquelle mon avenir se fige ? Je ne suis pas prête, je ne veux pas savoir ce que sera demain.

Barbara avait apparemment lâché l'affaire. Lena entendait dans le récepteur un brouhaha familier. Barbara ? Tu es toujours là ? Des cris, des raclements, des cliquetis, sans doute le téléphone passait-il de main en main, et le fil torsadé agrippait au passage des objets et des doigts.

— Lena ? dit enfin une voix.

C'était Florence. Ferme, précise, comme toujours. Elle s'informa de la grossesse, demanda à Lena où elle se trouvait, si tout allait bien, et Lena répondit sans s'étendre. En Dordogne. Un bled. Tout va bien, oui. Oh, Florence, si tu savais comme j'envie ta force, ta froideur militante, ton calme, l'abnégation qui te fait avancer sans à-coups comme une brave bisonne, ta façon massive d'être dans le vrai.

Lena demanda qui restait au 34. Tout le monde n'était donc pas parti en vadrouille ? Non. Delphine était en Italie, Barbara la rejoindrait sous peu, mais les autres étaient ici. La plupart avaient l'intention de descendre au Larzac.

— Il faut que tu viennes, Lena, c'est là-bas que ça se passe. Rien de décisif pour l'avenir de l'humanité ne se prépare à Montpon-Ménestérol, que je sache. Qu'est-ce que tu fous dans ce trou, d'abord ? Paul est avec toi ?

Quelqu'un, au 34, ne perdait pas un mot de ce que disait Florence, et c'était Louis. Dès qu'il avait entendu Barbara prononcer le prénom de Lena, son oreille s'était mise à faire le tri dans le magma sonore. Lena et Paul avaient disparu sans le prévenir. Il restait au 34 où le tenait enchaîné sa mission d'observation. Il s'était pris d'une sorte d'attachement hébété pour ces gens, si absurdes et parfois répugnants que fussent leurs propos, leurs attitudes, leurs analyses, leurs accoutrements. En vérité Louis avait un problème : il ne savait plus qui il était.

Soigneusement isolée par le micro directionnel de Louis, la voix de Florence expliquait que le rassemblement aurait lieu le 26, mais qu'on serait sur place dès la mi-août. Il y aurait du boulot, on comptait sur tout le monde.

— Tu peux amener Paul, on le rééduquera sur place, concéda-t-elle enfin à Lena dans un extravagant éclair d'humour.

Et c'est ainsi, cahin-caha, que ruisselèrent le long de la carte de France des colonnes de toutes provenances en direction de La Cavalerie, La Blaquière, Sainte-Eulalie-de-Cernon, Saint-Maurice-Navacelles et autres communes aveyronnaises promises à une gloire impérissable et planétaire. Tous convaincus qu'on le garderait, le Larzac, tous prêts à mourir (si absolument nécessaire) pour ce foutu plateau de cailloux gris, de garrigue poussiéreuse et de cahutes en pierres sèches, tous parés à mener l'ultime combat aux côtés des cent trois paysans qui n'en demandaient peut-être pas tant, prêts à transformer les pâturages immenses et désolés en champ de kermesse pour le baroud d'honneur de ces années-là. Convaincus de la justesse de leur cause, mais sourdement conscients qu'ils tenaient là une de leurs dernières grandes fêtes laïques car, dans les *farem tot petar* beuglés par des chevelus de Paris ou de Lille, dans les « ce n'est qu'un début » proclamés par des militants blanchis sous le harnais, on percevait une pointe sardonique, un peu désespérée. Ils sentaient déjà sur eux se refermer la mâchoire de glace des années tristes. Rien ne pétera, camarade, rien ne pétera pour de bon. Le monde est sur sa pente mauvaise. Rêvons un coup, d'accord, mais c'est le coup de l'étrier.

Y avons-nous jamais cru ? se demandait Paul en regardant ces meutes bruyantes prendre d'assaut les routes défoncées en direction du plateau, banderoles au vent, drapeaux rouges, noirs, occitans plantés sur le toit des guimbardes qui s'époumonaient dans les côtes en crachant des nuages noirs, têtes hirsutes penchées aux portières. Sans doute Paul ne se posait-il pas la question avec une telle foudroyante clarté, peut-être est-ce le créditer d'un sens de l'anticipation qui lui faisait défaut en ces années soixante-dix du siècle dernier, peut-être n'y a-t-il réfléchi que plus tard, beaucoup plus tard, dans la France gélatineuse et froide du nouveau millénaire. Il évoquera alors, oui, certains des camarades d'antan, à la lumière de leurs destins exemplaires. Paul se souvenait des diatribes récurrentes de Salva, qu'il débitait en lui donnant des coups de poing sur l'épaule :

— Mais ouvre donc les yeux ! Ces jeunes gens d'exception se sont déniaisés dans le boxon communautaire, mais pas un instant ils n'ont perdu de vue leur brillant avenir. Ils savent ce qu'ils sont, ils savent où ils vont, avec leur air de ne pas en croquer. Ils n'ont aucun doute, au fond d'eux-mêmes, sur la part qui leur est de toute éternité réservée. Regarde-les bien, mon vieux : ils sont de la race des décideurs, nés avec les bonnes cartes. Marx et Mao ont fait un temps partie du jeu, hasard de l'Histoire, mais peu importe dans le fond la couleur des atouts : l'essentiel est d'avoir la main, et ils ont la main.

Un jour, Renaud, dans un accès de confiance inhabituel (peut-être avait-il bu un demi-Martini), avait raconté à Paul comment en 68, alors qu'il était un brillant élément de la rue d'Ulm, il était allé avec quelques camarades piller la cave fort bien fournie du directeur de cet établissement d'élite. Ils étaient montés sur les toits avec leur butin, et ils avaient bu à l'avenir en contemplant les étoiles. Le récit de ce moment de pure exultation romantique, rapporté par un Renaud tout retourné d'avoir été si jeune et si fou, avait plongé Paul dans une insondable tristesse. Ces gens savaient qui ils étaient. Ils exhortaient le prolétariat international à l'insurrection, mais ils n'ignoraient pas que leur place à eux était sur les toits du Quartier latin à boire du château-latour. C'était écrit, que voulez-vous, ils étaient élus. Ils finiraient un jour ministres de droite, ambassadeurs, ministres du centre, voire ministres de gauche, bref, ministres, directeurs de journaux, chefs d'entreprise, producteurs, hauts fonctionnaires, officiers dans la légion des petits déshonneurs, ils feraient des pieds et des mains pour envoyer leurs enfants dans les grandes écoles qui les avaient formés et sur lesquelles ils avaient craché sans conséquences, et ils pourraient de surcroît tirer durant toute leur vie une petite rente de la silicose des mineurs dont ils auraient eu la bonté, à vingt ans, de dénoncer les honteux ravages.

Bien sûr tous les zozos qui montaient vers le Larzac en ce mois d'août n'étaient pas de l'espèce des futurs décideurs, des penseurs, des politiques, des bien-nés, des savants du bonheur des autres, des gérants de l'avenir du peuple, des arpenteurs avisés du globe terraqué, des notables, des spécialistes, des conseillers de princes à venir, c'étaient de braves chiens fous et généreux pour beaucoup, égarés dans leur propre présent, soulevés par de franches révoltes qui parfois ne devaient rien à l'air du temps. Ces gens-là ont toujours existé. Dans la bande à Cro-Magnon, on trouvait déjà des réfractaires aux bonnes mœurs, des bouffeurs de sorciers, des intenables, des insolents, des incasables, des joyeux, des faibles, des désordonnés, des indociles, des insupportables, des ébréchés. Ceux-là montaient vers le plateau en zigzaguant, chargés de tentes et de sacs, précédés de chants remarquables qui coulaient dans les vallons et parvenaient en haut des cols avant même que leurs auteurs ne fussent visibles.

Lena, silencieuse, tenait son ventre entre ses deux mains comme une mappemonde, elle essayait de le faire tourner sur l'axe de ses désirs imprécis : je ne veux pas que tout s'arrête, je veux sentir le vent du monde. Elle tentait de lutter contre cette joie qui irradiait de là, cette joie tranquille et opiniâtre. Elle tentait de lutter contre la présence rassurante de Paul, contre le cercle qui se refermait sur eux, contre cette douceur. Sentir le vent âpre du monde, voilà, m'écorcher aux arêtes du réel, saigner un peu, respirer. L'affaire Claire n'avait aucune importance. Ce n'est rien, tu sais bien que ce n'est rien, avait-elle dit à Paul en posant une main sur son genou tandis qu'il conduisait. Non, ce n'est rien, acquiesçait Paul, et il souriait jaune. Ce n'était rien, il valait mieux arrêter ça, voilà tout. Des choses beaucoup plus sérieuses se profilaient. L'avenir, la vie, l'âge adulte, ce genre d'accidents. De l'avenir, Paul n'osait jamais parler avec Lena, jamais il n'osait lui demander comment elle envisageait la vie ensemble, car il craignait ses réponses, il craignait sa liberté, ses désirs imprévisibles, il craignait qu'elle ne revienne sur sa décision de le prendre pour père de son enfant, c'est pourquoi il se réfugiait dans un présent tremblant, fragile et beau comme une aile de papillon.

Ceux du 34 avaient établi leur campement dans une bergerie à l'abandon, située sur des terres rachetées par un des groupements fonciers qui s'étaient constitués pour récupérer les terrains convoités par l'armée. Quelques planches et des tréteaux fournissaient l'étal nécessaire à leur petit commerce révolutionnaire : tracts, brochures, livres, pancartes, en attendant le chaland qui ne se pressait pas. Lena s'activa un moment avec eux. Paul se tint à l'écart des effusions, laissant aller son regard sur les étendues rêches où pointait çà et là un rocher dolomitique. Avant d'être occupé par l'armée française qui aujourd'hui le disputait aux brebis militantes, l'endroit avait servi de camp de concentration à la fin des années cinquante. Des milliers d'Algériens soupçonnés d'appartenance au FLN y avaient été parqués. Puis ce furent douze mille rapatriés qui en 62 trouvèrent ici un refuge provisoire. Il ne restait rien de ce passé, si ce n'est peut-être dans la mémoire des cailloux. Rien qu'un horizon pelé sur lequel s'échinaient les vieux tracteurs qu'on entendait grogner sans les voir.

Le soleil cognait ferme sur l'enclume du plateau. Paul s'éloigna le long de la route. Il avait garé le camion près d'une yeuse famélique, et ne le perdait pas de vue. Il ne voulait pas rester trop près de la bande, sachant que le spectacle de l'oisiveté suscitait chez certains un réflexe pavlovien d'embauche. Il n'avait pas envie de préparer des ramettes de papier ni de tourner la manivelle de la ronéo. Ce matin, le sort de l'humanité devrait s'améliorer sans lui.

Il s'assit à l'ombre de la yeuse — une idée d'ombre, en vérité — et se livra corps et biens à d'impitoyables rêveries, dans lesquelles revenaient obstinément Lena, un enfant, deux enfants, une ribambelle d'enfants, des chefs de service en blouse bleue ou grise, les couloirs vides de la fac, la casquette du père, l'horrible et merveilleux bassin, les tanches au vin rouge, Salva jouant avec un phoque sur un glacier d'Islande, l'assemblée générale des Lip décrétant le principe de l'autogestion, le Maréchal dans la fournaise du camion, la folie nauséeuse de ces années, leur imperceptible goût de pourriture, et c'est ainsi qu'il n'entendit pas s'approcher le halo de bruits qui accompagnaient la progression d'une bicyclette le long de la côte : couinement du pédalier voilé, grincement de la chaîne rouillée, frottement rythmé des pneus sur les patins de freins, grelot du phare mal vissé sur son support, tintement épisodique du timbre, halètement du cycliste ruisselant de sueur, torse nu malgré les brûlures qui donnaient à sa peau une teinte grenat : c'était Louis.

Ils se retrouvèrent le soir tous les trois, Lena, Paul et Louis, autour d'un feu. Paul avait conduit le camion jusqu'au fond d'une combe pierreuse, à l'abri des regards. Un filet d'eau coulait entre les roches. La lueur flatteuse des flammes conférait aux visages une beauté apache. Ni Lena ni Paul n'avaient invité Louis à les suivre, pourtant il était là, silencieux, le regard vague perdu dans les braises. Il avait sorti des provisions de son sac, on avait dîné en blaguant comme pour dissiper un insidieux malaise. Louis se fit un couchage à l'écart, d'un matelas de feuilles et d'une couverture. Quand Lena et Paul se réveillèrent, longtemps après le lever du soleil, Louis et son vélo avaient disparu.

Peut-être avait-il pressenti qu'ils feraient l'amour au réveil, et ne voulait-il pas entendre les bruits étouffés de leur plaisir. Il partit aux premières vibrations de l'aube, en poussant son vélo jusqu'à la route pour ne pas les réveiller. Il erra sur le plateau une partie de la matinée, s'invita à prendre un café avec des campeurs, s'arrêta dans une épicerie acheter deux bananes. Comme Paul et Lena, il gérait au centime près un pécule misérable. Tous comptaient ainsi tenir jusqu'à la fin du mois, date à laquelle Louis reprendrait ses factions de nuit dans un hôtel du Xe arrondissement, Lena ses baby-sittings et expédients divers. Quant à Paul, ses barrières l'attendaient dès le surlendemain du grand rassemblement.

Louis pédala de village en village, sans hâte et sans but, trouvant un apaisement dans l'effort physique. Aux comptoirs des bistrots, on voyait parfois des paysans à casquette discuter avec des jeunes en jeans et chemises indiennes, mais dans l'ensemble le plateau ne paraissait pas particulièrement animé, et rien ne laissait présager l'envergure du rassemblement en préparation.

C'est dans le bar des Remparts de La Couvertoirade, où il était entré quémander un verre d'eau, que Louis fit la rencontre. Il vit d'abord la nuque épaisse et rouge, le buste moulé dans une chemise en nylon largement tachée de sueur, le pantalon de toile kaki, les mocassins brillants qui détonnaient dans le décor. L'homme se tenait devant le comptoir et parlait avec le patron. Louis éprouva immédiatement une sensation de familiarité. L'homme tourna un peu la tête en direction de la pendule, et c'est alors que Louis le reconnut. Ils s'étaient rencontrés peu de temps auparavant dans le sous-sol du 34, et la confrontation n'avait pas été amicale.

Le Breton avait eu vent par Germain d'une

transhumance massive des occupants de la communauté vers les pâturages du Larzac. Il avait alors téléphoné au 34, afin de vérifier que l'endroit était vide de ses habitants, avec l'intention de reprendre la perquisition interrompue par la rencontre inopinée avec ce garçon blond et athlétique censé pourtant être du bon côté. Au téléphone, le Breton était tombé sur Barbara. Il s'était fait passer pour un parent de Paul. Innocente et bavarde, Barbara avait détaillé les coutumes des uns et des autres, confirmé leurs départs et précisé leurs moyens de déplacement. C'est ainsi qu'il avait appris que Paul circulait à bord d'un vieux fourgon, dont il put obtenir la couleur à défaut de la marque. Quel besoin ce jeune abruti avait-il d'un camion ? Intrigué, le Breton décida aussitôt de descendre à son tour dans l'Aveyron. Il roula de nuit, hébété de fatigue, grappillant une heure de sommeil par-ci par-là sur un bas-côté lorsqu'il sentait que la voiture allait l'emporter dans le décor.

Il avait sillonné le plateau toute la matinée, et c'est ainsi que Louis le surprit à La Couvertoirade au moment où il cuisinait le patron des Remparts à propos d'une fourgonnette bleu ciel.

Le jeune homme fit demi-tour sans prendre le temps de demander son verre d'eau, enfourcha la bicyclette et roula aussi vite qu'il put en direction du campement. Il trouva Paul et Lena à deux cents mètres du camion, en train de laver leur linge dans le courant du ruisseau.

Lena leva la tête et lui sourit. Il avait assez fière allure dans le soleil de midi, étincelant de sueur, semblable à une statue dorée. Lena le salua, sa voix était d'une douceur torturante. Il sentit son regard errer sur son torse nu et eut envie de ne plus exister. Les deux lavandiers étaient si beaux dans ce décor, c'en était désespérant.

Après s'être rafraîchi au ruisseau, il les abandonna et remonta vers le camion. Il ouvrit la portière arrière, évita de regarder le drap froissé sur le rectangle de mousse. Étrange, ce coffre de bois cadenassé. Il ne contenait pas leurs bagages, puisque les sacs étaient posés dessus. Louis referma la porte et s'allongea dans l'herbe pour réfléchir.

Il ne réfléchit pas longtemps. Il se releva comme sous l'effet d'une piqûre de guêpe, alla vérifier de loin que la lessive n'était pas terminée, monta dans le camion, fouilla rapidement le sac de Paul. Il ne trouva rien d'intéressant, sinon *Actes et écrits*, de Philippe Pétain. Il referma la portière et s'attaqua aux cadenas. Il vint à bout du premier à l'aide de la manivelle. La ferrure se tordit, le bois craqua. Il avait introduit la manivelle dans l'anse du deuxième cadenas et s'apprêtait à le faire sauter quand la porte du camion s'ouvrit. Paul se tenait dans l'encadrement. Ils restèrent figés un instant. Ensuite Louis, manivelle à la main, s'approcha de Paul qui recula d'un pas.

— Monte. Il faut qu'on se parle.

Paul restait immobile. Louis haussa les épaules

et se pencha de nouveau vers le coffre pour faire sauter le deuxième cadenas. Paul se jeta sur lui et tenta de l'en empêcher, en vain. Sans difficulté, Louis immobilisa son adversaire d'une prise au bras, et il ouvrit le couvercle.

Il le lâcha une seconde après, lâcha également Paul pour se passer les mains dans les cheveux en fermant les yeux, ce qui lui paraissait la chose la plus urgente à faire.

— Nom de Dieu. Nom de Dieu de nom de Dieu.

— Bon, ça va, abrégea Paul en se laissant tomber assis sur le matelas. Ce n'est qu'un cercueil, tu sais.

Mais quel cercueil. De nouveau, Paul vit la statue de Précis le Sec s'ébranler, avec ses jointures de granit fumantes de poussière, et marcher vers eux dans un tintement de médailles, tandis que l'horizon se couvrait du nuage des canonnades. Louis, les mains toujours posées sur la tête, les yeux fermés, laissa aller ses épaules contre la cloison de tôle. Voilà bien ce qu'il avait redouté. Il fallait cacher ça au plus vite. Le type du bar des Remparts, le moustachu hargneux, était parti pour fouiller le plateau de fond en comble. C'était un acharné, et peut-être un malin. Qui savait quel genre de projets l'animait ? Il était susceptible d'utiliser la dépouille pour servir une cause de désordre extrémiste. Louis ne supportait pas cette idée. Sans pour autant avoir un avis bien tranché sur sa vie et son œuvre, il respectait l'uniforme et les sept étoiles du Maréchal. Il fallait le mettre à l'abri. Toutefois, regagner la route avec le camion était trop dangereux ; il pouvait être repéré à des kilomètres à la ronde. Mieux valait au contraire descendre davantage le véhicule dans la combe et tenter de le camoufler, en attendant de pouvoir prendre une décision.

— À partir de maintenant, dit Louis, tu me laisses décider. Tu as fait assez de conneries.

Paul n'en crut pas ses oreilles. Il n'avait pas l'habitude de se laisser diriger. Cependant il n'eut pas l'occasion de répondre, car Lena arrivait, Lena si belle à la voix suave, aux seins glorieux déjà gonflés de promesses, qui s'étonnait de les trouver en train de cuire dans ce camion alors qu'il faisait si bon dehors. Elle voulait qu'on aille au village faire quelques courses, il n'y avait plus rien à manger. Louis s'empressa de proposer d'y aller à vélo, il n'en aurait pas pour longtemps. Paul en profiterait pour descendre le camion plus près du ruisseau, à l'ombre des chênes verts, on serait plus au frais. Lena donna son accord.

Louis fonça jusqu'à Sainte-Eulalie. En passant devant le cimetière, il croisa un cortège funèbre. Sans doute enterrait-on un notable local, à en juger par la foule. Il se rendit à l'épicerie, entassa quelques provisions dans un panier, posa des questions. En discutant avec l'épicier, il apprit l'identité du mort qu'on inhumait aujourd'hui : Jean Jaume, dernier représentant d'une grande famille du plateau. Il avait été chef du maquis local, résistant de la première heure. L'épicier, dont le père avait occupé les années de guerre à faire fructifier un petit commerce de marché noir, parlait de Jean Jaume avec un tremblement de frayeur dans la voix, mais aussi une pointe de réprobation : on ne devrait pas traiter comme des héros des gens qui se sont ingéniés à faire obstacle au petit négoce. Le père de l'épicier avait même été inquiété à la Libération, un comble pour ce saint homme qui avait consacré tant d'énergie à nourrir son prochain.

Une réunion était prévue le soir même à 20 heures dans la bergerie investie par Renaud, Florence et leur bande. Les garçons y conduisirent Lena. Ils s'arrêtèrent à cent mètres de la bâtisse. Paul descendit, prit Lena par l'épaule et lui annonça qu'il n'assisterait pas à la réunion, en profita pour l'embrasser dans le cou. Lena n'insista pas. Elle savait que Paul se sentait toujours en décalage, et que ses plaisanteries incessantes déplaisaient aux autres. Qu'il aille donc boire un verre au village avec son copain Louis, bonne idée, les gars.

Ils prirent la route au soleil couchant. La réunion durerait au moins jusqu'à 1 heure du matin. À en croire le nombre de véhicules garés devant la bergerie, la fièvre montait sur le plateau. La plupart des paysans participeraient à la réunion, et le village de Sainte-Eulalie serait sans aucun doute désert toute la soirée. Il fallait saisir l'aubaine. Louis expliqua son plan tandis qu'ils attendaient que la nuit tombe, cachés dans un bosquet à l'entrée du bourg. Ils fumèrent en silence en contemplant le déclin du jour sur les coteaux arides.

Louis avait posé les pieds sur le tableau de bord et tenait ses genoux entre ses bras ; Paul, mains croisées sur le volant, menton posé sur les mains, regardait son reflet déformé par le pare-brise chaque fois qu'il tirait une bouffée.

— Vous êtes vraiment des malades, constata Louis. Pourquoi vous en être pris au Maréchal ? De quel droit ? Vous ne respectez rien.

— Respecter quoi ? Le Vél'd'Hiv ? Laval ? Les lois anti-Juifs ? La collaboration ?

— La Grande Armée. Les poilus. Le sauveur de Verdun, merde.

— À Verdun, les pauvres types qui se tiraient une balle dans la main pour échapper à la boucherie, ton Pétain les faisait jeter par-dessus les chevaux de frise, entre les lignes de tranchées.

— C'était la guerre. Il faut que certains se sacrifient pour que les autres vivent, voilà tout.

— Laisse tomber, va, répondit Paul en recrachant la fumée de sa gauloise. Laisse tomber.

On ne voyait plus rien, sinon la lueur d'un réverbère municipal empanaché d'insectes, à trois cents mètres de là. Le temps passait avec une lenteur d'enterrement. Par moments, la conversation reprenait. Louis le premier évoqua Lena. Elle se posa entre eux comme une plume. Ils parlèrent d'elle à mots prudents. Elle les réunissait même dans les longs silences. Ils sentirent ce soir-là qu'ils avaient en commun davantage que l'amour d'une femme.

Le moment de l'intervention approchait.

— Personne ne doit être au courant. Jamais.

Paul tendit sa main, paume vers le haut, Louis y claqua la sienne. Salvador était le seul avec qui il eût été légitime de partager l'information, mais il n'était plus là, il avait disparu entre deux banquises, et l'heure était aux grandes décisions.

Peu avant minuit, ils roulèrent à allure réduite vers le cimetière. Ils n'avaient durant leur attente vu passer qu'un ou deux véhicules sur la route. Un vent tenace s'était levé, qui sifflait entre les pierres, dans les tuiles des toits et les feuilles des arbres, couvrant le bruit du moteur. Des nuages échevelés galopaient sous la lune. Louis descendit ouvrir le portail en fer forgé, et le referma derrière le camion qui avançait au pas, phares éteints. La clarté de la lune était largement suffisante. Il guida Paul vers la petite chapelle funéraire devant laquelle il avait vu tout à l'heure le cortège stationner. Une gerbe restait accrochée à la porte en métal ajouré du bâtiment, barrée d'un bandeau tricolore dont le texte en lettres dorées indiquait que les survivants du maquis n'oubliaient pas le courage de Jaume contre l'occupant et les collaborateurs.

À l'intérieur, de part et d'autre d'un couloir central, le caveau familial présentait trois étagères en ciment superposées, fermées par des dalles gravées. Celle de Jean Jaume, en haut à droite, était close par une plaque en béton fraîchement scellée, que Jean et Louis n'eurent pas de mal à descendre après avoir défait le joint à l'aide de leurs couteaux. Chaque cellule offrait de la place pour deux cercueils. Celui de Jean Jaume était seul dans la sienne, et destiné à le rester : l'épicier avait expliqué à Louis que l'ennemi du petit commerce ne s'était jamais marié et n'avait pas eu d'enfants. Ils le repoussèrent au fond. Paul, tapotant le cercueil, s'excusa auprès de Jaume pour la compagnie qu'on lui infligeait; Louis se crut tenu de faire de même pour le nouvel arrivant. Installer le Maréchal à côté du grand résistant ne fut pas une mince affaire. Ces deux-là allaient avoir l'éternité pour s'expliquer. Ils remirent la plaque en place, refirent le scellement avec soin à la lueur de la lampe torche, et quittèrent en toute discrétion le cimetière après s'être de nouveau juré mutuellement de respecter quoi qu'il arrive un silence absolu sur ce qu'ils venaient d'accomplir. Le vent qui ronflait contre les tôles et bousculait le camion, le vent qui arrachait des branches aux arbres chétifs et les faisait voler en travers de la route, le vent qui roulait sous la lune des balles de poussière, le vent chargé de bruits, d'odeurs de nuit, de cris de chouettes, le vent les souleva vers les lendemains, eux qui pensaient n'aller que vers le ventre rond de Lena, le sourire de Lena, la paix de Lena, le vent plus puissant qu'il n'y paraissait les emporta à fond la caisse et les grelots vers le troisième millénaire.

19.

Louis disparut pour de bon le lendemain matin. On ne le revit plus sur le plateau ni ailleurs, il ne donna pas signe de vie à Rémi V., se désintéressa à jamais de l'action politique, qui ne lui avait apporté aucune réponse satisfaisante, aucun exutoire à son désir d'ordre et d'harmonie. Il cessa de fréquenter le 34, et s'engagea cette année-là dans la gendarmerie qui lui offrait une carrière dans les territoires lointains de la République, loin des palabres dérisoires, loin de Lena surtout. Saluons son départ, même s'il n'est pas impossible que nous le retrouvions un jour ou l'autre.

Paul gardait Lena, Paul regardait Lena s'activer et parler et marcher sur le plateau du Larzac peu à peu envahi par une foule immense, mais dans la foule il ne voyait qu'elle et son ventre arrondi, son corps accueillant. Il n'entendait pas les discours ni les cris, ne reprenait pas les slogans, bien qu'il se sentît plutôt en accord avec ce qui était en train de se passer ici. Un matin il s'assit avec les paysans sur le goudron chaud de la route pour bloquer une colonne de véhicules blindés en provenance du camp militaire. Il serrait Lena contre lui, une sensation d'irréalité lui tenaillait la poitrine. Peut-être sentait-il aussi grandir la distance qu'imposait entre eux la petite chose en gestation — laquelle, entre parenthèses, ne s'appellerait jamais Louise. Il y eut ce moment, dans le camion, où Lena le repoussa parce qu'elle n'avait pas envie de caresses, et il connut alors un instant de malheur intense, au-delà de toute raison, comme si d'un seul coup il venait de tout perdre.

Et c'était vrai. Il était en train de la perdre, mais ni elle ni lui ne le savaient encore. Une agitation frénétique s'était emparée du plateau que sillonnaient des hordes braillardes, des tracteurs décorés comme des chars de carnaval, des paysans brunis sous le cagnard et des filles aux seins nus, des militants de groupuscules infinitésimaux, des normaliens supérieurs reconvertis dans le fromage de chèvre, des binoclards du PSU et des croque-morts de Lutte ouvrière, des zonards professionnels et des socialistes pur jus. Quand il était fatigué du monde, Paul se retirait pour lire quelques pages de son livre. Lena fréquentait assidûment un groupe du MLAC avec quelques amis du 34. C'est à la fin d'une de leurs discussions qu'elle lui annonça son départ.

— Quelques jours. Je reviens pour le rassemblement.

Et moi, criait-il en silence, et moi ? Elle partait à Canjuers, sur un autre site militaire, rejoindre le car du MLAC, pavoisé de banderoles, qui irait marquer de sa présence différents lieux de luttes en France : grève de femmes dans une usine de chaussures de Romans, visite aux LIP à Besançon, puis retour sur le Larzac à la mi-août pour le grand ralliement. Et moi ? Toi, tu ne peux pas venir, il n'y aura que des femmes. Toi, tu ne peux pas venir, personne ne m'accompagne, je suis seule et libre et j'ai peur. Toi, tu ne peux pas venir, je ne vis pas en couple, nous sommes deux cellules distinctes dans le grand tourbillon de l'univers. Et moi ? Toi, disait Lena en lui caressant la joue, tu m'attends et ce n'est pas si grave.

Il la regarda partir dans une voiture bourrée à craquer de filles énervées et joyeuses, caser son ventre rond sur une banquette défoncée, et un instant après la voiture n'était plus là. Il marcha toute la journée sur des sentiers secs et perdus. Il eut chaud et soif, et quand il retrouva le camion à la nuit tombante il s'effondra sur le matelas et ne se réveilla que lorsque le soleil du matin commença à transformer l'habitacle en four. Il allait falloir traverser une nouvelle journée sans Lena, et la perspective était insupportable. Il aurait voulu se rendormir à tout prix, la chaleur l'en empêcha, il prit la route, descendit à Millau, erra dans les Cévennes, se nourrit de fruits volés dans les vergers, ne rencontra personne, s'ennuya à mourir, lut quelques pages sans comprendre ce qu'il lisait. Il aurait aimé être avec Salvador, dire des bêtises avec Salvador, chanter des airs idiots, parler de poésie et de charcuterie. Il alla dans des bars, non pour rencontrer des semblables car il était incapable de lier conversation avec des inconnus, mais pour se sentir proche, se sentir humain parmi les humains, respirer le même air, boire la même bière fraîche. Ce ne fut pas probant, mais du moins parvint-il à s'oublier un peu en écoutant les conversations des uns et des autres tout en faisant semblant de lire le journal local.

Il avait l'impression de tenir entre ses mains son avenir comme une bulle, à peine aurait-il le temps de la contempler et de s'émerveiller qu'elle exploserait, ne lui laissant rien d'autre qu'une pellicule visqueuse sur les paumes.

Louise. À quoi ressemblerait Louise ? Où vivre, et comment ? Il se sentait dépendant de Lena, sensation affreuse. Il n'avait rien fait pour s'enchaîner à elle, il voulait simplement pouvoir l'aimer. Le ventre de Lena en avait décidé autrement.

Il revint sur le plateau, s'installa non loin de la bergerie où Renaud orchestrait les derniers préparatifs de la fête. On attendait cent mille personnes. Ce coin perdu deviendrait pour un jour le centre de gravité du pays, voire de la planète, car ils arriveraient de partout. Le 14 au soir, Paul attendit en vain le retour du car. Il veilla autant qu'il put, sombra dans un sommeil poisseux traversé de silhouettes noires, sans doute ne dormait-il pas vraiment car lorsqu'elle arriva au milieu de la nuit, il avait les yeux grands ouverts.

Il regarda la porte arrière s'écarter sur un carré de nuit violette, la forme de Lena s'y découpa rapidement puis ce fut le noir de nouveau, il sentit son corps chaud se glisser contre lui, il crut être heureux.

Au réveil elle était souriante, mais ce sourire avait quelque chose de contraint. Comme tu es loin, Lena. Il ne voulut pas la brusquer, n'exigea pas qu'elle raconte son voyage, attendit patiemment qu'elle s'ouvre. Plus tard, dans la matinée, il finit par lui demander s'il s'était passé quelque chose de particulier durant ces quelques jours d'absence. Elle plongea son regard dans le sien, sembla réfléchir, et répondit finalement qu'elle ne savait pas.

Le grand rassemblement draina comme prévu tout ce que l'Europe comptait de têtes de mule, de réfractaires, de trublions et de mauvais coucheurs. On croisait ici des Allemands, là des Espagnols, des Italiens, et même des Suisses. L'atmosphère était gaie, le temps magnifique, les colonnes avançaient dans la fumée des saucisses qui grillaient, les visages brillaient de sueur, les militaires se terraient dans leurs cahutes. On pouvait croire, avec un minimum de mauvaise foi, que le vieux monde craquait de partout.

François Mitterrand, candidat malheureux à la récente élection présidentielle, fit une apparition. Plusieurs camarades du 34 furent parmi les premiers à jeter des pierres à celui qui avait été ministre de l'Intérieur au temps de l'Algérie et venait ici tenter de récolter les fruits d'une action qu'il avait jusque-là ignorée. Il fallut le renfort des paysans pour sauver de la lapidation l'homme qui, sept ans plus tard, enterrerait définitivement le projet d'extension militaire du camp. Paul assista, hébété, à ce caillassage, au retrait précipité de Mitterrand vers une voiture. L'homme ne paraissait pas spécialement affolé. Il devait revenir d'ailleurs quelques jours après sur le plateau, seul, pour y rencontrer les paysans du mouvement. Paul ne comprit pas qu'on s'attaque physiquement à un candidat dont il avait comme tant d'autres Français ardemment, bien que sans illusions, souhaité la victoire. Giscard n'avait dû la sienne qu'à quelques cheveux, sans doute ceux qui manquaient aux milliers de gâteux qu'on avait acheminés en car ou en taxi, encadrés par des bonnes sœurs, depuis les hospices et les maisons de retraite jusqu'aux isoloirs en leur faisant le récit détaillé de ce qui se passerait en cas de victoire de la gauche, après que les chars de l'Armée rouge auraient descendu triomphalement les Champs-Élysées. Ce soir-là, Paul, Salva et beaucoup d'autres, au Caminito, avaient fait reculer les limites de la résistance du foie humain au poison alcoolique en chantant *Grandola villa morena*, pour se consoler à l'évocation d'un Portugal couvert d'œillets.

Ce fut une journée de liesse. Lena riait, criait, chantait avec les autres, Lena levait son poing aigu, sa peau était assombrie par les jours de soleil, son rire n'en était que plus éclatant. Personne ne voulait croire que quelque chose finissait ici, aujourd'hui, et qu'on entrait dans le tunnel des années obscures.

En fin de journée, le plateau se vida. D'énormes embouteillages obstruaient les petites routes en direction des vallées, bientôt il ne resta plus que quelques milliers d'olibrius qui ne tarderaient pas à dégager le terrain. Quand ils rentrèrent au camion, tard le soir, Lena annonça à Paul qu'il devrait remonter seul à Paris. Elle avait à faire ici, elle ne savait pas quoi, elle avait à faire, à penser, à prévoir, à décider, à oublier, tout va trop vite tu comprends, Paul, comprends-moi, il faut que je me retrouve.

— Je te rejoindrai. Pars devant, dit-elle en se serrant contre lui.

Ils se déshabillèrent, se couchèrent dans le noir, elle pleura et parut l'aimer comme elle ne l'avait jamais aimé. Il vit en rêve un passage à niveau, elle était d'un côté, lui de l'autre, les barrières se levaient et se baissaient, ils ne bougeaient pas, aucun train ne passait.

20.

— Désolé, mon vieux, je suis obligé de fermer.

— D'accord, d'accord, Felipe. *Entiendo. El trabajador está muy cansado.* Juste un demi, alors, le dernier.

— Tu en as déjà bu cinq, Paul, tu n'as pas de quoi les payer et je suis fatigué. Allez, on ferme, je te dis. Tu sais bien qu'elle n'appellera plus ce soir.

Bien sûr, qu'il le savait. Elle n'appellerait pas ce soir, elle n'avait pas appelé la veille, ni l'avant-veille, malgré ses promesses. Il était au comptoir du Caminito, comme prévu, près du téléphone, à 20 heures. Il se dit qu'il allait redescendre là-bas, la retrouver, en finir avec cette comédie. Il était allé voir au 34, au cas où. Florence lui avait ouvert, elle semblait surprise. Lena n'était pas remontée en voiture avec des copains comme elle l'avait prévu, elle avait sans doute décidé de prolonger son séjour sur le Causse.

— Quels copains ?

— Ceux de la rue Froidevaux. Je les ai vus ce matin. Ils sont arrivés sans elle.

Paul avait appelé rue Froidevaux, il avait eu du mal à obtenir quelqu'un qui sût de quoi il était question. Enfin il avait pu parler à une fille à la voix traînante.

— Ah oui, Lena. Elle nous a aidés à démonter les stands, mais elle n'est pas revenue avec nous. Elle voulait rester encore un peu, je crois.

— Encore un peu où? Elle n'avait pas de tente, rien.

— Est-ce que je sais. Il me semble qu'elle avait des amis dans le coin.

Encore quelques phrases échangées, puis la fille avait raccroché avec un soupir agacé. Encore un qui se croit propriétaire. Ils sont pathétiques.

Inutile de retourner au Larzac. Même si elle y était encore, comment la retrouver dans cette immensité caillouteuse? Il ne se voyait pas errer de ferme en ferme comme un chien perdu, à quémander l'os d'une information. De plus il n'avait pas de voiture, le camion était retourné dans le garage paternel, et il n'avait presque plus d'argent. Paul ne comprenait rien à rien.

Il voulut appeler la mère de Lena, mais à la poste il ne trouva personne de ce nom dans l'annuaire. Il se souvint que la mère avait repris son patronyme de jeune fille, tandis que Lena et sa sœur portaient celui de leur père. Claire n'avait pas le téléphone. Il appela les hôpitaux de Millau et des environs, sans résultat. Il appela les commissariats. Il appela les mairies. On le prit pour un fou, on lui conseilla de se calmer.

Paul, en tant qu'intérimaire, n'avait pas droit

aux voyages ferroviaires gratuits, mais par son travail il connaissait un contrôleur qui lui indiqua comment se rendre à Bordeaux sans payer. Les collègues en charge du train seraient prévenus, il suffirait à Paul d'aller les voir sur le quai avant le départ pour se faire reconnaître, il ne serait pas contrôlé.

Il se retrouva un après-midi à Bordeaux devant la porte de Claire. Elle n'était pas là. Il s'assit sur le paillasson et patienta. Il s'endormit, vit Lena sauter du haut d'une falaise avec un bébé dans les bras. Il n'avait jamais vu Lena voler. Le vent la poussait vers le large. Elle suivit une grande ellipse dans le ciel couvert de nuages en damiers noirs et blancs, s'éloigna, devint un point minuscule puis se rapprocha au gré d'un orbe paisible pour venir atterrir près de lui. Le bébé était un chat noir. Elle posa la main sur son épaule, le secoua doucement. C'était Claire.

Claire le fit entrer. Elle posa deux tasses de café sur une caisse en bois et s'assit près de lui sur le canapé-lit. La pièce était minuscule, avec une fenêtre donnant sur un mur. Elle n'avait rien à lui apprendre. Paul était plus gêné qu'elle. Elle fit comme si rien ne s'était passé un certain après-midi en Dordogne. Elle lui demanda quels étaient ses projets, il n'en avait pas. Il devait prendre un train le lendemain très tôt, retourner à ses barrières et à ses rails, il avait le cœur vide. Elle proposa encore du café, il était très mauvais mais elle n'avait que ça. Paul refusa. Ah si, elle avait une bouteille de gin laissée par des amis, à peine entamée. Va pour le gin.

Il but sans soif et sans désir, Claire ne l'accompagna pas. Quand elle le réveilla le matin à 5 heures, il s'aperçut qu'il avait dormi avec elle dans le canapé-lit. Pendant qu'il prenait une douche dans la cabine installée à côté de l'évier de la cuisine, elle prépara deux bols de son mauvais café. Cette fille était fraîche dès le réveil, épanouie, les yeux à peine gonflés, ce n'était pas juste.

Un bataillon de pics-verts s'attaquait aux parois de son crâne. Il se retrouva sur le quai de la gare Saint-Jean avec le souvenir des paroles de réconfort qu'elle avait eues, des gestes affectueux du départ.

Paul reprit ses services au passage à niveau et ses veilles au comptoir. Un soir enfin, au Caminito, le téléphone sonna pour lui. Il était 20 heures. C'était Lena.

Il y eut un long silence, il y eut plusieurs longs silences mis bout à bout, et malgré le brouhaha du bar Paul entendait tinter les silences de Lena comme une musique aux notes claires. Il n'entendait pas en revanche certaines de ses paroles. Il ne comprit pas qu'elle lui demandait pardon, il ne comprit pas qu'elle ne comptait pas revenir, pas tout de suite.

Il lui demanda quand elle revenait.

— Paul... Écoute-moi, Paul... Tu n'entends pas ?

Elle était dans une ville, une grande ville, elle

ne dit pas laquelle, Paul ne comprit pas. Elle avait vu un médecin qui lui déconseillait de voyager.

— Je viens, dit Paul.

Elle dit que non, il ne venait pas, elle lui dirait quand elle serait prête. J'ai si peur, disait-elle. Elle avait la voix éraillée par la fumée, elle n'avait pas la voix sereine et suave qu'il aimait. Je me sens, disait-elle, comme un fuyard avec son boulet. J'essaie de courir, mais je n'y arrive pas. Je dois partir. Des copains partent en Afrique. Je pars. Je ne sais pas. Comme un bagnard avec son boulet, mais le bagne est en moi.

Felipe, en actionnant sa pompe à bière, surveillait Paul du coin de l'œil. Cette lividité quasi cadavérique, il connaissait. Linda lui avait fait le même effet. Ermelinda. Parfois dite Lili. La mousse déborda sur ses doigts. Elles font ça. On n'y peut rien de rien, marmonna-t-il en allant servir ses clients. On a chaud, on a froid, on croit que c'est l'amour et c'est le choléra, pensait Felipe en rendant la monnaie, tandis que la statue de Paul, au coin du bar, figurait l'homme contemporain aux prises avec Éros. Et tout ça pour quoi? Pour arriver où? poursuivait le patron en hochant la tête.

— En Afrique, tu ne peux pas, murmurait Paul.

— Dans la maison où je suis il y a des enfants, dit Lena.

Elle n'acheva pas sa phrase. Paul répéta qu'il allait venir, il fallait qu'il vienne, elle dit non,

Paul, ne me cherche pas. Il y eut encore des silences. Il entendait derrière elle des bruits de voix, il ne sut pas si elle appelait d'une cabine publique ou de la maison aux enfants. Elle allait s'éloigner un peu.

— Tu es déjà loin, dit Paul, et sa voix était à peine audible alors qu'il avait l'impression de hurler.

— J'ai de la chance de t'avoir rencontré, Paul.

Et elle ajouta avec une étrange petite voix étranglée :

— Pas sûr que l'inverse soit vrai.

Elle allait être obligée de raccrocher. Il ne devait pas lui en vouloir, elle pensait sans cesse à lui. Et puis elle avait encore quelque chose à lui dire. À propos de ma visite chez le médecin, tu sais.

— L'enfant est en bonne santé. Je devrais accoucher fin septembre.

Elle n'avait pas dit « notre enfant ».

— Tu m'écoutes, Paul ? Ton enfant.

— Je ne t'entends pas. Parle plus fort.

— C'est un garçon.

Paul rangea machinalement l'information dans un recoin de son cerveau, paya ses consommations et rentra chez lui à pas plutôt lents. Lena avait dit quelque chose, mais quoi ? Trop de bruit dans la salle du Caminito, trop de bruit derrière Lena, trop de bruit partout sur cette putain de planète. Il avait besoin de se reposer, il avait besoin de silence.

Ce n'est pas le silence qui l'attendait chez lui. La porte n'était pas fermée à clé, il avait pourtant le souvenir de l'avoir verrouillée, mais il ne faisait aucune confiance à sa mémoire. La lumière était allumée, ce qui s'avérait plus surprenant car il était passé par l'appartement en rentrant du passage à niveau, en fin d'après-midi, avant d'aller rejoindre Felipe pour faire le pied de grue près du téléphone, il faisait alors plein jour. En tout cas, il était certain que le fauteuil, ou ce qui en tenait lieu, c'est-à-dire une banquette de train en skaï vert récupérée dans un dépôt, était inoccupé lors de son départ, alors qu'à présent, incontestablement, quelqu'un s'y trouvait assis.

— Petit fumier, dit le Breton.

Paul eut le réflexe de battre en retraite, mais l'autre se leva d'un bond pour lui barrer le passage et le poussa d'une bourrade sur le siège.

— Quoi, encore, soupira Paul, résigné. Qu'est-ce que vous me voulez. Toujours votre histoire de cercueil ?

Le Breton ressortit de sa poche le cache-vis marqué du sceau de la République française et promit à son hôte que cette fois il allait le lui faire bouffer. Il lui dit qu'il était allé sur le plateau du Larzac voir défiler les singes et les guenons. Qu'il avait trouvé ce qu'il y cherchait, à savoir un camion bleu layette qui sentait le fauve. Les occupants n'étaient pas là, hélas, mais il y avait à l'intérieur du camion quelque chose de bien intéressant, un coffre à outils qui faisait toute la longueur de l'habitacle. Les ferrures avaient été forcées par quelque sagouin incapable d'ouvrir un cadenas avec délicatesse. En tout cas le coffre était vide.

— Vide ! répéta le Breton en donnant un coup de pied dans le siège, qui fit sursauter Paul comme un mannequin de son.

Il n'avait aucun doute sur le contenu de ce coffre. Il n'avait aucun doute sur le rôle joué par Paul dans le déplacement du cercueil. Il fallait maintenant tout lui dire, tout, car il sentait monter en lui une envie terrible et irrépressible de cogner, de détruire, de faire mal.

Paul expliqua le plus posément possible le malentendu. Il ignorait tout de cette pénible affaire, comme il avait d'ailleurs tenté de l'expliquer lors de leur dernière entrevue. Il avait emprunté ce camion à son père, et le coffre était rempli d'outils, d'où la nécessité des cadenas. Il n'était pas impossible que quelqu'un ait profité du voyage pour remplacer les outils par autre chose. Il ignorait comment le cache-vis était parvenu chez lui, beaucoup de gens passaient ici, des gens de toutes sortes. Inutile vraiment de le frapper, il ne pourrait rien dire de plus, même en y mettant du sien. Il n'était qu'un étudiant comme un autre, distrait et peu apte aux travaux manuels, il aspirait à une vie silencieuse et recueillie, n'était allé dans l'Aveyron que pour faire plaisir à quelques amis, notamment à sa compagne, enceinte. Savait-on en haut lieu qu'il allait être papa ? La manière forte n'aurait aucun résultat, inutile d'essayer, il ne savait rien.

Le Breton essaya quand même. Paul se mit à hurler, il fallut le bâillonner, ce qui le mettait dans l'incapacité d'avouer. Exaspéré par le dilemme, le Breton continua un peu de frapper, mais sans profonde conviction. Le camion avait sans aucun doute servi au transport du cercueil, toutefois ces têtes de piaf pouvaient l'avoir laissé n'importe où sur le trajet entre Paris et le Larzac. Ou à Paris même, qui sait ? Le petit crétin paraissait trop niais et trop peu combatif pour avoir mis sur pied une telle opération. Où était passé l'autre, le grand Espagnol ? Je t'enlève le bâillon, tu réponds sans crier. En Islande, répondit Paul. La gifle fusa sans que le Breton l'ait voulu, il fallut remettre le bâillon. Il jura qu'il retrouverait le cercueil, tôt ou tard. Et le jour où j'ai la preuve que tu as organisé ou participé à l'affaire, tu es mort. Enfin le Breton quitta les lieux, dans un état de grand abattement.

Quelque chose ne collait pas. Grâce aux fichiers bien tenus de Germain et à ceux des Renseignements généraux, on avait fouillé le passé de ce garçon, cherché des accointances significatives, mais rien, ou pas grand-chose. Il était objecteur de conscience, d'accord, cependant quel morveux ne l'était pas, de nos jours ? Et même insoumis à l'objection, c'est-à-dire qu'il avait refusé de faire le service civil proposé aux adeptes de la non-violence en remplacement du service militaire. Bon. Une façon comme une autre de couper aux obligations citoyennes. Lycéen remarquable par ses absences — « élève gai mais triste élève », indiquait un bulletin scolaire —, étudiant intermittent, salarié délibérément précaire, une sorte de mauvaise herbe poussée subrepticement entre deux gravats, sans utilité ni avenir. Jamais encarté dans un mouvement politique, embringué à temps partiel dans ces honteuses histoires d'avortement, mais rien qui le rapprochât un tant soit peu de la délinquance ou de la lutte armée, d'un idéal viril, rien. Misère.

Misère, c'est le mot qu'employa l'Avocat lors de la réunion à laquelle il avait convié tous les acteurs de cette affaire. Germain, soumis à d'intenses pressions de sa part, avait fini par l'informer de l'exfiltration possible du Grand Homme Seul vers le sud du Massif central, pour des raisons à ce jour inconnues. L'Avocat avait des réseaux puissants, que les cinq pour cent recueillis lors de l'avant-dernière élection présidentielle — « Vers l'avenir par la liberté » — avaient renforcés. Ils se retrouvèrent dans son salon. On leur servit un doigt de porto dans des verres en cristal. Il y avait là le Breton, le Hongrois et le Polonais, Germain, les jeunes gens athlétiques — sauf Louis, disparu —, et un autre Breton, un borgne à face de bouledogue qui avait été le directeur de campagne de l'Avocat et trouvait le moyen de placer un imparfait du subjonctif dans chacune de ses phrases.

Celui-ci résuma la situation. La perte de la

dépouille de celui qui avait été le père de la France — « Mes enfants, serrez-vous autour de moi... » — dans une période difficile de l'Histoire constituait certes une blessure symbolique cruelle pour ceux qui continuaient à le vénérer comme un père.

— Mais tout aussi cruelles seraient les conséquences de sa réapparition au grand jour, disons-le. Tout le monde le croit revenu à l'île d'Yeu. On remonterait sans peine jusqu'à nous, et nous serions à la fois coupables et ridicules. Cela ne doit pas arriver.

On fit le point sur les maigres pistes. Les investigations dans différentes communautés gauchistes n'avaient rien donné. Le dénommé Salvador Martínez, anarchiste d'origine espagnole vraisemblablement responsable du rapt, avait disparu.

— Il est en Islande, précisa Germain. Nous avons des traces de son départ par voie aérienne. Les perquisitions à son domicile, plus ou moins discrètes (regard appuyé vers le chef de l'équipe de jeunes), n'ont rien donné. Nous n'avons aucun indice, et surtout aucune idée du mobile.

Le Breton se taisait, main crispée sur le cache-vis dans la poche de sa veste.

— Je vous demande, je vous ordonne, dit l'Avocat de sa plus belle voix de prétoire, de ne plus prendre désormais aucune initiative. Toute information doit remonter vers moi. Nous avons perdu notre père. Souhaitons qu'un linceul de silence le recouvre à jamais. Nous devons désormais nous consacrer à notre combat pour le redressement intellectuel et moral du pays. Vers l'avenir.

— Par la liberté, aboya dans un réflexe le bouledogue borgne, qui était l'inventeur du slogan.

Bande de guignols, pensa le Breton.

C'était l'histoire de sa vie : jamais au bon endroit au bon moment, jamais avec les bonnes personnes. Ainsi avait été gâché un formidable potentiel de dévouement et d'énergie. Il continuerait à chercher seul, avec l'appui de Germain. Il mettrait le temps qu'il faudrait.

21.

Lena regarda le fourgon bleu s'éloigner le long de la route en zigzag à travers le Causse. Elle avait le cœur et le ventre serrés comme un soldat qui part pour la guerre. Quelle guerre ? Elle savait confusément qu'elle avait à se battre, mais ignorait contre qui. Le camion bleu n'emportait pas seulement Paul, mais une partie de ce qu'elle avait été. Impossible d'accepter la paix. Paul était la paix, la vie rassurante et calme. Elle aspirait au tumulte.

Au cours de son périple avec le car du MLAC, en faisant la tournée des brasiers sociaux sur des airs de *Carmagnole*, elle s'était liée d'amitié avec deux filles de Marseille, Michèle et Marie-Claude. Elles se déplaçaient ordinairement en moto, portaient les cheveux courts et passaient leur temps à se disputer, raison pour laquelle sans doute leur couple affichait une longévité inhabituelle. Michèle était infirmière et Marie-Claude sage-femme, toutes deux travaillaient dans une clinique privée de Marignane où l'on mettait en pratique les préceptes du docteur Odent. Les bébés y naissaient dans l'eau tiède sur un fond sonore de bruits de vagues et de chants d'oiseaux, et bénéficiaient ainsi d'un petit sursis avant la plongée dans l'enfer des vivants.

Ce furent des journées fiévreuses. Le car, pavoisé de banderoles et bourré à craquer d'idées flambant neuves sur l'amour et la procréation, fut accueilli avec une chaleur imprévue par les ouvrières en grève de Romans ou chez les Lip. Il y eut des chants, des accolades, des réunions au sommet, des visites d'usines, des serments.

Comme deux cartomanciennes en mal de boule de cristal, Michèle et Marie-Claude s'étaient jetées sur le ventre rond de Lena. Où comptait-elle accoucher ? L'enfant avait-il un père ? Elles lui décrivirent comme des scènes d'une effroyable barbarie les accouchements pratiqués en milieu hospitalier, ou pire encore, dans les cliniques privées où les nanties venaient pondre à la chaîne, persuadées par une habile propagande qu'elles y seraient mieux traitées que dans le service public. Pourquoi ne venait-elle pas accoucher à Marseille ? Elles l'accompagneraient, l'hébergeraient le temps qu'il faudrait. Son enfant viendrait au monde comme on le fait encore dans les civilisations préservées du cauchemar occidental, comme on le faisait partout il y a très longtemps, avant que la malédiction biblique avec ses promesses d'enfantement dans la douleur ne répande sur le monde la haine absolue des femmes et de leur génie. Avec un peu de chance, ce serait une fille.

Lena s'installa dans une chambre de l'appartement que Michèle et Marie-Claude occupaient du côté du Panier. L'occupante précédente était partie vivre à Pasadena, Californie, et avait laissé toutes ses affaires. L'appartement était chaque soir envahi par des filles de toutes tailles et de toutes couleurs, qui regardaient avec suspicion le ventre de Lena, preuve accablante de son commerce avec le genre honni. Les deux amies avaient repris leur travail, et Lena se retrouvait souvent seule. Elle occupa ses journées à faire des démarches pour obtenir les allocations auxquelles elle avait droit en tant que mère célibataire, à rêvasser dans le salon vide, à arpenter avec une lenteur de barcasse les rues bruyantes et ensoleillées.

Elle avait décidé de rester. Elle se sentait lourde, elle peinait à arracher au sol ce corps redoutable en cours de dédoublement. Elle détestait la joie folle qui l'envahissait par moments lorsqu'elle posait ses mains sur son nombril, ou quand elle sentait l'enfant donner des coups de pied contre les parois de sa cage. Chaque soir vers 20 heures elle décrochait un téléphone, le tenait en suspens quelques secondes avant de le reposer. Que pouvait-elle dire à Paul ?

À plusieurs reprises, elle parla avec Claire en l'appelant chez ses voisins.

— Tu ne peux pas le laisser seul, disait Claire. Tu ne peux pas le laisser dans le silence. Qu'est-ce que tu fais à Marseille, Lena, est-ce que tu es consciente de ce que tu gâches ? raisonnait la petite sœur. Retourne près de Paul. Ne casse pas tout.

Lena approuvait : « Tu as raison, disait-elle, je sais bien. Il est ce que je peux attendre de mieux d'un homme. Tu as raison mais je n'y arriverai pas. »

— Alors parle-lui, au moins. Donne-lui des nouvelles.

Claire débarqua quelques semaines plus tard gare Saint-Charles et alla se pencher sur sa sœur baignant dans une vasque, Claire aux douces mains caressa le front et le visage de Lena avec de l'eau fraîche, Claire et Lena ensemble se souvinrent d'un jour d'hiver malheureux où la plus jeune était allongée et pleurait et criait tandis que l'aînée tenait sa main serrée, dans une pièce pleine de chevelus où l'on n'entendait que le bruit de la pompe qui faisait le vide dans un bocal. Marie-Claude dirigeait calmement les opérations, Michèle souriait et encourageait Lena, une musique liquide envahissait la pièce. Samuel, expulsé sans difficulté de l'éden amniotique, put croire que le monde était uniquement peuplé de femmes, ce qui ne l'empêcha pas de hurler, en ce petit matin du 1er octobre 1974.

Au passage à niveau, Paul restait plongé dans un état d'hébétude dont seules les sonneries annonçant les trains parvenaient à le tirer. Son esprit barbotait entre deux eaux. Il ruminait le prénom de ce fils inconnu, qui l'avait remplacé contre la poitrine de sa mère. Il avait renoncé aux collages, aux découpages, aux montages poétiques qui naguère occupaient son temps dans la guérite. Il lisait de façon décousue, toujours le même livre, *Actes et écrits* du Grand Homme Seul, dans lequel il puisait d'étranges aphorismes, des adages immémoriaux, des morceaux de phrases qui soudain éclairaient sa pauvre vie d'une lumière sinistre ou dérisoire.

Je ne quitterai pas le sol du pays.

C'est le cœur serré que je vous dis qu'il faut aujourd'hui cesser le combat.

Français, vous avez vraiment la mémoire courte.

Trop peu d'enfants, trop peu d'armes, trop peu d'alliés, voilà les causes de notre défaite.

Rappelez-vous surtout que vous êtes des hommes. Ressaisissez-vous.

Demain, tous des chefs !

Mais il n'y avait rien à saisir. Son être était devenu aussi impalpable qu'un courant d'air. Il interrogeait les nuages, les herbes jaunâtres qui s'incrustaient sur le ballast ou dans les haies, les vols d'étourneaux qui déployaient leurs draperies dans le ciel de plomb, les bruits divers qui se promenaient délivrés de leurs causes, ses propres mains posées sur la tablette de bois ou la manivelle des barrières : tout était signe, il le savait, mais était incapable de déchiffrer le palimpseste du monde visible. Il lui arrivait d'acheter un journal pour tenter de se raccrocher au manège de l'univers qui sans lui continuait de tourner, les événements formaient une brume fuligineuse au sein de laquelle résonnaient des appels, des sentences absurdes, et la voix de Lena.

C'est de vous-mêmes que je veux vous sauver.

Dieu a permis aux événements de nous administrer une dure et bienfaisante leçon.

Je hais les mensonges qui vous ont fait tant de mal.

Je vous invite à une cure de silence.

Vous souffrez et vous souffrirez longtemps encore, car nous n'avons pas fini de payer toutes nos fautes.

Heureuse souffrance qui nous aura valu le salut.

Votre vie sera dure.

Mais quelle vie ? Pouvait-on désigner ainsi cette succession de moments sans logique, ces douleurs au ventre et à la tête, ces souvenirs comme des coups de fouet, cette attente sans crainte et sans espoir ? Ses horaires de travail très irréguliers lui laissaient de longues plages d'inaction, souvent plusieurs jours durant lesquels il restait en général chez lui à contempler les auréoles d'humidité sur les murs et sur le plafond. Il passait de temps à autre au Caminito, mais supportait difficilement la compassion de Felipe. À deux reprises il avait franchi la porte du 34, où on l'avait accueilli avec une indifférence courtoise. Lena n'avait pas laissé de nouvelles, tout juste savait-on qu'elle avait accouché. Le fait qu'elle soit restée loin de Paul jetait sur lui une suspicion : une femme qui décide de sa vie et s'émancipe des contraintes du couple est forcément dans son droit. Les hommes sont devenus des poids morts, que voulez-vous, ils ne se rendent pas compte qu'ils ont fait leur temps. Ils obéissent aux ordres de leur cerveau reptilien, cèdent aux impulsions de leur instinct de domination et s'étonnent, les pauvres, que cela ne produise plus d'effet.

Au 34 l'ambiance se faisait plus lourde. Certains partaient vivre leur vie, c'est-à-dire travailler. C'est à cette époque que Jef se fit sauter la cervelle avec le pistolet de son père ; que Jacquot fut mis par sa famille en placement volontaire dans un hôpital psychiatrique ; que Véronique fit sa première cure de désintoxication. Un attentat d'extrême droite détruisit le drugstore Saint-Germain, les Brigades rouges essaimaient dans tout le nord de l'Italie, la France était reprise en main par un pouvoir rajeuni, comme l'Angleterre qui allait bientôt élire triomphalement Margaret Thatcher. Paul ne pouvait voir dans ces éléments épars qu'une conjonction de symptômes, indiquant que son propre désastre s'inscrivait dans un désastre général.

« Comme tu es laid », disait Lena à son fils, et un rire silencieux la secouait, et elle couvrait de baisers la chose rougeaude et fripée à la voix disgracieuse, aux lèvres violettes, aux yeux vitreux. « Mais qu'est-ce que je vais faire de toi. Mais qu'est-ce que tu viens faire ici. Mais qu'est-ce qui t'a pris d'exister. » Et elle frottait son front sur le ventre marbré du bébé, ses cheveux se répandaient sur lui comme des algues, il avait des mouvements saccadés de tortue sur le dos.

Il s'était encore sali, et elle dut le changer pour la troisième fois de l'après-midi. Elle avait l'impression de passer sa vie à laver des langes dans le lavabo de la salle de bains, à nourrir le petit, à le nettoyer, à le changer. Jour et nuit il imposait sa présence tonitruante, il ne relâchait jamais la pression, ne restait jamais trois heures d'affilée sans se faire entendre. Lena avait le bout des seins gercé et douloureux, elle tombait de sommeil, s'endormait parfois avec Samuel au sein tandis qu'il continuait de téter avant de s'endormir à son tour. Ses cris la réveillaient un peu plus tard, sans qu'elle se fût vraiment reposée car son sommeil était lacéré par la crainte d'étouffer l'enfant sous son poids ou de le laisser tomber quand elle l'allaitait assise dans son lit.

Marie-Claude et Michèle, qui aimaient tant les femmes enceintes, n'éprouvaient pas la même adoration pour les nouveau-nés. Elles avaient des horaires de travail difficiles, se levaient tôt ou rentraient tard, et les braillements continuels du petit leur mettaient les nerfs en pelote. Lena n'était jamais disponible aux mêmes moments qu'elles, dîner tranquillement avec des amies devenait un idéal inaccessible, on ne pouvait pas faire deux pas dans l'appartement sans buter dans un séchoir à linge surchargé de couches et de layettes, la cuisine était encombrée de biberons, de boîtes de lait ou de médicaments, et quand Samuel ne hurlait pas on devait subir l'horripilant crincrin de la boîte à musique censée l'endormir.

Lena dut se rendre à l'évidence : comme tant d'autres elle allait renoncer à la vie communautaire, aux fêtes impromptues, aux discussions sans fin, à la jeunesse.

Elle s'installa avec Samuel dans un studio de la rue Paradis que Michèle lui avait indiqué, et trouva dans une laverie industrielle un travail convenablement abrutissant qui, ajouté aux allocations, lui rapportait de quoi payer son loyer et la garde de Samuel. Le soir, épuisée, elle passait chercher l'enfant et rentrait chez elle, s'occupait de lui, se nourrissait n'importe comment et allait se coucher après avoir pleuré pendant une ou deux heures.

Paul tapait du poing contre les murs, laissait la vaisselle s'accumuler dans l'évier, faisait une fixation sur les pigeons qui arpentaient l'auvent en fibre de verre, attirés par le pain mouillé de la voisine qui s'abattait à toute heure avec des flocs hideux. Paul ne se rasait plus, se lavait à peine, lisait en boucle les mêmes inepties délétères, sentait monter en lui des poussées de haine aveuglante contre la société française rongée par un fascisme insidieux, crapuleux, rampant, qu'il repérait non seulement dans les propos et sur les visages des politiciens, des ministres, dans les informations qu'il écoutait à la radio ou qu'il lisait dans la presse, mais aussi dans les phrases les plus anodines entendues dans la rue ou chez le boulanger, et il guettait en lui l'apparition du mal comme il l'aurait fait d'un cancer. Il était littéralement obsédé par la certitude que l'humanité était vouée à l'éternel remâchage de ses propres déjections, et que si un vieux guerrier recru de guerres, bardé de médailles et de victoires mythologiques, venait faire don de sa personne au peuple français pour prendre en charge ses souffrances, le peuple à la mémoire si courte se donnerait à lui corps et âme comme il l'avait fait trente-cinq ans plus tôt, dans sa grande majorité, avec un vieillard impotent et illustre, et quinze ans plus tôt avec de Gaulle. Et lui-même, Paul, que ferait-il en cas de guerre ? Aurait-il la lucidité, aurait-il le courage de résister, de mettre sa vie en jeu, et du bon côté ?

Cette question, qui le taraudait comme elle taraudait tous les gens de son âge, restait sans réponse. Mais à se la poser chaque jour, du moins pouvait-il oublier un peu la blessure ouverte par la disparition de Lena. Il se souvenait des interminables conversations avec Salvador, au comptoir du Caminito.

— Tes amis gauchistes, mon vieux Paulo, tes amis hantés par les figures de Lawrence, d'Hemingway, de Malraux... Malraux surtout, bien sûr, car ce vénérable escroc a su conjuguer l'art, l'action, le pouvoir... Mais ces pauvres garçons ne peuvent que singer les postures héroïques de leurs aînés. Regarde-les s'inventer des guerres présentes ou à venir, dans lesquelles bien entendu ils se voient rien de moins que chefs d'état-major, généraux d'un empire sans frontières... Hélas le réel farceur s'ingénie à ne leur proposer que des joutes salonnardes, des batailles d'arrière-salle, la Sorbonne comme palais d'Hiver, la rue Gay-

Lussac pour Vercors, et pour régiments des cliques de bavards enfumés et distraits...

Renaud était de ceux-là, volontiers grandiloquent, avide de démontrer le caractère pénétrant et hardi de ses analyses politiques, toujours en avance d'une idée ou deux, grand amateur de paradoxes, remarquable donneur d'ordres. Tout en lui disait son amour profond de la guerre, cette guerre qu'il ne connaîtrait jamais, seule à même pourtant de faire étinceler ses facultés, mi-Jean Moulin, mi-Machiavel. D'autres, plus impatients que lui, iraient chercher la guerre ailleurs, à Cuba, en Afrique, au Liban, en Palestine, pour tenter d'oublier que la mer désespérément étale de l'Histoire leur avait infligé la punition de rester à jamais ce qu'ils étaient : de brillants élèves d'école supérieure, de beaux esprits, des agrégés.

Paul en était là de ses colères lorsque Lena et Samuel débarquèrent chez lui. Elle lui avait écrit une longue lettre de sa belle écriture anguleuse et penchée. Il l'avait lue et relue cent fois; pendant des jours il avait entendu la voix de Lena dire des mots auxquels il ne parvenait pas à croire. Elle parlait peu de leur fils, et plutôt comme d'une contrainte ou d'une peine. Elle parlait de sa vie à Marseille, de ce qu'elle avait espéré, de ce qu'elle avait trouvé. Elle parlait d'eux. Paul et Lena. Le temps si court de leur amour, une éternité. Elle revenait vers lui, ne demandait pardon de rien, elle revenait, bientôt, avec leur fils, avec ton fils.

Il alla les voir à Marseille, en attendant leur déménagement. Il n'aima pas cette ville, qu'il rendait responsable de ce qu'il avait vécu. Tout lui parut faux et souillé. Il ne posa pas de questions à Lena sur ce qu'elle avait connu ici. Elle crut bon de le lui raconter quand même, lui parla d'un homme plus âgé qui avait adouci sa solitude, avec qui elle avait connu un accord sensuel exceptionnel, et que l'enfant finalement avait fait fuir. Il endura ces révélations, ahuri de douleur. Il fit la connaissance de son fils, Samuel, leur fils, qui ressemblait moins à une tortue désormais. L'enfant posa longuement sur lui ses yeux couleur ardoise, sourcils froncés, figé dans une grave étude. Paul le reconnut. Non seulement à la mairie, où il accomplit les formalités nécessaires sous l'œil d'une fonctionnaire qui visiblement le trouvait long à la détente, mais il le reconnut vraiment, comme si de toute éternité un lien invisible et profond l'avait attaché à cet être. Il le prit dans ses bras, apprit à le nourrir, à le changer. Il le promena dans les rues balayées par un mistral tenace et glacé. Paul resta deux jours à Marseille, et ne quitta pas son fils une seconde.

Il y eut cette première nuit passée avec Lena. Ils avaient installé le berceau du bébé dans la minuscule salle de bains. Ils se sentaient intimidés, Paul souffrait à hurler de savoir qu'un autre avait partagé ce lit, avait posé ses yeux sur ce décor rudimentaire tellement plein de Lena pourtant, qu'un autre avait eu accès à ce corps. Qu'il fût plus âgé surtout le torturait. Lui n'avait rien à offrir que son inexpérience, son manque d'assurance, sa pauvreté chronique, ses velléités puériles. Lena n'osait pas s'approcher, elle touchait Paul du bout des doigts comme elle aurait soigné un grand brûlé. Ils parlèrent peu, elle patiente et calme, lui essayant en vain de ne pas se fermer sur son petit malheur. Enfin, épuisés de silence, ils firent l'amour très vite et s'endormirent.

Il revint seul à Paris. Elle le rejoindrait à la fin du mois, dans le break d'un copain qui contiendrait facilement le petit lot de ses possessions.

Il fallut changer de logement. Ils s'installèrent dans un appartement un peu plus grand et disposant d'un minimum de confort à quelques centaines de mètres. Les trajets vers le Caminito s'en trouvaient raccourcis, mais les occasions d'y aller se firent aussi plus rares.

Lena trouva très vite du travail dans un bar du XXe arrondissement. Paul resta à la maison à s'occuper de Samuel, car le travail au passage à niveau ne rapportait pas de quoi payer la gardienne. Quand Lena rentrait suffisamment tôt pour que l'enfant soit encore éveillé, Samuel refusait d'abord de la regarder, tournait la tête à l'opposé, et si elle le prenait dans ses bras il restait inerte comme une branche.

— Tu veux me faire payer, petit salopard?

s'amusait-elle. Tu es un adepte de la mère au foyer ?

Il lui répondait par un visage fermé. Rapidement, la rancune de Samuel ne fut plus un sujet de plaisanterie. Quand elle arrivait, Lena était tendue, délibérément elle ne regardait pas son fils. Elle trouvait que l'appartement sentait le renfermé, ouvrait les fenêtres en grand. On étouffe, ici. Elle attendait, parfois longtemps, que Samuel lève les yeux vers elle pour enfin le saluer et le caresser. C'était entre eux une sorte de combat dont personne ne sortait vainqueur.

Paul s'était pris de passion pour la cuisine. Hautaine Solitude, assise sur le réfrigérateur, le regardait préparer ses plats formidables tandis que la radio diffusait les nouvelles du monde, et que Samuel jouait à ses pieds. Il profitait des siestes de l'enfant pour écrire, d'une écriture étroite et serrée, jusqu'à ce que la page forme un bloc d'ombre. Il y jetait sans ponctuation ni majuscules tout ce que la vie abandonnait en lui d'alluvions et de marnes. Le soir, des amis débarquaient, on ouvrait des bouteilles, on faisait du bruit. Paul avait constitué autour de lui un réseau de compagnons qui allait en proliférant, car de toutes les malédictions qui accablent le cœur humain, il avait hérité de la pire : la fidélité. C'étaient des gens de toutes sortes. Quelques rares écrivains, quelques artistes, mais il ne privilégiait pas leur compagnie. Il aimait la diversité de ces vies qui venaient se raconter et rire autour de sa table. De son côté, Lena n'invitait presque personne.

Elle avait été surprise de découvrir cette agitation amicale autour de Paul.

Il n'arrivait pas à se convaincre que Lena fût revenue. Il restait apeuré, incrédule. Elle avait des sourires tristes, des gestes de consolation qui le plongeaient dans l'inquiétude. De brèves colères, aussi, des colères sans raison qui s'évanouissaient comme elles étaient venues. Bientôt il ne douta plus qu'il allait la perdre.

22.

Paul nourrit Samuel, le changea pour la nuit, joua un peu avec des cubes, lui chanta *El ejército del Ebro* en souvenir de Salvador, retarda au maximum le moment de le coucher dans l'espoir qu'il puisse voir sa mère avant de s'endormir. Au bulletin d'informations de 20 heures, il avait entendu des extraits de l'intervention de Simone Veil à l'Assemblée nationale où elle défendait sa loi sur la libéralisation de l'avortement. Il se résigna à coucher le petit, finit de préparer le repas. Ces temps-ci Lena rentrait de plus en plus tard. Le climat entre eux était électrique, elle semblait reprocher à Paul leur vie étriquée, sans perspec tives. Elle ne tenait pas en place.

À 11 heures du soir, il rangea les deux couverts, mangea un morceau debout en regardant la rue vide.

Il s'allongea dans la chambre sans se déshabiller et commença à lire. À un moment, en levant les yeux, il vit que le placard était resté entrouvert. Il se leva, inspecta les étagères. Les affaires de Lena avaient disparu, ainsi que son sac de voyage.

La nuit fut ce qu'elle devait être. Le lendemain il trouva un mot dans la boîte aux lettres : *Prends soin de Samuel. Lena.*

Felipe était d'avis de la faire rechercher par la police, et de la faire inculper pour abandon de famille, si possible après une bonne rouste.

On ne peut pas reprocher à quelqu'un qui n'a peut-être jamais été là d'être parti. Paul admit que son Grand Projet en avait un coup dans l'aile. Sans doute allait-il devoir rejoindre les sinistres cohortes de l'esclavage salarié. Avant d'en être réduit à cette extrémité, il alla voir l'assistante sociale de sa circonscription. Il s'attendait à une confrontation pénible avec une dame patronnesse qui lui démontrerait la fonction rédemptrice de l'épreuve, il tomba sur une jolie brune, presque aussi jeune que lui, qu'il avait déjà croisée dans quelques manifestations et qui succomba immédiatement au charme de Samuel endormi dans les bras de son père. Paul commençait à avoir l'habitude. La vue d'un jeune père s'occupant d'un enfant suscitait chez la plupart des femmes des attendrissements hyperboliques. La boulangère et l'épicière, les caissières du minimarket, toutes se répandaient en gazouillis, en petits cris émerveillés ; on lui ouvrait les portes, on lui proposait ristournes et services, on le félicitait. Certaines, ayant appris qu'il vivait seul, couvaient le père célibataire de regards intéressés. Ces gratifications compensaient le mépris sidéral dans lequel le tenaient beaucoup d'hommes. Sans doute avaient-ils entendu comme Paul à la radio les prédictions effarées de ce député commentant le changement de mœurs en cours («les hommes perdront la fière conscience de leur virilité féconde et les femmes ne seront plus qu'un objet de volupté stérile...») et le tenaient-ils pour complice de cette déroute historique. L'assistante sociale, possible objet de volupté stérile s'il était resté à Paul un tant soit peu de fière conscience de sa virilité, lui indiqua les démarches à suivre et lui donna quelques conseils pour surmonter les embûches administratives.

Ce fut le vide.

Il tournait en rond et, sans savoir comment, il se retrouva un matin devant le pavillon de son père. Il portait Sam dans un sac ventral d'où émergeait le haut du petit crâne couvert d'un bonnet. Le père ne connaissait pas Lena, il n'avait pas été informé de la naissance du bébé car Paul alors n'était pas certain de le connaître un jour. Quand Paul arriva, Guy était dans la cuisine en train de boire un café et de fumer une gauloise. Le rideau s'écarta, Paul vit le visage étonné de son père, et quelques secondes plus tard la porte s'ouvrit.

— Pour une surprise, dit simplement le père en prenant son fils par la nuque et en l'embrassant sur le front.

— Deux surprises, précisa Paul. Offre-moi un café, tiens.

Il lui raconta tout ou presque, c'est-à-dire pas

grand-chose. Une femme était arrivée dans sa vie, elle en était repartie après y avoir déposé un enfant.

— Pas banal, apprécia Guy.

Il regarda son fils.

— Et maintenant, tu souffres.

Puis son visage s'éclaira d'un sourire en voyant son petit-fils aux cheveux hirsutes, aux yeux écarquillés : il constata qu'il était grand-père. Il arrosa l'événement d'une giclée de gnôle dans sa tasse de café. Paul déclina. Peu à peu, visiblement, l'information prenait toute sa place dans le cerveau de Guy. Le sourire s'élargit, les yeux se plissèrent, il prit Samuel dans ses bras. L'enfant, étonné, agrippa le gros nez qui se penchait vers lui. Naissance d'une passion.

— Elle reviendra, tu crois ? demanda Guy en frottant son nez contre celui de Sam.

Paul souffla sur son café sans répondre.

— Cinquante ans, c'est jeune pour être grand-père. Je ne voudrais pas qu'il m'appelle pépère. Ou papy. Merde, alors. Je compte sur toi.

La fenêtre donnait sur une rue triste à mourir. Paul demanda s'il pouvait rester quelques jours.

Le soir, Guy l'observa attentivement tandis qu'il s'occupait du petit. Après le bain, Paul lui mit une couche en cellulose, retenue par un triangle de tissu dont les trois pointes se rejoignaient au niveau du nombril, le tout recouvert d'un carré en plastique souple censé contenir les fuites et noué sur les côtés. Sam, fils de sans-le-sou et destiné à le rester, n'avait pas droit aux couches-culottes qui avaient fait leur apparition peu de temps auparavant dans les supermarchés et les pharmacies. Ensuite, l'habillage : sous-vêtements, combinaison de laine. Puis le biberon, qui remplaçait désavantageusement les seins de Lena, 250 millilitres de lait maternisé complété pour la nuit d'un peu de farine, si l'on ne voulait pas être réveillé à 4 heures du matin. Il fut sifflé en deux minutes par le petit goinfre qui pleura dès la dernière gorgée avalée : il avait encore faim.

Le lendemain matin, Guy exigea de préparer lui-même le biberon et de le donner.

— Je ne suis pas plus idiot que toi, après tout.

Puis il se chargea de la toilette et de l'habillage. Sam se laissa manipuler, sourcils froncés. Il bavait copieusement en produisant des sons bizarres. Paul fut surpris de la dextérité de son père. S'était-il occupé de lui de la même façon ? Sans doute pas. Il y avait une mère, à l'époque, dans cette maison.

— Qu'est-ce que tu vas faire ? demanda Guy.

Ils étaient debout près du bassin. Les poissons semblaient n'avoir pas bougé depuis la dernière fois.

— Tu arrêtes tes études ? insista le père.

Paul haussa les épaules. Il ne s'était même pas réinscrit. Il avait obtenu sa licence de justesse, ce qui lui faisait une belle jambe. Paul n'avait rien à faire de rien, si ce n'est de son fils.

Guy serra Paul contre lui. Ils allaient rester

ensemble quelques jours, quelque temps, voir venir, réfléchir, à trois ils arriveraient bien à faire face.

C'était une journée de toute fin d'automne, bientôt Samuel aurait son premier cadeau de Noël, quelque chose de bien, pensait Guy. Je t'en fabriquerai, moi, des jouets, autre chose que leurs trucs en plastique. Lena pendant ce temps était allongée sur la banquette arrière d'une Lancia qui fonçait sur une autoroute italienne, mais Lena à cet instant ne fait plus vraiment partie de cette histoire, déjà dans sa mémoire s'efface le souvenir précis du visage de Samuel. Bientôt elle ne pourra plus le reconnaître, car il va changer, il va changer vite, les années s'enchaînent, regardez comme elles filent. Le vent de l'Histoire se met à enfler, il emporte des cheveux sur le crâne de Guy, fait valser les ministres, déplace les foyers de guerres tout autour de la planète comme dans un jeu, emporte des ardoises du pavillon, seuls les poissons du bassin semblent y être insensibles. Demain Samuel aura un an, la paix au Vietnam sera enfin conclue, la guerre civile débutera au Liban, Soyouz 19 et Apollo s'arrimeront dans l'espace non encore transformé en décharge, la France atteindra le cap du million de chômeurs. Felipe pleurera sur le comptoir du Caminito en pensant à son pays écrasé par les militaires : sont-ils assez fous pour avoir tenté d'inquiéter Ermelinda ? Et tandis que le capitaine Alfredo Astiz commencera une carrière de tortionnaire à l'École de mécanique de la marine de Buenos Aires, dans un bar de Reykjavík Salvador Martínez sablera le champagne pour fêter la mort de Franco enfin débranché. À peine a-t-il fini son verre, voilà que Samuel a deux ans. Le Parti communiste abandonne la dictature du prolétariat, l'usine Lip est mise en liquidation, Mao casse sa sale pipe, un Premier ministre français qui ne semble pourtant pas avoir connu beaucoup de privations déclare que le temps de la facilité est terminé. D'ailleurs Samuel a trois ans et il commence à comprendre que la vie n'est pas tapissée de pétales de roses. Baader et sa bande sont condamnés à la prison à perpétuité, Hanns-Martin Schleyer meurt ainsi que Chaplin, le Centre Beaubourg dresse ses tubulures multicolores au-dessus de Paris dans un concert de protestations, les brebis du Larzac envahissent un tribunal, et voilà : le petit Samuel a quatre ans déjà. L'*Amoco Cadiz* coule, Mesrine s'évade, Aldo Moro non, Khomeyni tient salon à Neauphle-le-Château et affirme qu'il faut que le sang coule, car « plus l'Iran saignera, plus la révolution vaincra ». Un brave type, vraiment, d'ailleurs très apprécié en France. Un nouveau pape est élu, Claude François change une ampoule dans sa salle de bains, *La vie mode d'emploi* fait sensation et Samuel qui commence à lire quelques mots a cinq ans. Ça ne va pas s'arrêter là. Georges Marchais approuve l'intervention soviétique à Kaboul, Marguerite Yourcenar entre à l'Académie, Sartre meurt, Oscar Romero itou, à Gdánsk un moustachu fait fureur, à Paris le même

Premier ministre annonce qu'un attentat antisémite a frappé des Juifs mais aussi des Français innocents, Reagan est élu, Coluche décide d'essayer d'en faire autant, Lennon ferme boutique, Manufrance aussi, c'est l'attentat de la gare de Bologne. C'est aussi la date à laquelle Paul reçoit un télégramme d'un éditeur à qui il a confié un manuscrit : il sera publié, bien que le caractère quelque peu obscur du texte ne laisse espérer qu'une audience confidentielle. Samuel a six ans, il ne connaît toujours pas sa mère autrement que par une photo que Claire a donnée à Paul, et par une autre où on les voit, Lena et Paul, Paul et Lena, assis sur un banc de bois vert bouteille dans le jardin du 34, souriants, encore presque enfants. Bientôt la France va se doter d'un président de gauche dont les premiers mots seront : « Enfin, les ennuis commencent. » Son ministre de la Culture mettra pour lui en scène une cérémonie au Panthéon qui fera définitivement entrer la politique dans l'esthétique du téléfilm, la peine de mort sera abolie, l'extension du camp du Larzac abandonnée, Reagan et le pape victimes d'attentats manqués et Sadate d'un attentat réussi, Thatcher laissera fièrement crever Bobby Sands, les radios libres seront libres de se vendre, le sida sortira ses griffes, mais à vrai dire Samuel sera beaucoup plus préoccupé par son entrée à l'école primaire. Tout cela est loin, déjà, et l'on pourrait laisser ainsi filer les années l'une après l'autre jusqu'au moment où vous lisez ces lignes, mais ce serait prématuré : nous ne sommes pas au bout de leurs peines.

23.

Lena voyagea. Elle connut la mélancolie des gares, les froids réveils dans des pièces en désordre, l'étourdissement des longs trajets dans des guimbardes au bout du rouleau, la tristesse des amitiés interrompues. Elle revint. Six années ou presque s'étaient écoulées. Elle avait eu de temps à autre par Claire des nouvelles de Paul et de Samuel. Les deux sœurs s'étaient revues à Bordeaux à l'occasion de l'enterrement de leur mère, en 1977. Claire vivait désormais à Paris et travaillait rue Montorgueil dans une agence de voyages. Elle venait souvent voir Paul, sans jamais lui donner de nouvelles de Lena, conformément à la parole donnée à sa sœur. Claire passait après le travail. Elle dînait, jouait avec l'enfant, lui racontait des histoires, parfois elle restait dormir, dans un rêve de famille sage. Puis elle se maria et vint moins souvent, en tout cas sans passer la nuit.

Quand on lui demandait où était sa mère, Sam répondait qu'elle était en voyage. Paul lui inventait des virées lointaines, des aventures, un retour certain ; Lena était devenue un personnage de conte.

Il y avait chez cet enfant une gaieté peu commune, et un sens du relatif qui lui permettait de s'accommoder de toutes les situations. Il disposait d'une phrase fétiche, sorte de passe-partout à quoi aucune serrure mentale, aucun chagrin, aucun obstacle ne résistait. *C'est pas grave.* Il tombait, ce n'était pas grave, son père oubliait son goûter, ce n'était pas grave, ils n'avaient plus d'argent, plus un centime, rien, ce n'est pas grave, papa. Il permit à son père, plus que jamais emmuré avec Hautaine Solitude, de se faire quelques nouveaux amis, parents de ses camarades de crèche ou de maternelle. Paul, grâce à une stricte surveillance de ses dépenses, avait bel et bien échappé à l'engrenage du salariat. Il conservait son travail de garde-barrière, toujours à temps remarquablement partiel, mais la raréfaction des passages à niveau l'obligeait à travailler de plus en plus loin de Paris. Il lui fallut conjointement diversifier ses activités : réécriture d'articles pour des guides culinaires, convoyages de touristes à travers la capitale, gardiennages occasionnels de parkings ou d'entrepôts, toutes activités qu'il choisissait par prudence dénuées du moindre attrait, au cas où l'aurait saisi le pitoyable et si répandu désir de faire carrière. Il s'enorgueillissait secrètement de cette absence de raison sociale, malgré les embarras qu'elle suscitait dans la vie quotidienne et dans les relations humaines.

— Et vous faites quoi, dans la vie ?

— Rien.

Depuis le départ de Lena, Paul n'avait jamais eu l'occasion ni l'envie de partager l'appartement avec une autre femme. Il y eut des passantes, dont les noms se sont perdus, et même les prénoms. Elles n'avaient pas le droit de rester, ni de faire des projets. Il n'y avait de place ici que pour Paul et Samuel, pour le fantôme voyageur de Lena, et pour la tristesse qui s'installait sur ses épaules, le soir venu, quand l'enfant s'endormait.

— Comment ça, rien ?

— Rien, vraiment. Je ne fais rien.

Il y eut cette grande fête sur la place de la Bastille, lors du deuxième tour de l'élection présidentielle. Paul, qui promenait son scepticisme dans les conversations comme on promène un chien, ne nourrissait aucune illusion quant à la nouvelle équipe qui arrivait au pouvoir. Plus heureux de la défaite des uns que de la victoire des autres, il emmena néanmoins son fils au rassemblement. Il suivait souvent les manifestations avec lui. Sam, juché sur les épaules de son père ou calé dans un siège de vélo, appréciait les slogans et les chants. Paul traînait le long des défilés, incapable de s'intégrer à un groupe ou de reprendre un mot d'ordre, mais désireux malgré tout d'être là, parmi les autres.

Ce soir-là, une joie incrédule déferlait sur la place où un grand podium avait été dressé. La foule hurlait et dansait sous une pluie battante. Samuel estima que c'était une belle élection.

Paul tomba ce soir-là sur un fantôme d'époque : il trouva Florence sous un parapluie, comprimée contre un panneau publicitaire, seule, assez loin du podium. Elle ne le reconnut pas tout de suite. Ils se saluèrent, restèrent plus d'une heure sans pouvoir se parler à cause du bruit et de la musique. Ils s'écartèrent de la foule, marchèrent au hasard des rues malgré les protestations de Sam qui voulait aller se coucher, s'assirent par terre pour bavarder à l'abri d'un porche d'église.

Florence regardait l'enfant endormi. La dureté de son visage s'était atténuée. Elle avait dépassé les trente-cinq ans. Il y avait en elle une forme de beauté lointaine et froide que réchauffait un peu la noirceur du regard.

— Alors, toujours stal ? demanda Paul, pour briser la glace.

— On fait ce qu'on peut. Et toi, toujours anarcho-bourgeois ?

— J'essaie de m'y tenir.

Elle travaillait encore dans un dispensaire de quartier. Elle n'avait pas voté au deuxième tour.

— Renaud n'est pas venu ? Il aurait préféré que Mitterrand soit battu, je parie.

— Moi, j'aurais préféré. Tant qu'à avoir un ennemi, autant que les choses soient claires. Tu verras que la gauche au pouvoir signera les pires défaites de la classe ouvrière. Mais Renaud n'est plus de cet avis, figure-toi.

Elle alluma une cigarette. Elle ne fumait jamais, au 34, et passait son temps à ouvrir les fenêtres.

— Il doit être là-bas, sur la place. Ce sale con est parti avec une fille de vingt ans. Une militante...

Paul fit la moue, mais il évita de commenter. Tout se dégradait. Naguère, un tel libertinage aurait coûté à Renaud une autocritique et un stage de rééducation, pour le moins.

— Ce sale con est au Parti socialiste. Ce sale con est un membre de plus en plus *éminent* du Parti socialiste.

Elle tira une longue bouffée, pensive.

— Et toi ? Tu vis avec quelqu'un ?

Paul secoua lentement la tête.

— Tu t'occupes de lui tout seul ? demanda-t-elle en montrant du menton l'enfant endormi. Tu revois Lena ?

Paul resta silencieux. Florence fronça les sourcils.

— Je ne sais pas si je dois te le dire. Mais, après tout, ça ne serait pas juste que tu la rencontres par hasard sans avoir été prévenu... Elle est à Paris, tu sais. Lena est ici.

Lena était arrivée à Paris au mois de mars, pour s'installer dans un squat qu'elle partageait avec un nombre variable de personnes, du côté de la rue de l'Abbé-Carton. Ce n'était plus l'ambiance foutraque du 34, les débordements, les cris, les exégèses de Marx ou de Lénine, la ronde des joints. Le temps était passé par là, il avait éraflé les visages, raccourci les chevelures et, jusque dans l'habillement, il y avait quelque chose d'agressif. Les chaussures avaient pris des pointes, le cuir et le métal avaient remplacé les tissus multicolores, les sabots, la laine. Tandis que la gauche sablait le champagne, le mouvement né à la fin des années soixante renonçait à ses dernières chimères. On était dans le solide, désormais, on se cognait au dur.

Par Claire, Lena se tenait informée de la vie de son fils et de Paul. Leur pensée ne l'avait jamais quittée. Elle les tenait serrés contre elle, au plus secret. Elle croyait les avoir perdus, et ce sentiment, dès qu'elle était seule, dès qu'elle fermait les yeux, la plongeait dans un vertige qu'elle ne pouvait apaiser qu'en allant vomir dans les toilettes les plus proches.

Ses camarades de squat, avec qui elle était venue de Grenoble où ils avaient vécu ensemble durant plusieurs années, parlaient d'autonomie désirante, de violence constructive, d'autogestion, de récupération, de réquisition ; ils organisaient des pillages de supermarchés, des occupations de locaux, se déplaçaient en France et en Europe pour participer à des manifestations qui parfois dégénéraient en émeutes. Elle les accompagnait souvent, moins par conviction que pour s'oublier. Sa révolte était nocturne, destructrice, autodévorante. L'espoir de jeter les bases d'un monde plus juste l'avait quittée. Il s'agissait maintenant de survivre.

Paul et Samuel vivaient là, tout près d'elle. Un matin, elle circulait dans un autobus lorsque son regard accrocha une plaque de rue. Elle n'y prêta d'abord pas attention, mais sentit soudain son ventre se serrer à faire mal. Des formes rougeâtres s'agitèrent devant ses yeux, un son strident lui traversa le crâne. Elle dut descendre. Elle revint en arrière, retrouva la plaque. C'était la rue de l'école de Sam.

Quand Claire lui racontait la vie de son fils, Lena ne pleurait jamais. Ses traits se tendaient, elle devenait pâle, restait occupée à réfréner le tremblement qui agitait ses mains. Après le départ de sa sœur, elle se répétait ses phrases, imaginait Sam dans la cour de récréation, dans la salle de classe, dans sa chambre, dans cet appartement qu'elle avait quitté pour ne plus revenir.

Ce jour-là, elle passa et repassa devant l'école. À l'heure de la récréation les enfants envahirent la cour. Elle n'eut pas le courage de rester. Les jours suivants, elle essaya de faire taire son désir de retourner là-bas. Il fallait qu'elle s'en aille. Jamais elle n'aurait dû revenir à Paris, côtoyer ce à quoi elle avait renoncé, et qui était tout.

Elle revint pourtant à l'école un jour de la semaine suivante. Un vent frais balayait la rue, le soleil éclaboussait les pare-brise, ricochait sur les vitres et les murs, un soleil blessant. Elle avait mis un foulard, des lunettes noires, une veste en cuir à peine élimée trouvée dans une poubelle, comme la plupart de ses vêtements. Les poubelles des villes étaient des mines inépuisables, et pas seulement celles des quartiers riches. Avec ses amis, Lena effectuait des tournées nocturnes dont elle revenait chargée d'incroyables trésors. La vérité de cette société se trouvait là, au fond des bacs à détritus bourrés d'objets qu'on n'avait pas pris le temps d'user ni d'aimer, qui avaient existé l'espace d'un désir fugace.

Elle avait froid, se tenait bras croisés, tremblante, à bonne distance de la sortie. Les parents commencèrent d'arriver, des mères surtout, qui bavardaient entre elles, souriantes, en attendant la sonnerie.

Lena était appuyée contre un mur, elle ne vit pas Paul approcher derrière elle. Il la dépassa sans lui prêter attention. Lena reconnut son dos, sa démarche, elle eut envie d'être morte. Elle partit en courant.

Elle pensa lui téléphoner, mais son nom ne figurait pas dans l'annuaire, et pour cause : il n'avait pas le téléphone — ni la télévision d'ailleurs.

Lena revint plusieurs fois à la sortie de l'école. Elle éprouvait un malaise physique à se cacher ainsi comme une voleuse pour apercevoir les deux seuls êtres qui comptaient pour elle. Tu es folle. Regarde ce que tu as fait de ta vie. Pauvre imbécile. Elle vit Sam, voûté sous un cartable trop lourd, mais le visage radieux. Il lui sembla plus grand que ses camarades. Il avait les cheveux sombres, en bataille, sans doute coupés au petit bonheur par Paul. Imaginer cette scène d'intimité entre le père et le fils — Samuel assis sur un tabouret dans la petite cuisine, cheveux mouillés, une serviette sur les épaules, son père muni d'une paire de ciseaux tournant autour de lui en tentant de couper droit — lui fit un mal atroce.

Pendant les vacances scolaires, ou quand il devait aller travailler, Paul amenait Sam chez Claire, ou chez son père. Guy vivait dans l'attente de ces moments partagés avec son petit-fils. Il avait réaménagé le bassin, ajouté des extensions qui formaient de petites cuvettes en espalier, construit des machines à eau composées de poulies, de roues dentées, de godets, de courroies qui tournaient en permanence en émettant des couinements douloureux. Paul n'avait jamais rien vu d'aussi laid, d'aussi inutile, d'aussi doux. Les jours de soleil, l'enfant avait le droit de se baigner au milieu des poissons. Guy et Sam tenaient de longues conversations, dont ni l'un ni l'autre ne se lassaient. Ils allaient à la pêche, ramenaient des gardons et des ablettes qu'ils écaillaient et vidaient dans l'évier avant de les rouler dans la farine. L'enfant mangeait la friture sans recracher les arêtes. Toi, tu es bien parti pour aimer la tanche au vin rouge, lui disait Paul sur le trajet du retour.

Un samedi, Guy vint à Paris chercher Samuel. C'était la fin de l'après-midi, Paul devait travailler deux nuits de suite à partir de 23 heures. Par la fenêtre de la cuisine, il les regarda descendre la rue main dans la main. Quelques minutes plus tard, on frappa à la porte. C'était Lena.

Elle n'avait pas changé. Il ne la reconnut pas. Ils restèrent immobiles, face à face, interminablement. Il eut envie de toucher cette peau, de poser ses lèvres sur ces paupières, de sentir son odeur. Il eut envie de la frapper, de lui claquer la porte au nez, de lui faire mal, il aurait voulu qu'elle saigne. Elle entra.

Ils étaient comiques à voir : essorés, livides, grelottants. Il avait fallu ces détours, ces attentes, ces remords, ces douleurs, pour en arriver là. Paul et Lena, ensemble. Lena et Paul. Ils se considéraient avec stupeur. C'était un gâchis, un affreux et rassurant gâchis, ce qui était perdu ne serait jamais reconquis, mais ils voulaient croire sans se le dire que quelque chose, peut-être, avait été gagné.

Ils parlaient, parlaient, et soudain un silence de fer et de silex se dressait entre eux. Lena restait alors prostrée, Paul arpentait la pièce en tirant à toute force sur une cigarette, il avait des gestes brusques, faisait claquer un verre sur la table, soupirait à grand bruit, se massait brutalement la nuque. Puis les mots revenaient, goutte à goutte, le flot grossissait, le temps passait, la nuit coulait dans l'odeur amère des regrets et des cendriers pleins.

Quand le matin arriva, ils n'avaient plus de mots. Elle remit sa veste en cuir, il l'accompagna jusqu'à la station de métro, ils ne s'embrassèrent pas, juste une caresse rapide des doigts de Lena sur la joue de Paul, un regard, elle disparut.

Paul alla dans une cabine téléphonique, inventa une excuse plausible pour son absence au travail, assura que cela ne se renouvellerait pas et qu'il serait à son poste — son poste ! — le soir, puis il rentra chez lui et s'effondra dans un sommeil sans rêves. Le soir il rejoignit un lointain passage à niveau, sur une ligne à grande circulation. Les barrières restaient fermées, il ne les ouvrait qu'à la demande des rares automobilistes qui empruntaient la petite route.

Cette nuit-là, dans la minuscule guérite, le souvenir de Précis le Sec revint le visiter. Paul ne pensait plus que rarement à lui, il s'était lassé de reconnaître dans le temps présent des échos de ses œuvres et de ses pensées. Le Maréchal ne vint pas seul. Il traînait derrière lui une cohorte de silhouettes familières. Paul sortit de son sac un paquet de feuilles blanches, et se mit à écrire.

Le narrateur de ces pages n'est pas en mesure de le confirmer de façon certaine, mais il semble bien que Paul Destrem entama cette nuit-là le récit de ses années Lena, du rapt du cercueil, de l'amitié salvadorienne. Lui qui détestait plus que tout la pornographie autobiographique se laissa emporter par le flot mémoriel ; il y puisa la matière du roman de sa vie ; mais là-dessus il n'est pas utile d'en dire plus.

Les mots seuls lui permettaient d'entrer en contact avec le réel. Alors que dans le déroulement de son existence quotidienne il se trouvait séparé des choses par une gaze impalpable, un fin brouillard gris, un sentiment de flottement, un vertige léger, l'immersion dans les phrases lui restituait la sensation vraie, la lumière précise, la note juste. La vie retrouvait sa couleur et son poids, et jusqu'à une sorte de sens. Dans la solitude et l'éloignement il pouvait toucher ce qui d'ordinaire lui échappait.

Il écrivit, donc, toute la nuit. Quand il s'assoupissait, un grondement d'enfer le réveillait, il ouvrait les yeux, voyait défiler les fenêtres éclairées d'un train Corail ou les énormes masses sombres d'un convoi de fret.

Lena connut Samuel. L'enfant l'accueillit avec curiosité, moins de méfiance sans doute qu'il n'aurait dû, mais cet individu n'était pas fait pour la méfiance. Peut-être conservait-il enfouis au fond de sa jeune conscience les souvenirs de Marseille, des quelques mois passés avec cette femme qui l'avait protégé de sa voix et de ses gestes tendres avant de disparaître.

Elle avait compris qu'elle ne pourrait pas de sitôt réintégrer le cercle fermé que Paul avait tracé autour de lui et de son fils. Il ne lui interdisait pas de le voir : elle eut le droit d'aller le chercher à l'école, de l'aider à réviser ses leçons, de l'emmener en balade à travers Paris. Elle ne voulait pas que Sam vienne au squat. Elle vivait plus ou moins, à l'époque, avec Michel, un Grenoblois à qui elle n'avait pas révélé l'existence de ce fils. Elle sut très vite qu'elle ne pourrait pas maintenir longtemps cette double vie. Il lui fallait choisir, c'est-à-dire rompre avec Michel, avec le squat, avec ces années d'errance, sauter sans être certaine de se récupérer au bout de la chute.

Quitter la rue de l'Abbé-Carton ne fut pas facile. Elle dut s'éloigner de ce groupe qui l'avait préservée — mais qui l'avait aussi empêchée d'aller vers le monde —, renoncer à une forme catégorique de révolte, à ses refus simples et tranchés, payer un loyer, des quittances d'électricité, gagner de l'argent, rentrer dans le rang. Elle prit la décision comme elle l'avait toujours fait : d'un seul coup et sans regarder en arrière. On pouvait encore à l'époque se loger dans Paris sans fournir de garanties faramineuses ni faire état d'un train de vie princier. Elle trouva une chambre dépourvue de confort à proximité de l'appartement de Paul, un travail, et se prépara à attendre longtemps.

24.

Juin s'étira entre les averses. Ils étaient tendus l'un vers l'autre, Paul et Lena, et ne pouvaient pas se rejoindre. Entre eux ce gouffre de six années, qui auraient dû venir grossir le paquet de leurs souvenirs communs, et dont les mémoires resteraient à jamais séparées. Paul n'avait rien à raconter; six années d'une vie ordinaire, réglée par les nécessités et les horaires de l'enfant. Pour Lena c'était bien cela le pire, cette suite de jours dont elle s'était exclue. Elle, en revanche, avait des choses à dire sur ces années tordues comme une vrille. Paul essayait d'écouter. Il manquait de force. Peu à peu, pourtant, dans l'accumulation des rencontres, il parvenait à reconstituer le puzzle de cette vie sans lui. Le soir, après avoir couché Sam, autour d'un café ou d'un verre ils laissaient le temps recoudre ce qui avait été arraché.

— Je veux qu'on en finisse, Paul. Je veux qu'on se trouve.

Elle murmurait : trouve-moi. Elle le suppliait de ne plus la laisser seule, comme si ce n'était pas elle qui était partie, comme si Paul n'avait pas découvert le placard vide un matin de 1974, comme si elle ne l'avait pas laissé sans nouvelles, comme si elle n'avait pas abandonné son fils. Un soir, elle vint avec une bouteille de vodka qu'elle avait volée dans un supermarché, vieille habitude dont elle tardait à se défaire. Ils burent quelques verres. Ils refirent l'amour pour la première fois depuis leurs retrouvailles. Ce fut comme une nage en apnée à contre-courant : lent, exténuant, lourd d'angoisse. Lena n'avait jamais vu pleurer Paul.

Peu à peu, dans la patience des jours, il put remettre en place quelques nouvelles pièces du puzzle. Elle lui raconta certains épisodes de sa vie sans lui.

C'est ainsi qu'elle lui fit le récit de la manifestation de Creys-Malville, une nuit, dans le lit où ils n'arrivaient pas à faire l'amour à cause d'une tristesse qui s'était installée entre eux sans prévenir, comme souvent. Le rassemblement du Larzac avait marqué l'apogée des mouvements contestataires nés quelques années plut tôt. Celui de Creys-Malville, en juillet 1977, allait être la réplique ultime du séisme, la clôture sombre et tragique d'une parenthèse de dix ans : dix ans de rêves ou dix ans de mensonges, dix ans de luttes ou de comédies. *Et chacun est rentré chez son automobile.* Lena, après avoir quitté Paul et Sam, était retournée à Marseille. Elle voulait retrouver l'élan ressenti sur le plateau, la gaieté, la frénésie utopique, elle avait toujours dans l'idée de refaire le monde. Elle ne supporta pas les remontrances de Michèle et Marie-Claude, qui cherchaient à la convaincre de rejoindre son fils. Elle les aurait tuées. Il n'était pas possible que son existence s'arrêtât là, se résumât aux biberons et aux réunions de parents d'élèves, aux allocations familiales, il fallait qu'elle vive, même si pour cela quelque chose devait mourir.

Quelques mois avant Creys-Malville, Lena s'était laissé entraîner en Italie par une bande d'olibrius décidés à tout faire péter. Elle avait vécu quelque temps à Milan, participé à des manifestations très dures, s'était déplacée en Allemagne ou en Suisse pour protester contre l'installation de sites nucléaires.

Elle avait fait la connaissance d'un groupe de Grenoblois avec qui elle avait décidé de rester. Ils montaient dans les trains sans payer, quittaient les restaurants en courant, ne se soumettaient pas aux contrôles de police, entraient en force dans les concerts de rock, s'opposaient dans les manifestations aux services d'ordre syndicaux ou gauchistes. Autonomie ! Au début, Lena avait aimé cette électricité, ce mouvement constant, la violence des mots qui l'étourdissait et lui faisait oublier ce qu'elle avait quitté. Plusieurs rassemblements antinucléaires, en Allemagne et en Suisse, s'étaient soldés par des victoires. Ses amis pensaient qu'on pouvait parvenir au même résultat en France, faire reculer l'électro-fascisme, disaient-ils, que le pouvoir tentait de mettre en place sous couvert de libéralisme *avancé*. Des comités locaux se multipliaient, Lena y fut active comme à l'époque du MLAC.

Lena, en évoquant ces temps, avait des moues amères.

— Nos idéaux, tu sais. Nos idéaux. Je les ai sentis se détacher de moi comme de vieilles peaux...

Elle avait compris progressivement le caractère illusoire de la mobilisation permanente. Il était clair, rétrospectivement, qu'on allait à l'échec. La lutte contre le surrégénérateur de Creys-Malville fut désignée comme un objectif prioritaire. Le patron d'EDF avait fait savoir dans une note interne qui avait filtré que le meilleur moyen de contrecarrer la contestation était de mettre en service au plus vite Superphénix, « de façon irréversible ». Il fallait se montrer à la hauteur du défi, réussir ici, à Creys, ce que les Allemands avaient réussi à Brockdorf, Gronthe ou les Suisses à Gosgen. Cet engin de malheur, clamait-on dans les réunions, produirait plus de plutonium qu'il n'en brûlerait, imaginez un poison radioactif susceptible de partir en nuages de vapeur en cas d'accident ou d'attentat, une abomination dont la durée de vie était de vingt-quatre mille ans — sans parler des cinq mille tonnes de sodium liquide, inflammable au contact de l'air, explosif à celui de l'eau, cachés dans le cœur de la centrale, sans parler non plus des structures policières de surveillance et de répression qu'un tel équipement justifiait.

C'étaient les derniers feux de la contestation :

on multipliait les réunions et les actions visibles, une coordination se mettait en place entre les comités européens.

— J'ai revu Renaud à ce moment-là, dans une réunion. Il n'était pas encore au Parti socialiste. Il se posait comme l'un des meneurs du mouvement, bien sûr. Il fallait voir la petite cour de militants plus jeunes qui l'entourait. Il fallait l'entendre prodiguer généreusement les bienfaits de sa science politique. Ça m'a replongée au bon temps du 34.

L'évocation de ce bon temps, pourtant, ne la fait pas sourire. On dirait qu'elle n'ose pas regarder Paul, on dirait qu'elle a peur du moindre geste qui pourrait le faire fuir, ils sont adossés à la cloison, épaule contre épaule, elle a le regard fixé droit devant elle, comme sous hypnose.

Renaud avait abandonné depuis longtemps la pensée maozedong, mais pas complètement les commodités de la dialectique marxiste. Il préparait comme tant d'autres, à la faveur du bouillonnement des mouvements de masse, sa reconversion dans la bonne vieille politique de papa.

Une première manifestation, en juin 76, avait réuni sur le site plus de vingt mille personnes. On avait réussi à contenir les éléments les plus déterminés, désireux de passer à l'attaque. La coordination les avait empêchés de prendre des risques inutiles — notamment le risque d'une victoire qui ne lui eût pas été imputable. Une année de surexcitation s'ensuivit, marquée par de fortes tensions au sein du mouvement entre les partisans d'une destruction matérielle du site — autant que faire se pourrait — et ceux qui ne voyaient dans la lutte contre Superphénix qu'une étape dans un processus à long terme, aux perspectives plus politiques que strictement écologiques ou antinucléaires.

— Il pleuvait à seaux quand nous sommes arrivés là-bas, le 30 juillet 1977. L'eau s'insinuait partout, dans les cols, dans les manches... Nous étions des milliers, des dizaines de milliers. Des Français, mais aussi des Allemands, des Suisses... Ceux-là étaient bien équipés, contrairement à nous. Cirés, bottes, casques... L'organisation teutonique, tu vois.

La pluie répondait, à trois étés de distance, au soleil radieux du Larzac comme une prémonition. Les années à venir seraient diluviennes et transies. La pluie noyait les chants, les rires, les belles croyances, elle engloutissait dix années qui venaient pour finir s'écraser dans la boue de Malville. Il faisait froid, on avait peur. On se souvenait des tueries récentes lors des manifestations italiennes.

Il y avait de quoi trembler. Des milliers de gardes mobiles et de CRS, déployés sous le déluge aux alentours de la centrale... Cinq mille hectares avaient été interdits à la circulation depuis la veille. La police faisait des descentes violentes dans les campings où se rassemblaient les étrangers. Ils fouillaient les voitures, les gens, les fermes. Le bruit courait qu'à l'intérieur du site des mitrailleuses avaient été installées.

Le pouvoir avait décidé de ne rien céder, de défendre à tout prix sa politique énergétique. Le maintien de l'ordre avait été confié au préfet Jannin, un vieux de la vieille, jadis en poste à Alger, lequel prévint qu'il ouvrirait le feu si nécessaire. Ce pays a l'habitude des invasions, disait-il. On avait repoussé les Allemands trente-cinq ans plus tôt, on en ferait autant aujourd'hui avec les terroristes d'extrême gauche dont beaucoup venaient d'outre-Rhin.

Paul et Lena étaient serrés l'un contre l'autre, assis dans le lit, leurs cigarettes tremblaient dans la demi-pénombre, un air humide pénétrait par la fenêtre entrouverte sur la rue où les réverbères répandaient des lueurs jaunâtres. Elle parlait doucement, d'une voix grave, un peu éraillée, elle laissait remonter les images et les mots. De l'autre côté de la cloison, leur enfant dormait.

Voici ce que contemplait Lena : un paysage d'avant-guerre qui se dessinait sur le mur face à eux. On voyait partout luire en groupes compacts les casques sombres des policiers, leurs uniformes sous la pluie battante. Ils se déplaçaient au gré d'ordres incompréhensibles tandis que le flop-flop lancinant des hélicoptères, brassant l'air plombé sous les nuages, plongeait le paysage dans une musique de cauchemar. Les manifestants se regroupaient, venant en longues files des divers campements en direction de Faverges. On voyait les cohortes serpenter entre les bois et les champs de maïs. Pas de cris, pas de chants. Chacun était tendu dans l'appréhension du choc.

— On a marché pendant des heures sous les paquets de flotte, les bourrasques. Un immense troupeau dégoulinant...

La coordination, soucieuse d'éviter les débordements, avait renoncé à canaliser les marcheurs vers le site lui-même. Le point de ralliement avait été fixé devant le hameau de Faverges, à quelques kilomètres de Creys.

Nul ne sut comment la police avait été prévenue ; les manifestants trouvèrent des centaines de gardes mobiles massés à l'entrée du hameau, harnachés pour le combat. On les sentait anxieux, on distinguait leurs regards apeurés derrière les grosses lunettes.

Des véhicules amphibies et des ponts mobiles avaient été prévus pour faciliter l'arrivée éventuelle des renforts rassemblés sur l'autre rive du Rhône. On avait fait venir des hommes-grenouilles du Havre, un régiment de parachutistes de Mont-de-Marsan, la brigade antiémeute de Paris. Tout était prêt pour la bataille.

Aux alentours de midi, les manifestants se rejoignirent sur l'étroite route qui descendait vers le hameau de Faverges. En arrivant en haut de la côte, racontait Lena, en voyant le village en contrebas encerclé par les flics, nous avons compris la folie de cette position. Faverges était un piège, une cuvette où la masse énorme de la manifestation allait se déverser. La confrontation avec la police ne pouvait être que violente.

Les policiers paniquaient. Alors que les premiers manifestants parvenaient en bas de la côte, à quelques dizaines de mètres d'eux, des mouvements agitèrent leurs rangs dans un grand charivari de boucliers, de cris, d'ordres et de contrordres. Ils étaient équipés de lance-grenades offensives à effet de souffle. Le service d'ordre des manifestants s'évertuait à contenir la déferlante qui continuait de dévaler la pente, et tentait de la dévier vers la droite avant l'entrée du village. Certains manifestants casqués, visages masqués par des foulards, furieux de constater qu'on les avait amenés dans cette souricière plutôt que sur le site de la centrale, s'échappèrent sur les côtés et se mirent à harceler les policiers. Des tirs fusèrent depuis les rangs des gardes mobiles affolés. Un CRS eut une main arrachée en dégoupillant une grenade. Ce fut le début de la confusion.

— Je ne voyais plus rien. Ça courait dans tous les sens, ça criait, les gens se cognaient les uns aux autres, on recevait des coups sans comprendre d'où ils venaient. Les lacrymogènes pleuvaient, j'avais les yeux en feu, je ne pouvais plus respirer. Heureusement, Max était près de moi. Un copain. Il me tenait la main. On était venus ensemble.

Paul ne posa pas la moindre question sur ce Max.

— On courait, pliés en deux, cherchant à fuir, mais on ne distinguait rien. Des gens filaient dans tous les sens en hurlant. Certains dirigeants de la coordination avaient pris la fuite dès le début de la bagarre. Il m'a semblé entendre Renaud appeler à battre en retraite. Les plus excités cherchaient l'affrontement direct avec la police. Les flics envoyaient des grenades offensives à tirs tendus.

À un moment, il y eut un choc, une explosion tout près. Max fut projeté contre Lena qui s'effondra. Elle était couverte de sang. Il lui fallut un certain temps pour comprendre que ce sang n'était pas le sien, mais celui de Max. Il avait été touché au visage et criait de douleur. Elle se releva, le prit par le bras. Il avait perdu la vue. Lena le tira, chercha à prendre la tangente en direction d'une prairie en pente, vers le centre de secours de fortune qui avait été établi là, dans une grange.

— Et il pleuvait toujours... Des paquets d'eau froide, sans le moindre répit... On pataugeait dans la boue, on trébuchait sur des corps... Il y avait des blessés partout, des dizaines de blessés. On les évacuait tant bien que mal vers les hauteurs. J'ai vu un manifestant courir en zigzag, les vêtements en flammes... Je tirais Max, il se laissait guider dans la pagaille, affolé.

Lena parvint à se mettre un peu à l'écart, dans un pré voisin. L'herbe était spongieuse, les pieds s'y enfonçaient, Max trébucha dans une flaque de boue. Elle put voir le champ de bataille. Une noria de sauveteurs improvisés amenaient vers le centre de secours les blessés toujours plus nombreux, corps en sang, évanouis.

En bas, les forces de police semblaient avoir repris leurs esprits. Face à elles, un cordon du service d'ordre tentait d'éviter les passages en force : bras dessus, bras dessous, les phalanges trotskistes s'égosillaient en chantant *La jeune garde* face aux policiers, résistant aux assauts des manifestants qui cherchaient à franchir le barrage.

— C'était comique, racontait Lena sans sourire pour autant. Il fallait les entendre brailler... *Quittez les machines ! Debout, prolétaires !* Ils chantaient *Marchons, marchons, en avant pour la lutte !* tout en empêchant le combat et en piétinant sur place... C'était irréel...

Au centre de secours, un médecin prit Max en charge. Il le fit allonger à même le sol, examina ses yeux. Il y avait là de nombreux blessés. La plupart ne présentaient pas de lésions graves, mais Lena apprit que deux hommes avaient été évacués vers l'hôpital en urgence ; l'un avait perdu une main, l'autre un pied, arrachés par le souffle des explosions. On ignorait encore qu'un manifestant de trente et un ans, Vital Michalon, venait de mourir après avoir reçu une grenade en pleine poitrine. Max gémissait, il souffrait et ne voyait toujours rien.

Pendant ce temps, les policiers resserraient leurs rangs. Ils sentaient que le rapport de force était désormais en leur faveur. Les éléments violents de la manifestation avaient été neutralisés, les dirigeants appelaient à la retraite, déjà par centaines les manifestants remontaient la pente pour se regrouper en haut. Afin de forcer l'avantage, les gardes mobiles et les CRS reçurent l'ordre de charger. Ils se répandirent dans le village où des antinucléaires avaient trouvé refuge. Ils entraient dans les maisons, tapaient sur tout ce qui vivait. Ils investirent le centre de secours, matraquèrent les médecins en train de soigner, peu après que Lena et Max eurent été évacués.

Lena se tut. Elle revoyait le champ de bataille sous les nuages qui pendaient comme des outres, l'herbe grise, la boue et les visages gris, les cris et les pleurs, la brûlure des lacrymogènes, elle sentait remonter dans ce lit, serrée contre Paul, l'odeur de ce jour-là, celle de la peur et des pansements, l'odeur de la pluie de Malville, l'odeur de la défaite, l'odeur de la fin.

25.

Le sage a dit : assieds-toi sur le bord de la rivière, tu verras passer le corps de ton ennemi. Lena n'était pas sage. Après Malville elle ne voulut pas s'asseoir sur le bord de la rivière. Elle connut une rage nouvelle, bougea beaucoup, usa ses forces. Elle vécut avec des hommes qui la rendaient triste. Elle allait d'instinct vers les points de friction, au frottement des plaques du vieux et du nouveau. Sans doute cherchait-elle moins la justice que le mouvement. Elle continua de tourner, de chercher, d'observer avec désespoir les cendres du grand feu qui retombaient sur une Europe à jamais trop vieille. On avait cru que ce n'était qu'un début ! Ce n'était que le dernier sursaut d'une civilisation devenue sénile, obscène d'égoïsme et de suffisance. La patrie des Lumières sucrait des fraises à la seule lueur de l'écran de télévision sur lequel elle se regardait partir en poussière. À quoi avaient abouti par exemple les combats féministes ? À la création d'une journée de la femme, ricanait Lena, qui ne doutait pas que les conquêtes chèrement payées tomberaient une à une. Reagan était le roi du monde, à Téhéran des dizaines de milliers d'Iraniennes étaient descendues dans la rue pour protester contre la volonté du vieux barbu de leur imposer le port du voile et avaient dû affronter les coups des milices populaires et les injures des femmes intégristes. La dialectique n'avait pas cassé la moindre brique, certains staliniens d'un jour s'étaient reconvertis dans une lutte armée sanguinaire et abjecte, d'autres mettaient désormais au service du marché leur sens de l'organisation et des rapports de force. Lena refusait d'en croire ses yeux et ses oreilles, Lena se cognait aux murs, Lena se cognait aux autres. J'ai voulu changer le monde, je n'ai réussi qu'à massacrer ma vie. Elle tourna longtemps sur elle-même avant de finir en 81, épuisée, dans ce lit où nous l'avons vue.

Samuel grandissait, la planète autour de lui tissait inlassablement un cocon d'histoires dont il percevait à peine la rumeur. Le vent soufflait, puissant, creusant des rides sur les visages des adultes, déjà Sam avait huit ans, sa mère revenue de voyage passait le voir tous les jours, mais elle devait repartir le soir, sans qu'il sût pourquoi. Un matin il la trouva dans la cuisine au petit déjeuner, elle avait préparé son bol de céréales. Elle l'accompagna à l'école et lui dit que désormais elle allait vivre plus près de lui. Un appartement s'était libéré dans le même immeuble, elle allait l'occuper.

Lena et Paul avaient été jusqu'à envisager de reprendre une vie commune, cependant lui n'avait pas pu s'y résoudre. Il avait fallu du temps, de la patience, Paul avait dû surmonter ses rancunes, ses tristesses et ce goût de la solitude qu'il avait fortifié au fil des années. Mais allons, comme le disait le président Mao : « Chaque cœur : une bombe à retardement ! » Sam avait huit ans, le monde allait son train d'enfer, les généraux argentins montraient ce dont ils étaient capables à la faveur de la grandiose guerre des Malouines, des milices très chrétiennes entraient dans les camps de Sabra et de Chatila pour y accomplir la volonté de Dieu avec la bénédiction active des troupes israéliennes, Mendès France mettait la clé sous la porte, le pauvre n'allait pas pouvoir assister à la première fête de la musique. On avait beau mettre la semaine à trente-neuf heures, la retraite à soixante ans, créer un ministère du Temps libre, Samuel ne pensait encore qu'à sa petite vie, au bassin de son grand-père, à la voix grave du maître d'école, à son prochain anniversaire : voilà, il a neuf ans. Samuel s'en moque peut-être en ce début d'année 1983, mais on a retrouvé Barbie en Bolivie, Papon est enfin inculpé et Sharon démissionne : il n'y a pas que de mauvaises nouvelles. Notons que Paul publie chez le même éditeur un deuxième livre, entièrement rédigé au passage à niveau 296, et destiné au même succès fracassant que le premier. S'il s'intéressait un peu plus à la marche du monde, Samuel pourrait rire un peu en se faisant raconter l'histoire des avions renifleurs, qui font éternuer l'ancien Président, ou la conversion des socialistes à l'économie de marché. Mais il ne s'en soucie guère, voyez-vous, il a neuf ans, une énorme manifestation, qui ressemble peu à celles qu'il fréquentait naguère avec son père et désormais avec ses deux parents, a lieu pour défendre l'école privée. Deng Xiaoping explique benoîtement que les dirigeants chinois « peuvent se permettre de faire couler un peu de sang », tandis qu'à Bhopal, capitale du Madhya Pradesh, une fuite d'isocyanate de méthyle dans une usine d'Union Carbide fonctionnant au mépris de toutes les règles de sécurité tue trente mille personnes. Dans trente ans, l'eau polluée des nappes phréatiques de Bhopal continuera de faire des morts chaque mois. En France, un petit garçon est retrouvé noyé dans la Vologne. Bref le monde va mal, pensent les parents de Sam.

Nous sommes en 1984, Orwell sur son nuage contemple les dégâts d'un air écœuré : caméras partout, fichage généralisé, surveillance mutuelle, idées et langages normalisés à tous les étages, ça ne fait que commencer. Il n'est pas certain que des événements amusants comme la création du parti des Verts ou l'abandon par l'Italie de la religion d'État suffise à consoler de tant de malheurs, au premier rang desquels la réélection de Ronald Reagan. D'autant que cela ne va pas s'arrêter là : quand Sam entre en cours moyen, la grève des mineurs anglais est écrasée sans pitié, Disneyland s'installe près de Paris, un tremblement de terre fait vingt mille morts au Mexique, le troisième livre de Paul obtient trois cent quarante-trois lecteurs et deux prix littéraires ignorés des médias, le stade du Heysel s'effondre lors d'un match entre les Reds de Liverpool et la Juventus suite à la panique créée par une horde de hooligans, les services secrets français montrent leur savoir-faire lors de l'opération Rainbow Warrior. Christo a tout juste le temps d'emballer le Pont-Neuf que déjà Samuel attrape douze ans.

Nous sommes en 1986, année connue pour la dispersion du nuage de Tchernobyl sur l'Europe, à l'exception de la France qui fort heureusement dispose de frontières étanches. Les créateurs du Paris-Dakar sont punis par où ils avaient péché, la comète de Halley dessine dans les rêves des Terriens une gracieuse courbe, à Reykjavík Reagan et Gorbatchev se rencontrent pour la première fois sous les huées de manifestants parmi lesquels on distingue un anarchiste franco-espagnol rond comme une bille. Olof Palme est assassiné et Kurt Waldheim élu président, Malik Oussekine est pris en chasse et frappé à mort par les voltigeurs motocyclistes de la police qui seront soutenus par leur ministre, celui-là même qui est en train de se transformer en tour-opérateur pour immigrés clandestins. Ce qui n'échappe pas à Sam, insoucieux en général de la course des astres, c'est que les Treets sont devenus imprononçables en prenant le nom de M&M's, mais qu'ils n'ont pas changé de goût.

Les années passent, comme tout le monde, et

Klaus Barbie déclare qu'il n'a rien à dire, et Mathias Rust se pose en avion sur la place Rouge, et la première intifada est violemment réprimée, et Sam a treize ans, une pyramide pousse dans la cour du Louvre, un pont s'étire jusqu'à l'île de Ré, les otages français du Liban sont libérés, Mitterrand repique à l'Élysée, Lisbonne brûle, les infirmières se mettent en grève, Saddam fait gazer les Kurdes mais Samuel n'est pas au courant, pas plus qu'on ne l'a informé de la création d'un État palestinien, d'un séisme en Arménie, de la fin d'une guerre de huit ans entre l'Irak et l'Iran, tout juste est-il au courant que son père a publié un quatrième livre, il en a lu dix pages, que voulez-vous, Sam a quatorze ans et ce n'est pas fini.

Il a quinze ans quand le couple Ceauşescu fait ses valises, et quand un soulèvement de la jeunesse chinoise fait passer un courant d'air inattendu place Tian'anmen. Un autre événement va laisser quelques traces dans l'histoire du monde, cette année-là. À Berlin, Rostropovitch a saisi son instrument et s'est installé au pied du Mur qu'on est en train de démolir. Cela se passe simplement. Ce que les dirigeants d'un bord comme de l'autre avaient présenté comme une barrière insurmontable et sans doute éternelle tombe en poussière presque instantanément, il a suffi d'un souffle. Le Mur va leur manquer, aux uns comme aux autres.

Ce jour-là, Samuel jouait dans la rue avec quelques copains quand sa mère, penchée à la fenêtre, l'appela d'un ton impérieux. Lena possédait un poste de télévision, contrairement à Paul qui voyait dans cet objet le symbole de l'asservissement général, de l'abêtissement programmé, de la défaite consentie, bref. « Samuel, viens vite ! » Et Samuel monta à contrecœur chez sa mère, qui l'installa devant le récepteur. Il se passe des choses extraordinaires. Regarde. Tu te souviendras toute ta vie de ce que tu es en train de voir. Paul était là, dont le rigorisme n'allait pas jusqu'à refuser de jeter un œil sur un tube cathodique de temps à autre.

— Mais qu'est-ce que tu crois, Lena ? Que le monde va devenir meilleur parce que le mur de Berlin s'effondre ? Tu crois que nous ne sommes pas capables de nous trouver de nouveaux ennemis ? Tu crois qu'Eltsine est un grand humaniste ? Attends, attends voir, au lieu de t'emballer...

— Arrête, Paul, répondait Lena, exaspérée. Le désespoir automatique, c'est tellement facile. C'est la fin d'un cauchemar pour des millions de Russes et d'Allemands, et tu ricanes. Arrête.

— Le début d'un autre cauchemar, peut-être.

— Bon, vous avez fini ? demande Sam, qui voudrait entendre les commentaires de la télévision.

Mais nous ne pouvons pas nous arrêter plus longtemps sur cette année 89 : le temps passe, Sam aussi, déjà il a seize ans quand Mandela est libéré, Milošević et Wałęsa sont élus présidents, tournez manège, Samuel a dix-sept ans lorsque Thatcher jette enfin l'éponge. L'Irak envahit alors le Koweït, Saddam sera sévèrement réprimandé par la grande armée américaine envoyée en tempête divine par George Bush Sr., lequel n'ira toutefois pas jusqu'à interdire au tyran de rester au pouvoir. Dieu a de ces bontés. L'URSS a vécu, les malades du sang contaminé aussi, le rap fait fureur, le Pinatubo également, une guerre finit au Cambodge, une autre commence en Europe : à Vukovar, la population bombardée par l'armée serbe est laissée à l'abandon pendant trois mois; quand les troupes croates se rendent, les assaillants pénètrent dans la ville où ils se livrent à un massacre systématique, y compris dans l'hôpital où quatre cent vingt blessés sont exterminés. Samuel commence à se rendre compte que quelque chose ne va pas. L'âge, sans doute. Déjà nous arrivons en 1992, année, entre autres événements, de son entrée dans la vie adulte.

— Archéologue. C'est tout ce que tu as trouvé pour essayer de tuer ton père. Archéologue. Tu vas gagner des ponts d'or, avec ça. Sans compter qu'avec le bac époustouflant que tu viens d'obtenir, sans mention et à l'usure, tu es parti pour faire un scientifique hors pair. Archéologue, il fallait le trouver.

— Je me suis bien renseigné, papa. C'est ce que je veux faire. Les vivants sont trop prévisibles, je préfère étudier les fossiles. Je commencerai par toi.

— Tu en as parlé à ta mère?

— Oui.

— Et?

— Elle s'est évanouie. C'est une fille.

— Tu me fatigues, Samuel. Et tu études combien d'années, avant d'avoir le droit d'aller épousseter des ammonites dans le désert de Gobi?

— Plutôt des morceaux d'écuelles, des potiches cassées, tu vois, ce genre de choses. Cinq, six, sept ans. Ça dépend du niveau recherché.

— Sept ans.

— Sans compter les redoublements, bien sûr. Il n'y a pas que les études dans la vie, tu me l'as assez dit.

Un vrai comique, ce gamin. Paul soupira, discuta encore, sonda la fermeté de la vocation : autant chercher le pouls d'une otarie.

Deux jours plus tard, il poussait la porte vitrée de l'agence bancaire où il avait pris rendez-vous en vue d'un emprunt, pour financer les études du petit.

Le responsable du dossier l'introduisit dans son bureau, une sorte de cage vitrée ornée de plantes vertes qui grimpaient vers le puits de lumière comme pour s'évader. Il le fit asseoir. Paul, sans savoir pourquoi, ressentait un sourd malaise. L'autre ne disait pas un mot, feuilletait les documents en fronçant les sourcils. Visiblement, l'affaire ne se présentait pas bien. Le malaise se précisa : l'homme avait un visage familier.

— On se connaît? demanda Paul, hésitant.

L'autre releva la tête.

— Bien sûr, Paul. On se connaît.

Et il replongea dans ses paperasses. Voyons. Ces cheveux bien peignés, impeccable raie sur le côté, lunettes sans monture, on ne peut pas dire que ce genre de profil prolifère dans l'entourage de Paul, même aujourd'hui.

— Je vais t'aider, dit l'autre, interrompant son étude. Le 34. La révolution, la dictature du prolétariat, tout ça.

Paul haussa les sourcils, fouilla dans ses souvenirs, tenta de gagner du temps.

— Vous devez confondre. La révolution, ça n'a jamais été ma tasse de sang.

— Mais si, mais si. Je n'ai pas de souvenir précis, mais tu as bien dû y aller toi aussi de ton petit slogan. On en était tous. De vrais petits gardes rouges. Ah, mais tu étais peut-être sur le versant psychédélique et amour libre, toi. On avait du mal à te situer.

— J'y suis ! José.

— José, oui.

— Le type qui se passait les cheveux à la graisse de yack.

— Ce n'était pas de la graisse de yack. C'était de l'huile essentielle de je ne sais quoi, que Delphine avait rapportée des Andes. Tu te souviens de Delphine, quand même.

— Bien sûr. Delphine.

Delphine, avec son côté Mimsy Farmer à faire tomber raide tous les garçons du 34, et qui pour leur malheur était définitivement lesbienne. Delphine, cheveux blonds en pétard, un joint au coin des lèvres, le cou, les poignets et les chevilles surchargés de perles en plastique multicolores, dansant les bras levés, les yeux fermés, dans le salon du 34, sur un morceau de King Crimson.

— Elle est psychologue à la DDASS. Il semblerait qu'elle se soit mariée. Bon. Voyons un peu. Pas brillant, tout ça.

Il y a dans le ton de José une froideur que Paul ne parvient pas à s'expliquer. Il se souvient que José avait commencé HEC. Comme beaucoup, il avait interrompu ses études, vivait de l'air du temps et d'expédients plus ou moins licites, couchait à droite à gauche sans conviction. Lui aussi avait dû se trouver pris au dépourvu quand il s'était agi de remettre les deux pieds dans la glaise du réel, sans diplômes, sans perspectives, en rupture de ban. Pauvre José, avoir rêvé de jouir sans entraves, de construire un monde de justice et d'amour, et se retrouver enfermé dans une cabine de douche à protéger les intérêts du grand capital et de la haute finance.

— Demander un emprunt avec des revenus aussi faibles et irréguliers, c'est à la limite du sérieux, tu sais. À propos, j'ai lu un de tes romans. Enfin, j'ai essayé. Ça ne m'étonne pas trop que tu ne sois pas riche.

José a un petit sourire en coin. Il semble content de lui. Il fait claquer sa règle sur le tas de papiers.

— Alors voilà. Je ne pense pas qu'il soit raisonnable de souscrire un prêt aussi important que celui que tu as sollicité. Nous voyons beaucoup de cas de surendettement ces temps-ci et, crois-moi, ce n'est pas enviable. Disons la moitié, sur quinze ans. Tu pourras éponger petit à petit. Qui sait, un best-seller... En tout cas, c'est ce que nous pouvons faire de mieux. Si tu étais marié à une salariée, ce serait différent. Mais là, célibataire avec un enfant à charge, vivant plus ou moins aux crochets de l'assurance familiale... Au fait, tu as revu Lena ?

Paul soupire, se lève, jette un regard de commisération sur la cravate en soie synthétique de José, dont il lui fait compliment.

Le visage de José s'éclaire.

— Tu crois que je suis plus moche et plus lamentable, mon pauvre Paul, parce que j'ai un pavillon, une femme qui m'emmerde, et plus d'idées sur rien ? C'est ça ? Regarde-toi. Non mais regarde-toi : tu ne vaux pas mieux, tu sais, malgré tes certitudes glorieuses, tes petits bouquins illisibles, ta conviction d'être à côté du lot.

José exulte, mais il continue de parler à voix basse. On dirait qu'il attendait ce moment depuis des années. Toute sa physionomie atteste un soulagement indicible. Paul quitte le bureau, referme doucement derrière lui la porte vitrée.

Dans ses livres, bien que le lecteur n'ait guère de moyens de s'en rendre compte, Paul ne parle que du départ de Lena, de l'absence de Lena. De la disparition de Salva, aussi, de celle de sa mère, de ces trous noirs par où la vie s'échappe avec un sifflement presque inaudible. Il ne sait pas pourquoi il les écrit, ni pourquoi son éditeur accepte de les publier. Il éprouve un sentiment d'imposture, de profonde gêne. Ce crétin de José a peut-être raison : tout cela n'est pas très brillant.

26.

— Viens, papa. On s'en va.

Et il fallait encore plusieurs fois le lui répéter, le tirer par la manche, le sortir de son hébétude. Paul se levait enfin, quittait la contemplation du lac de montagne ouvert comme un œil dans la roche, acceptait de prendre le sentier du retour avant que les nuages noirs qui roulaient sur les crêtes ne viennent crever au-dessus d'eux et lâcher un enfer de grêlons dans des roulements de grosses caisses, de cymbales et d'éclairs. Samuel ne devait jamais oublier ces marches en montagne dans lesquelles son père l'avait entraîné chaque année dès l'âge de sept ou huit ans. Ils partaient tous les deux pour une semaine ou dix jours, dormaient dans les refuges ou sous la tente, bivouaquaient dès qu'ils le pouvaient, marchaient des heures sans parler. L'enfant avait supporté l'effort et le silence sans difficulté. Rapidement, il avait compris qu'il pouvait prendre les affaires en main. Le souvenir de la montagne était pour Sam indissociable d'un sentiment de liberté et de puissance. Dès qu'il avait su lire une carte et observer le ciel, il avait pris la direction des randonnées. Il décidait du trajet et du but, prévoyait le ravitaillement. Il se montrait endurant, obstiné, d'humeur égale. Lors des haltes, sur un col, près d'un lac, Paul trouvait une pierre pour s'asseoir et s'abîmait dans une rêverie d'où il fallait le tirer par force. On s'en va, papa. Il souriait, agrippait la main que Sam lui tendait pour se relever, reprenait son sac à dos et se mettait à la remorque de son fils. Jamais Lena ne s'était jointe à eux.

Samuel et Paul garderaient longtemps en mémoire leur dernière randonnée. Ils étaient partis de la vallée des Aldudes, dans les Pyrénées. Sam, dix-sept ans, avait choisi un itinéraire de moyenne montagne sans difficulté particulière, traversant des paysages qu'il était désireux de revoir. Au départ de Saint-Étienne-de-Baïgorry, ils hésitèrent à se mettre en marche : le ciel roulait de lourds nuages au ras des cimes, menaçants malgré les promesses de bleu éclatant qui se déplaçaient par taches d'un bord à l'autre de la vallée. Paul insista pour partir. Il ne voulait pas se retrouver coincé, pour les deux jours qui leur restaient, dans une auberge du village. Les premières heures de marche furent délicieuses ; un vent frais balayait par bourrasques l'herbe des pentes, on voyait galoper des chevaux sauvages le long des crêtes et leurs silhouettes se découpaient sur les nuages violets gonflés comme des panses. Ils s'arrêtèrent pour manger non loin d'une stèle marquant l'emplacement où un jeune homme était mort foudroyé, quelques années plus tôt. Ils n'en eurent pas pour autant l'appétit coupé, malgré la disparition de toute trace de bleu dans le ciel et la montée en puissance du vent. Tandis que Sam déballait les provisions, Paul sortit de son sac la bouteille d'irouléguy achetée la veille. Sam en but une gorgée, Paul siffla la moitié de la bouteille : ce jambon donnait soif, et l'instant était chargé de merveilles — le paysage en aplats violents, la présence de Samuel, de son jeune corps fait pour la vie. Paul avait le sentiment que rien ne pourrait arrêter son fils dans sa marche au bonheur, et que sa calme assurance, sa façon d'être naturellement au cœur des choses lui permettraient de brûler les étapes que lui-même avait si laborieusement, si douloureusement franchies.

Peut-être l'irouléguy avait-il rendu ses gestes moins précis ; cependant on ne saurait accuser sans preuves cet impeccable breuvage basque. Toujours est-il que lors de l'ascension d'un pierrier, alors que retentissait le fracas d'un premier coup de tonnerre, Paul qui marchait devant posa par mégarde le pied sur une grosse pierre placée en équilibre. Il glissa en arrière sur le sol meuble, et ne put éviter la pierre qui vint s'écraser sur son tibia gauche avec un craquement pénible, que Samuel, vingt mètres en contrebas, entendit malgré le vent.

Paul était blême de douleur, mais il ne cria pas. Sa jambe blessée formait un angle vilain à voir. Samuel eut la présence d'esprit de la bloquer contre l'autre jambe en guise d'attelle. Il enroula son anorak autour des deux tibias, noua les manches en serrant autant que possible, utilisa leurs deux ceintures pour compléter l'attelage, et prit son père sur son dos.

Un chaos de blocs sombres et d'éclairs grondait au-dessus d'eux. Des gouttes énormes s'écrasaient par paquets sur les rochers. L'orage hésitait à crever.

Samuel entreprit la descente. Il leur avait fallu trois heures pour venir jusqu'ici, il en faudrait sans doute davantage pour revenir au village. Paul, bras passés autour du cou de Samuel, gémissait à chaque heurt de ses jambes contre un obstacle. Il laissait traîner au sol son pied valide mais ne pouvait éviter les secousses qui lui infligeaient des douleurs terribles et l'empêchaient de rire comme il en avait envie, tant la situation lui paraissait comique. Samuel ahanait et faisait des efforts pour ne pas s'effondrer lorsque les muscles de ses cuisses menaçaient de le lâcher. Il sentait dans son cou le souffle de son père. Son étreinte lui coupait la respiration, son poids l'accablait, le faisait tituber. Jamais ils ne s'étaient trouvés dans une telle proximité physique. Pendant quelque temps un pottock galopa sur la pente, à quelques centaines de mètres en avant, comme pour leur ouvrir la voie. Ils avaient abandonné leurs sacs là-haut, et Samuel regrettait de ne pas avoir pris la précaution de manger quelque chose avant d'entamer la descente. Au bout d'une heure, il dut déposer son fardeau pour faire une pause. Ses jambes tremblaient, il avait faim et soif. Ils restèrent allongés côte à côte, vingt minutes, sur un tapis d'herbe mouillée, faces tournées au ciel. Ils entendirent avec soulagement la canonnade de l'orage s'éloigner dans l'étroite vallée. Ils grelottaient, tout en éprouvant des bouffées de bonheur paradoxal. C'était un moment unique de leurs vies, et chacun tentait d'en enregistrer le moindre détail.

Samuel reprit son père sur son dos. Le retour vers le monde fut lent.

À l'hôpital de Bayonne on dut pratiquer une ostéosynthèse sous anesthésie générale. Au cours de la nuit qui suivit l'opération, le sommeil de Paul fut traversé par des images fugaces, des voix qui résonnaient comme dans une crypte. Il reconnut Pétain et Jaume, qui s'apostrophaient au fond de leur caveau. Ils n'étaient d'accord sur rien. Pétain, de sa voix têtue et monocorde, commençait chacune de ses phrases par « Je veux », et les sarcasmes de Jaume semblaient glisser sur lui sans l'atteindre. Le résistant faisait le décompte des morts et des défaites, des reniements, des trahisons, des humiliations. Il l'accusait d'avoir usurpé le titre de sauveur de Verdun, lui qui à deux reprises avait voulu abandonner la rive droite de la Meuse et avait été empêché par Joffre d'opérer ce repli désastreux. Opportuniste au dernier degré, uniquement soucieux de contrer les ambitions de Foch, il avait laissé les Anglais à leur sort malgré ses promesses, alors que les forces allemandes leur faisaient subir de lourdes pertes, de façon à pouvoir leur imputer une défaite qu'il pensait désormais inévitable : voilà le vainqueur de Verdun ! Le seul général français à avoir préconisé en 1918, quarante jours avant l'offensive victorieuse menée par Foch, l'abandon de la Lorraine, de Nancy, de la ligne des Vosges et le repli du gouvernement loin de Paris ! Tu parles d'un prophète ! Tu parles d'un chef ! Imperturbable, la voix de Pétain poursuivait sa litanie de « Je veux... J'ordonne... », et la colère de Jaume montait. Il reprochait par-dessus tout au Maréchal d'être là, d'encombrer son espace ultime, lui qui avait toujours détesté la promiscuité, même dans le maquis, et avait pris soin de ne jamais se marier. Peu à peu les éclats de leur discussion furieuse s'estompèrent, Paul entendit Lena chanter, il ouvrit les yeux. La chambre baignait dans la faible lueur de l'aube. Ce n'était pas Lena qui était assise dans le fauteuil, à contre-jour. Samuel regardait fixement son père.

— Tu es là..., soupira Paul avec un sourire.

Samuel lui prit la main. Cela ne dura pas, mais Paul éprouva dans cet instant une sensation de plénitude dont le souvenir allait par la suite l'obséder, comme une lumière entrevue, la solution d'une énigme fondamentale apparaissant en un éclair pour se perdre aussi vite qu'elle était venue dans le brouillard des heures.

Sam avait compris qu'il devrait construire sa vie à l'écart de celle des adultes, auxquels il lui faudrait sans doute de temps à autre venir en aide. Son père surtout se montrait souvent désemparé devant les sinuosités du réel. Sam se sentait fort et calme, il pouvait tenir le gouvernail par gros temps et rassurer Paul : rien de grave ne pouvait arriver, les difficultés s'en iraient comme le reste. Avec Lena ses rapports étaient plus difficiles. Elle avait du mal à accepter cette stabilité insolente de l'enfant, qu'elle prenait pour de l'arrogance ou pour du reproche. Quand elle l'emmenait en vacances, elle était en général de mauvaise humeur. Les contraintes du quotidien lui pesaient, elle nourrissait son fils de pizzas surgelées, ne supportait pas qu'il tache ses habits, le casait dès qu'elle le pouvait avec d'autres enfants. À l'école, Sam ne se montrait pas particulièrement désireux de participer aux travaux de classe. Il se laissait flotter en apnée dans les parages de la moyenne, donnant de temps à autre un coup de reins pour éviter le redoublement. Lena avait essayé de l'aider à faire ses devoirs quand il était encore en primaire, mais elle avait vite abandonné. Les sourires de Samuel l'exaspéraient, qui traduisaient son tranquille dédain des nobles efforts du corps enseignant pour le hisser vers les hautes sphères du savoir.

Lena éprouvait toujours un sentiment douloureux de temps perdu. Sans doute aimait-elle son fils, à sa façon pressée, nerveuse, mais il en retirait peu de profit. Ses parents, et les adultes en général, devinrent bientôt pour lui un objet d'étude. En devenant lui-même adulte, il comprit à quel point la génération de ses parents avait cru, dans un délire adolescent, façonner le monde à son image, et s'était retrouvée devant le miroir, bras ballants, incapable de regarder ailleurs. Ils avaient voulu changer le monde sans se changer eux-mêmes.

Samuel par l'intermédiaire de sa mère avait fait connaissance avec Rosa, la petite fille qui jadis sautait à pieds joints avec son frère sur les coussins du 34 pendant que les adultes préparaient l'assaut décisif contre le vieux monde. C'était aujourd'hui une jeune femme placide et triste, plus âgée que lui de six ou sept ans, vêtue de bonne manière, et exerçant un contrôle constant sur ses gestes et ses expressions. Une fois la communauté dispersée, sa mère, Brigitte, avait repris en main l'éducation de ses deux enfants, secondée par leurs pères respectifs, qui avaient néanmoins fondé des familles chacun de son côté. Les deux enfants avaient été inscrits dans les meilleures écoles de Paris grâce à des appuis bien placés. Ils avaient brillamment réussi leurs études. Rosa avait toutefois abandonné toute perspective professionnelle, pour se consacrer à ses cinq enfants ; Vladimir, fils d'un ancien dirigeant trotskiste, était devenu un trader réputé.

— Trader... Ses parents ont dû apprécier, dit Samuel à Lena lorsqu'il lui raconta sa conversation avec Rosa.

— Penses-tu, répondit Lena en secouant la tête. Brigitte et ses deux zigues ont vite tourné la page du 34. Ils interdisaient à leurs gosses de parler politique. Ils trouvaient ça puéril. Brigitte m'a raconté il n'y a pas si longtemps que lorsque Jean-Marc est allé visiter le bureau de Vlad, avec les cours des Bourses mondiales reproduits sur dix écrans, il était aux anges. Ça au moins, c'était la vie, la vraie ! En extase ! Quand je l'ai connu, il vendait *Rouge* sur les marchés. Arrête de sourire, s'il te plaît, ce n'est qu'un cas particulier.

— Je sais, tu peux m'en présenter des dizaines qui sont restés ouvriers en usine.

Mais le sarcasme n'était qu'un penchant mineur du tempérament de Samuel. Il aimait s'asseoir près de sa mère sur le vieux canapé, passer le bras sur ses épaules, poser sa tête contre la sienne. Il arrivait alors qu'elle parle, qu'elle dise à son fils des choses douces, apaisées. Il était ému par son parfum, par ce corps mince qu'il serrait contre lui, par sa lassitude confiante.

Samuel avait fini par renoncer à protéger son père. Il ne s'intéressait pas à la politique. Sa seule passion était le classement. Adolescent, il avait constitué plusieurs collections. La rencontre avec l'archéologie s'avéra décisive. Il voulait consacrer son intelligence à repérer un monde à sa mesure, quelque chose de très discrètement utile, sans prétention à l'universel, et sans le moindre projet concernant le bonheur de l'humanité.

— Tu penches le verre. Tu le redresses, tu racles la mousse. Tu complètes. Et voilà. L'art de servir un demi pression à la portée des jeunes singes.

Felipe tendit un verre vide à Samuel, qui actionna la pompe, remplit, racla, compléta : un vrai pro, du premier coup.

— Bon, ça devrait aller, dit Felipe en donnant une tape sur le crâne du gamin. Va nettoyer les tables. Allez, remue-toi !

Il avait fallu se mettre au turbin. Papa ne paierait pas toutes les études, et l'on ne pouvait pas compter sur les bourses pour subvenir à tous les besoins d'un gaillard de dix-huit ans passés. Sam n'avait pas eu de mal à trouver : Felipe, grand ami de son père, embauchait souvent des étudiants. Samuel se mit à travailler au Caminito tous les week-ends et certains soirs de la semaine, de quoi assumer le loyer de sa chambre en colocation. Après la fermeture, il avait droit à un demi, pris au bar en discutant avec le patron qui faisait la caisse. La conversation portait sur des sujets graves, le football, voire très graves, les femmes. Sur ce dernier point, Felipe se montrait intarissable, bien qu'en la matière son expérience fût à peu près réduite à la figure unique de Linda ; mais Ermelinda, Linda, Lili était un monde à elle seule, une incarnation protéiforme et universelle de la féminité, c'est pourquoi il en avait à dire, Felipe, oh oui. Les souffrances qu'il avait endurées lui procuraient une vision quasi scientifique de l'amour, dont il pouvait faire bénéficier un novice.

Lequel se défendait assez bien tout seul, à vrai

dire. Tant qu'il habitait encore avec son père, il avait ramené à la maison des filles dont la seule vue plongeait Paul dans un état de béatitude presque mystique. Sam n'avait pas la même aptitude à la contemplation. Il lui fallait du concret, du tangible. Les leçons de Felipe sur l'amour le laissaient perplexe. En revanche, il aimait l'entendre parler de Paul et Lena, que l'Argentin avait connus près de vingt ans auparavant. Un épais voile de secret enveloppait leur histoire ; Samuel rêvait de le percer. Felipe n'était pas avare. Il racontait volontiers les débuts du Caminito, la faune des années bizarres, il parlait des grandes figures de cet Olympe originel, parmi lesquelles celle de Salvador Martínez trônait en majesté, sorte de Zeus à l'haleine puissante et à la voix de tonnerre, un chorizo brandi en guise de foudre. Le personnage intriguait Sam, car son père y faisait parfois allusion comme à une des personnes importantes de sa vie. Il était tout aussi laconique à propos des années de jeunesse avec Lena. Ces années jouissaient d'un prestige éclatant auprès des jeunes de sa génération : l'époque d'avant le sida, d'avant la tristesse pragmatique, d'avant le chômage — on pouvait vivre, en ce temps-là, et les parents ne s'en étaient sans doute pas privés... Samuel quant à lui gardait là-dessus une réserve propre à son caractère, à son scepticisme gai. Il n'était pas sûr du tout que ses parents aient vécu une époque si formidable que le prétendait la propagande officielle.

Il interrogeait aussi son grand-père. Il allait

souvent lui rendre visite. Guy avait installé un petit banc en fonte et en bois face au bassin animé. Ils s'asseyaient tous les deux, quand le temps le permettait, pour jouir du spectacle des machines moches. C'était bon. Guy parlait volontiers de son fils, mais dans le fond il le connaissait peu, et devait se contenter d'en dire du bien. Plus il avançait en âge, et plus le monde l'émerveillait. Samuel était la manifestation suprême de la puissance bienveillante du destin. Samuel avait tous les droits, il aurait pu exiger de son grand-père qu'il danse avec une chèvre. Il passait souvent le voir, restait dormir s'il le pouvait. Parfois il venait accompagné. Guy ne portait pas sur les filles le même regard que Paul : il ne détaillait pas les merveilles d'un corps, mais savourait en chaque rencontre le cadeau délicat que la vie lui offrait.

Un jour, comme il n'avait pas souhaité accompagner son grand-père à la pêche, il était resté seul un après-midi à la maison. Peut-être Guy rapporterait-il une tanche. Il la préparerait alors au vin rouge, selon la recette qui hantait les souvenirs de Paul. La bête reposait sur un miroir de sauce lie-de-vin, et sa peau pendait depuis l'arête dorsale comme la toile d'un chapiteau à l'entrée duquel pointait le museau, surmonté de deux yeux blancs. Samuel adorait cette horreur.

Sam erra doucement de pièce en pièce, passa dans le garage où sommeillait le vieux fourgon bleu ciel, s'attarda au salon pour feuilleter l'album de photos familial, alla au grenier. Il y trouva une grande valise en toile plastifiée jaune et noir, qu'un tronçon de fil électrique solidement noué maintenait fermée. Une inscription au feutre indiquait le nom du propriétaire : Paul.

Elle était lourde. Samuel défit les nœuds. À l'intérieur, un fouillis d'objets, petits flacons de parfums venus de pays lointains, colliers de perles, coquillages, une collection apparemment complète de *Politique Hebdo* qui remplissait la moitié de la valise et en expliquait le poids, des photos d'inconnus, quelques disques en vinyle, des stylos antiques et sans valeur, des lettres. Sur certaines enveloppes il reconnut l'écriture de sa mère. Il n'éprouvait pas le moindre sentiment de gêne ou de culpabilité, mais plutôt le désir de réaliser au mieux cette fouille archéologique, sans négliger aucun élément important. Une enveloppe sautait aux yeux. Visiblement plus récente que les autres, elle était aussi plus grande, et rédigée de la main de Paul : « À remettre à Salvador Martínez au cas où je disparaîtrais. » Sam dut utiliser le vieux procédé de la vapeur. Il n'avait pas le choix. À l'intérieur, une simple feuille.

Salvador,
Je n'ai pas pu éviter le déplacement.
Sainte-Eulalie, Aveyron. Caveau de Jean Jaume.
Porte-toi bien, et jusqu'au bout.
P.

Samuel lut et relut. Puis il referma l'enveloppe, hésita à la reposer à sa place, la glissa finalement dans sa poche avant de refermer la valise.

L'appareil émit un pschouitt désolé, et afficha TILT en lettres clignotantes. Le coup de hanche de Paul avait été trop brusque. À une époque, il était plutôt bon, mais jouer avec son fils le rendait nerveux. Et puis les appareils avaient changé. Ils étaient devenus sensibles et compliqués, sortes d'ordinateurs hideux qui vous parlaient d'une voix effrayante, grognaient, bêlaient, sifflaient en allumant des myriades de diodes multicolores tandis que des monstres aux gueules menaçantes semblaient vouloir jaillir hors de la boîte pour vous prendre à la gorge.

— Alors tu dois passer des heures à observer un morceau de potiche carolingienne. Passionnant.

— La potiche me parle, que veux-tu. Alors je l'écoute, répond Samuel en envoyant la bille d'acier faire son travail.

Autrefois, la mission d'une bille était simple. Elle devait heurter des champignons lumineux qui émettaient un simple ding aimable — éventuellement un ding-ding — et la renvoyaient vers d'autres champignons, la faisaient passer dans des couloirs bordés de petites rampes chromées, ou la relançaient sur des targettes qui s'abaissaient sans faire d'histoires une fois touchées. Les machines étaient des filles de saloon peu farouches, et il fallait se montrer très grossier pour qu'elles mettent fin à la partie. Les chiffres défilaient au compteur, des chiffres raisonnables et non ces ridicules chapelets de zéros qui illustraient si bien la tendance de l'époque à l'enflure et au vide (tu es en train de devenir un vieux con, constata Paul en même temps qu'il formulait intérieurement ces remarques).

— Elle te parle. Et elle te dit quoi, ta potiche.

— Elle me dit qu'il y a eu un monde avant moi. Elle me raconte des histoires, la vie des gens. Où ils vivaient, ce qu'ils mangeaient, ce qu'ils aimaient, ce qu'ils trouvaient beau.

— Je n'ai jamais rencontré de potiche aussi bavarde, constata Paul, agacé par la facilité de Samuel à renvoyer tout en parlant la bille d'acier là où il fallait, utilisant comme si de rien n'était les multiples flippers disposés sur les différents niveaux du plateau et faisant bondir les chiffres du compteur jusqu'à des sommes grotesques.

— C'est peut-être que tu es un peu sourd, en plus d'être muet, répondit Sam en donnant un coup de tête sur l'épaule de son père.

Lena proposa à Florence de boire un verre à la brasserie du coin. La journée avait été fatigante, elles avaient mérité un remontant. Florence déclina. Au moment de se séparer, Lena aperçut Sam de l'autre côté de la rue, qui visiblement était venu l'attendre. C'était la première fois. Elle le présenta à Florence.

Florence lui dit qu'elle l'avait connu avant même qu'il naisse.

Elle se souvenait de Lena en pleurs au 34, dix-huit ans plus tôt, ne sachant que faire de cette chose qui poussait à l'intérieur de son ventre. Elle avait bien fait de le garder, finalement : l'ex-fœtus avait bonne mine.

Quand Florence se fut éloignée, Lena et son fils s'attablèrent dans la brasserie. Sam demanda à sa mère qui était Florence. Ce prénom lui était familier, Lena en parlait parfois. Sam avait besoin de recoller les morceaux. Tout ce qui concernait le passé de ses parents l'intéressait. Lena lui raconta le parcours de Florence, son intransigeance, son diplôme de médecine mis au service de dispensaires et d'associations de quartier, comme celle qui les employait aujourd'hui. Lena avait renoué avec elle grâce à Paul. Florence avait changé, elle s'était débarrassée de la cotte de mailles idéologique qui la rendait si revêche, autrefois. Mais elle n'avait renoncé à rien. L'association cherchait une secrétaire, c'est ainsi que Lena avait été embauchée, grâce à l'insistance de Florence.

— J'ai rêvé, ou je t'ai déjà entendue dire qu'elle avait été maoïste ?

— Florence ? Oui, c'est vrai.

— Maoïste ?

— Et alors ? Elle n'était pas la seule.

— Tu as été maoïste ?

— Certainement pas.

— Tu vois. Il y a un problème, quand même, non ? Maoïstes, en pleine révolution culturelle ?

— C'était le moment ou jamais. On pouvait encore faire semblant de ne pas être au courant.

Samuel secoua la tête. Il trouvait ça comique. Mais il trouvait la vie comique, en général.

— Ils étaient convaincus? Pour de bon? Les quarante millions de morts, le fascisme rouge, ça ne les gênait pas aux entournures?

Lena regardait ailleurs.

— Je n'ai pas été maoïste, dit-elle, parce que je suis née trois ou quatre ans trop tard. Comme ton père. Nous n'avons pas fait Mai 68. Nous regardions nos aînés s'agiter et commander. Nous n'avons pas de mérite à avoir eu du recul. Nous n'avons pas de mérite à les avoir trouvés cons.

— Quelle comédie, quand même. Ils me font bidonner, tous vos petits copains qui défendaient le peuple. Ils se sont bien placés, non? Et ils ont joué des pieds et des mains pour inscrire leurs gosses à Henri-IV ou à l'École alsacienne...

Lena frappa du plat de la main sur la table.

— Ça suffit, Sam. Tu ne sais pas de quoi tu parles. Beaucoup étaient sincères.

— Encore mieux. Avoir été *sincèrement* maoïste!

— Et beaucoup ne se sont pas placés. Florence ne s'est pas placée, elle est intègre. Je peux t'en présenter beaucoup comme elle. Tous ceux dont on ne parle pas dans les journaux. Ça commence à bien faire, cette histoire. Qu'est-ce que vous faites de mieux, vous?

— Rien, nous ne faisons rien. Parce qu'il n'y a rien à faire. À vous la gloriole, les barricades télégéniques, les fleurs dans les cheveux, la baise à tout-va. À nous le chômage, le sida, la télé dans chaque pièce, l'avenir bouché. On ne fait rien de mieux, non.

Quelque chose dans l'expression de Sam dément la dureté du reproche. Il joue à provoquer, comme souvent.

— Arrête, Samuel. Ne rends pas tes parents responsables de tout. Tu ne peux pas identifier toute une génération aux quelques têtes à claques qui prétendent la représenter. Pour ma part, j'ai assez payé.

Sam eut un sourire sceptique. Il ne trouvait pas que sa mère eût beaucoup payé. Puis son expression se radoucit.

— Ne t'en fais pas, maman, dit-il en posant la main sur la sienne. Tout ça n'est pas grave. Je vais bien, et toi aussi, non ?

Sam et Guy, assis sur le petit banc, face au spectacle du bassin enchanté. Les poissons toujours immobiles, trois feuilles mortes tournent sur elles-mêmes avec majesté. Au-delà, le regard rebondit sur une butte en gazon jaune, saute par-dessus les troènes, se perd dans une forêt de pylônes.

Ils se repassent un paquet de M&M's, croquent pensivement leurs cacahuètes enrobées de chocolat en profitant des dernières douceurs de l'automne. Les appareils compliqués en ferraille tournent tant bien que mal, la roue à godets puise l'eau, la hisse à soixante centimètres, les godets se vident au fur et à mesure dans une rigole en zinc, l'eau en tombant actionne une roue à aubes dont l'axe est relié à des engrenages indescriptibles, girouettes, petits manèges, tout cela d'une laideur à toute épreuve.

— Tu avais quel âge, en 40 ? demande Sam à son grand-père.

— Douze ans. Ce n'est pas un âge pour se battre, juste pour avoir faim.

— Et tes parents ?

— Mon père est parti en Allemagne. Travail obligatoire. Ma mère est restée avec les quatre enfants.

— C'était comment, la guerre ?

— Ça manquait de Treets.

Un poisson semble avoir bougé, il s'est déplacé de quelques centimètres d'un imperceptible mouvement de queue.

— Mais en 59, tu es parti en Algérie ? Là, ils ne t'ont pas raté.

— Ce n'était pas si dur. Il y avait un type au mess, un caporal, qui mangeait les verres en Duralex ! s'émerveille Guy. Un phénomène, celui-là. À part ça, l'Algérie, beau pays.

Un beau pays où la victoire électorale du FIS vient d'être annulée, en cette année 1992, inaugurant quelques années d'horreur.

— J'étais père de famille. J'ai eu droit à une planque. Mon fils me manquait, il avait cinq ans. Et puis voilà, je suis revenu, ça ne m'aura pas appris grand-chose, finalement.

Toutes ces histoires, ces vies comme des pelotes qu'on dévide. Sam se dit que quelque chose ne colle pas dans tout ça. Les générations se succèdent, personne ne comprend rien à rien. Rien ne change et rien n'est pareil.

Le temps s'étire, scandé par le rrrouïc de la roue à aubes. Sam a encore beaucoup de questions à poser, on est bien, on n'est pas pressés.

Cette même année, Paul se vit contraint de chercher un nouveau non-emploi. Il fallait se rendre à l'évidence : les barrières étaient en passe de conquérir une autonomie définitive, et les derniers passages à niveau manuels étaient à perpète. Avec l'aide de l'assistante sociale toujours aussi brune et jolie, il avait raclé les fonds de tiroirs collectifs, épuisé toutes les ressources des aides publiques. Malheureusement, son fils arrivait à l'âge où le débit de la pompe à allocations, déjà plutôt chiche, irait en se tarissant, contrairement aux frais d'études qui s'annonçaient considérables.

On allait devoir prendre le taureau du destin par les cornes, ce que fit Paul en pratiquant l'activité dont il était devenu un maître occulte : il attendit.

Et le destin, devant tant d'implacable inaction, ne put que ployer les genoux et baisser le mufle jusqu'à terre. Il délégua un ambassadeur au Caminito, un soir de bière et de fumée. Le type avait une soixantaine d'années, il était entré pour demander un paquet de cigarettes et s'était cru en devoir de boire un verre au comptoir. Paul siégeait à la place qui avait été celle de

Salvador, sur le tabouret inchangé, là où l'ami Salva se postait jadis en vigie, émergeant du brouillard âcre les soirs de tangage. Ce fut une rencontre mémorable, inattendue, comme on en fait parfois aux comptoirs de qualité. L'homme se nommait Ríos, ses parents avaient traversé les Pyrénées un jour de février 1939 pour échouer dans un camp de concentration français à Argelès-sur-Mer, où l'un de leurs enfants était mort de dysenterie. Même si le couple n'avait pas après la guerre, comme les parents de Salva, monté un phalanstère agricole agrémenté d'une distillerie clandestine du côté de Lamotte-Beuvron, il y avait là une parenté de destins avec la famille Martínez qui toucha Paul. Une autre coïncidence fut révélée au troisième verre : comme Paul, Santiago Ríos avait toute sa vie été gardien. Gardien de nuit, de musées, de parkings, d'enfants et même de pêche dans une propriété de l'Oise agrémentée d'un immense étang ; et il achevait une carrière de façon proprement triomphale, en tant que gardien de l'Arc, place de l'Étoile. Or il atteignait l'âge de la retraite. Encore un ou deux verres, et Ríos, éperdu d'amitié pour son nouveau compagnon, lui proposa de le remplacer. Il connaissait bien le responsable municipal chargé du secteur, chez qui il effectuait régulièrement des travaux au noir. Allons, la ville de Paris avait la chance de pouvoir embaucher un authentique gardien ! Paul envisagea la proposition avec sa circonspection habituelle.

— À mi-temps. Éventuellement.

Le marché se conclut sur-le-champ, même si ce ne fut pas tout à fait dans les règles, car Felipe refusa de servir le dernier verre qui aurait dû sceller le pacte. Le plus étonnant est que, deux mois plus tard, alors que Santiago Ríos mettait un terme à une vie professionnelle sans tache, Paul prenait effectivement le relais au sein de l'équipe chargée de la garde d'un des monuments les plus fameux du monde.

Paul ne devait plus revoir son bienfaiteur, parti couler une retraite discrète dans le berceau de la famille Ríos, du côté de Cadaqués. À force de contorsions intellectuelles, Paul parvenait à se convaincre qu'il n'était pas vraiment tombé dans le piège du salariat aux dents acérées. Il recevait, certes, une feuille de paye mensuelle, mais tout cela était provisoire, comme le reste.

Le travail ne s'avéra pas exténuant. Paul, présent seulement la nuit, n'était pas en contact avec le public ; il se contentait d'assurer la maintenance de certains équipements, de vérifier le bon état du matériel, la fermeture des portes qui devaient être fermées, l'ouverture de celles qui devaient être ouvertes. Il y avait par exemple cette salle interdite au public, qui contenait les sept cercueils délaissés par Auguste Thin en 1920, lorsqu'on avait demandé à ce jeune poilu de choisir entre huit morts non identifiés tombés sur quelques-uns des plus célèbres champs d'horreur de la Grande Guerre : Flandres, Artois, Somme, Île-de-France, Chemin des Dames, Champagne, Verdun, Lorraine. Le six étant son chiffre fétiche, le jeune homme avait déposé le bouquet d'œillets rouges et blancs, confié par l'illustre André Maginot, sur le sixième cercueil de chêne, qui fut ensuite inhumé en grande pompe sous l'Arc de Triomphe. Les sept camarades inconnus veilleraient à quelques mètres, dans une crypte sans ornements, fermée par une porte blindée. Paul prenait son service trois soirs par semaine à 22 h 30, lorsque l'établissement fermait ses portes aux visiteurs. Paul put ainsi continuer d'écrire, de rêver et de contempler la fuite du temps depuis son observatoire. Il grimpait plusieurs fois au cours de la nuit sur la terrasse qui dominait la capitale pour contempler, les yeux plissés, l'infini miroitement des lumières de la ville, semblables à des étoiles tombées au fond d'un lac.

27.

Le temps passe, en tout cas nous nous en allons. D'innombrables poèmes de qualité variable ont été composés sur ce thème. C'est un fait, quelque chose s'en va, quelque chose coule avec une effroyable constance, on ne peut rien contre, tout juste chanter la mélancolie de la chose. Paul n'avait pas le sentiment d'avoir vieilli, il se sentait toujours le même malgré ses quarante-cinq ans, toujours aussi fraîchement stupide, et pourtant le temps avait passé. Lena, belle comme jamais, se tenait non loin de lui. Il s'en était fallu d'un rien. Il suffisait qu'elle s'écarte un peu pour que Paul, toujours en alerte, sente son cœur sonner le tocsin. Quand il le pouvait, il attendait son retour, posté derrière sa fenêtre, il guettait son apparition à l'angle de la rue, le moment où il la verrait avancer vers lui, comme marchant sous l'eau, cheveux battant sur les épaules, main serrée sur la bandoulière du sac, il la guettait, il l'attendait, et quand elle finissait par arriver, c'était un remue-ménage de douceur en lui, une fontaine se remettait à jaillir, bruit cristallin, tourbillon frais, elle avançait, Lena, dans la plénitude de sa beauté et tout s'écartait devant ses pas. Mais en était-elle seulement consciente ? Elle avait cet air grave, préoccupé, qui ne la quittait pas, même quand elle riait.

Elle ne venait pas le voir tout de suite. Elle préférait passer d'abord chez elle, prendre une douche peut-être, différant le moment du baiser posé au vol sur ses lèvres, des premiers mots échangés. Leur couple était une construction fragile, sans cesse menacée d'être engloutie par le gouffre des années d'absence de Lena, cette crevasse au bord de laquelle ils n'en finissaient pas de marcher sans oser regarder en bas. Paul et Lena étaient condamnés au présent. Le temps était à l'œuvre dans chacun des instants qui s'accumulaient comme les cartes d'un château, ils étaient toujours ensemble, plus que jamais ensemble. L'amour se découvrait peu à peu. Ce qu'ils avaient cru jadis être de l'amour n'en était que l'embryon. L'amour est un travail, lent et harassant, une conquête austère, une peine.

Samuel pendant ce temps observait quand il le pouvait ses parents comme ces coquillages énigmatiques, hyolithes ou graptolithes surgis d'un passé insondable, témoins d'une vie à jamais disparue.

Ainsi les années passèrent. De temps à autre ils avaient des nouvelles des anciens du 34 ou des communautés avoisinantes. Delphine et Barbara s'étaient séparées depuis longtemps. Delphine, après avoir géré une boutique de vêtements dans le Marais, s'était reconvertie dans la psychologie et dans l'hétérosexualité monogame. Barbara tenait une chambre d'hôtes à Ibiza. Luc était resté trotskiste. Devenu inspecteur du travail, il usait de tous les moyens à sa disposition pour en faire baver des ronds de chapeau au patronat honni, du côté d'Alençon. D'autres étaient infirmiers, psychanalystes, instituteurs ou fonctionnaires. Beaucoup, après avoir abusé des voyages et des drogues, étaient rentrés au bercail d'une petite bourgeoisie sans histoires. Renaud, toujours en ascension au sein du Parti socialiste, affûtait les outils théoriques de la reconquête du pouvoir perdu en 1995.

Tandis que Sam participait à des expéditions archéologiques lointaines, la petite planète poursuivait sa valse magnifique et sanglante. Sarajevo succède à Vukovar au théâtre de l'épouvante, « sniper alley » acquiert une réputation mondiale et le massacre du marché de Markale occupe les écrans pendant presque deux jours. Des jeunes filles françaises de plus en plus nombreuses décident de porter le voile, Yitzhak Rabin s'en va, la Fenice brûle, en Algérie le GIA montre de quel bois il se chauffe, les talibans prennent le pouvoir à Kaboul tandis qu'en France, une flambée de grèves laisse rêver certains à un réveil en fanfare du peuple bafoué. Les accords de Dayton avalisent les résultats de la politique de purification ethnique dans les Balkans, Kasparov a bien du mal face à Deep Blue, des sans-papiers s'enferment dans une église où Lena va régulièrement leur rendre visite avant que la police ne défonce la porte à coups de hache, Grozny succède à Sarajevo, Hong Kong retourne à l'écurie pékinoise, la mort de la princesse Diana fait pleurer jusqu'aux plus doctes intellectuels. Paul marche toujours en marge des manifestations, la lecture des journaux le glace, mais il reste bras ballants, légèrement hébété, sans trouver de réplique. Lena se dépense dans divers comités, avec les sans-papiers, les sans-logements, les sans-droits, les sans-le-sou, les sans-rien.

Il était tard dans le siècle, l'apocalypse était programmée pour le jour du passage au troisième millénaire. En 1998, Lena avait appris l'abandon définitif de Superphénix, ruineuse merveille technologique, après une risible série d'avaries. Le supermachin avait été actif pendant cent soixante-dix-huit jours au total. Restait bien sûr le problème non résolu du sodium liquide. Deux cents personnes allaient devoir veiller à temps plein sur la carcasse du monstre pendant vingt ou trente ans pour éviter que le réacteur ne s'emballe. Ailleurs, on abattait des vaches par milliers. Leurs cadavres s'amoncelaient dans des campagnes quadrillées par des hommes vêtus de combinaisons d'astronautes, les bûchers de la modernité laissaient échapper des colonnes de fumée noire et grasse, et les éleveurs erraient dans les hangars vides. Ainsi s'en allait le siècle vingtième. L'espèce humaine s'était surpassée.

Le millénaire tout neuf allait rapidement annoncer la couleur. Quand arriva le 11 septembre, Lena pensa immédiatement à un autre 11 septembre, presque trente ans auparavant. Elle n'avait pas été la seule à pleurer en entendant la nouvelle. Dans le palais de la Moneda à Santiago du Chili, Salvador Allende était mort les armes à la main. Son gouvernement se voyait menacé depuis des semaines par un mouvement qu'appuyaient les États-Unis, à l'époque où ce grand pays n'avait pas encore fait vœu d'imposer la démocratie à la planète par le fer et le feu, et se contentait de financer les tyrans du monde entier sur présentation d'un certificat d'anticommunisme — peu importait alors qu'ils fussent fanatiques islamistes ou fascistes avérés. Allende avait prévenu qu'on ne lui ferait pas prendre l'avion en pyjama ou demander asile dans une ambassade. Il tint promesse, et se suicida après un dernier message radiophonique : « Compatriotes, je vous dis au revoir. Que l'on sache qu'il y a des hommes qui savent remplir les missions qu'ils ont reçues. Dans ce moment historique, je paierai de ma vie ma loyauté envers le peuple... » Alors que *Le Figaro* saluait le geste du général Pinochet qui avait évité la guerre civile à son pays, Lena, comme tant d'autres en Europe et ailleurs, vit s'effondrer sans doute à jamais, en ce 11 septembre 1973, après bien des hoquets de l'Histoire, le rêve d'un socialisme à visage humain. Et quand les deux tours tombèrent, c'est spontanément vers l'homme aux grosses lunettes, au casque posé de traviole sur le crâne, mitraillette à la main dans le palais présidentiel désert, qu'allèrent ses pensées. Elle le vit rôder dans les décombres fumants des Twin Towers, un funèbre sourire aux lèvres. Quelque chose à nouveau s'était écroulé, et la brèche ouverte laissait apercevoir un paysage terrible. Le nouveau monde faisait peur à voir.

La figure qui apparut chez Paul, un soir d'avril 2002, dans l'encadrement de la porte faisait elle aussi peur à voir. C'était celle d'un géant aux cheveux gris, au visage rouge, aux vastes épaules, au ventre sphérique, une sorte de troll en somme, mais avec dans l'allure on ne savait quoi d'ibérique — l'odeur de chorizo ou d'alcool pour hommes véritables, peut-être. Toujours est-il que quelques secondes plus tard le visage de Paul vint s'écraser sur le poitrail odorant et chaud de Salvador Martínez ressuscité, bien que difficile à reconnaître en raison du poids des ans visible à l'œil nu, de retour des terres gelées où les hanches mirifiques et le regard couleur banquise d'Anniki l'avaient entraîné bien des années plus tôt.

La nuit fut longue. Une nuit de trente-six heures environ, à laquelle Lena vint ajouter une lumière spéciale à partir de la vingt-troisième heure, quand elle rentra de son travail. Elle les trouva tous les deux dans la cuisine, chez Paul, au milieu d'un amoncellement spectaculaire de verres vides et de bouteilles entamées, de cendriers pleins, de nourriture sortie dans le désordre du réfrigérateur et des placards. Des vaisseaux vermillon envahissaient comme du lierre le blanc de leurs yeux, et leurs propos étaient difficiles à comprendre, sans doute parlaient-ils islandais. Salva s'empara de Lena dès son entrée et l'assit sur ses genoux, puis entreprit de lui broyer les os avec ses grosses mains. Elle riait. Elle alla se coucher au moment où ils s'attaquaient à une bouteille sans étiquette, emplie d'un liquide transparent, un trésor viking que Salva avait sorti de sa besace en cuir avec des précautions d'artificier. Elle les revit le soir suivant, lorsqu'elle rentra du travail. Hélas, ils étaient morts, écroulés dans les deux fauteuils du salon. Morts de mort violente à en juger par leurs visages congestionnés, crispés sur des rictus étranges.

En s'approchant, elle constata qu'ils étaient après tout peut-être encore un peu vivants. Elle les laissa dormir.

Au Caminito, Salva retrouva son siège et ses habitudes. Il fallait simplement éviter de lui parler de neige et de glace — il buvait désormais le pastis à température ambiante. Il ne fallait pas non plus parler d'Anniki. Il avait affirmé à Paul qu'elle le rejoindrait un jour, mais il n'avait pas précisé dans quel Walhalla. S'il avait choisi de revenir en France, il n'en était pas plus indulgent pour autant envers le pays de Vilvoorde, de Papon, des tueurs de préfets, du Front national et d'Amélie Poulain.

Au cours de la longue nuit, ils avaient abordé la question du cercueil. Paul ne s'était pas senti le courage d'annoncer la vérité à Salva, déjà sérieusement entamé par l'eau de feu. Il avait éludé, et l'autre semblait croire que le trésor de guerre reposait toujours dans le sous-sol du Caminito.

L'Espagnol se prit d'affection pour le jeune Samuel, qui officiait parfois au comptoir par amitié pour Felipe ou par nostalgie, entre deux voyages au long cours dans les déserts du monde. Il était allé en Chine, en Ouzbékistan, dans divers pays d'Afrique et d'Asie, et projetait une longue campagne en Mésopotamie. Ce qui plaisait à Salvador, c'est que le gamin n'avait rien vu de tous ces pays, hormis quelques mètres carrés de sable rouge, beige ou brun qu'il déblayait avec des outils semblables à des jouets d'enfant. Sam, de son côté, n'en finissait pas de poser des questions à Salvador sur sa jeunesse, qui était plus ou moins celle de ses parents. Il scrutait sa peau ravinée comme un fjord, dans l'espoir d'y trouver quelque minuscule bernique porteuse d'informations décisives. C'est au cours d'une de ces conversations de part et d'autre du comptoir du Caminito que Salvador Martínez apprit, à son grand désappointement, que le sous-sol ne contenait plus que des stocks de bouteilles, des ustensiles divers et quelques chaises bancales. Le réduit du fond, où le trésor de guerre avait jadis été entreposé, était maintenant pourvu d'étagères sur lesquelles le patron rangeait des conserves et des produits d'entretien. Paul allait devoir s'expliquer.

— Heureusement, dit Germain, j'ai toujours mes entrées dans la grande maison... Cette fois-ci, il y a vraiment du neuf.

Il posa une feuille entre leurs deux cafés, sur la table du bar de la place Dauphine où ils s'étaient retrouvés.

— Vol Icelandair 1542, Reykjavík-Paris, lut le Breton. Salvador Martínez... Nationalité... Excès bagages 12 kg... Arrivée Roissy 19 h 27... Bon. Comment on le retrouve ?

— Il s'est installé dans un hôtel minable du côté de la place d'Italie. Apparemment, il n'a pas fait fortune dans la chasse aux phoques. Et sais-tu pour qui a été sa première visite ?

— J'imagine. Le garde-barrière.

— Ils préparent quelque chose. Ne me dis pas que c'est par hasard qu'il est revenu juste après le premier tour de l'élection. Le résultat ne lui a pas plu, je parie.

La France avait été secouée par le résultat du premier tour du scrutin présidentiel : face au président sortant, le chef du parti d'extrême droite avait battu le candidat de gauche. Les vagues de poussière venues de Ground Zero avaient atteint l'Europe, qui redoublait d'efforts pour se barricader.

— Comment savoir ce qu'ils mijotent ? demanda pensivement le Breton.

— Il suffit de le leur demander. Gentiment.

Germain exposa son point de vue. Martínez voyait très souvent son ami depuis son retour. Ils projetaient sans aucun doute une action d'éclat.

Peut-être voulaient-ils utiliser l'illustre dépouille pour répondre à leur façon au choix exprimé par le peuple français lors du premier tour. Il fallait en finir avec ces deux hooligans. Il existait un moyen de pression : le fils. Paul Destrem avait un fils. Souvent en voyage, soi-disant sur des fouilles archéologiques lointaines. Il avait forcément quelque chose à se reprocher, le gamin, avec des parents pareils. En fouillant chez lui on trouverait bien de quoi inquiéter son père et le forcer à parler.

Le Breton fut agréablement surpris par la qualité de la serrure qui protégeait l'appartement de Sam. Il lui fallut un moment pour en venir à bout. À l'intérieur, surprise : deux pièces impeccablement ordonnées, chaque chose à sa place, à se demander si on se trouvait bien chez le fils de l'autre. Des livres classés par ordre alphabétique, figurez-vous, et en nombre raisonnable, pas de prolifération effrayante. Des meubles neufs, simples, propres. Des murs clairs, sans affiches gauchistes ni décorations douteuses. Un logement tel qu'il aurait aimé voir son fils occuper (malheureusement, le fils du Breton logeait à présent dans une pièce étroite et mal meublée de Fleury-Mérogis). Le bureau était net, quelques papiers sous un presse-papiers (un scarabée de métal), un pot à crayons, un téléphone. Ah, comme c'est propre, comme c'est rangé. Ce devrait être cela, la vie. Nul risque ici de trouver un de ces poèmes troublants qui avaient fait fugitivement vaciller la raison du Breton jadis, dans le bureau de Martínez. En revanche, dénicher quoi que ce soit qui puisse prêter à une intimidation ou à un chantage sur le père risquait de s'avérer difficile. Le petit ne semblait pas adepte de la fumette ni des cocktails Molotov.

Bien. Au travail. Premier tiroir : une ramette de papier blanc, une boîte de trombones, des cartouches d'encre, un ruban adhésif, un tampon encreur. Deuxième tiroir : des chemises en carton soigneusement étiquetées, portant le nom de divers chantiers archéologiques. À l'intérieur, des chemises, des plans, des notes, des photos de reliques, des textes scientifiques abscons et bourrés de notes. Troisième et dernier tiroir : du courrier dans une boîte à chaussures. Un album de photos. Et une enveloppe solitaire portant une étrange indication : « À remettre à Salvador Martínez au cas où je disparaîtrais. » Ah mais voilà du nouveau, si je ne me trompe.

L'enveloppe était cachetée, et le Breton se vit contraint de faire appel au vieux truc de la vapeur. Il décolla soigneusement au-dessus du bec de la bouilloire le rabat de l'enveloppe, tira la feuille sur laquelle il eut juste le temps de distinguer quelques mots, car à ce moment il s'aperçut qu'il n'était pas seul dans la pièce.

Deux personnes obstruaient l'encadrement de la porte de la cuisine. Le père et le fils, Paul et Sam, aussi surpris que lui. Il réagit plus vite, fonça dans le tas, s'échappa en courant, non sans s'être fait arracher l'enveloppe par Paul au passage. La bouilloire faisait danser son panache de vapeur. Paul regarda l'enveloppe, regarda son fils, regarda l'enveloppe. On réglerait ça plus tard. Pour l'instant, une seule urgence : appeler Salva et foncer à Sainte-Eulalie. Si le visiteur avait eu le temps de lire le document, il allait tenter de récupérer le cercueil. Il fallait agir vite.

Quelques heures plus tard, Paul, Samuel et Salva étaient sur l'autoroute A7, à bord d'un camion emprunté par Sam au CNRS. Paul avait laissé à Lena un mot sibyllin pour éviter qu'elle ne s'inquiète.

— Je n'ai pas eu le temps, c'est tout. Mais bon Dieu, qu'est-ce qu'ils foutaient là en plein milieu de l'après-midi ? pestait le Breton.

Germain restait calme.

— Essaie de te souvenir. Un mot, un indice.

— Le papier était destiné à Martínez, « en cas de disparition ». Sur la feuille, trois lignes. Une histoire de caveau, un nom de village dans l'Aveyron. J'ai commencé à lire, ils étaient là, j'ai dû filer.

Germain ouvrit un placard, sortit une carte de France, la déploya sur la table. Peut-être le Breton reconnaîtrait-il le nom du village en le lisant.

— Non, je ne vois pas. Il me semble que c'était une Sainte quelque chose. Pourquoi a-t-on fait des départements aussi grands ?

Germain le laissa chercher, parcourir de l'index toutes les routes d'Aveyron, souvent bordées de vert. Peut-être la carte n'était-elle pas assez précise. Elle ne laissait apparaître que les bourgades d'une certaine importance.

— Pourquoi l'Aveyron ? demanda-t-il, l'œil vague.

— Va savoir. Je n'ai jamais foutu les pieds dans ce pays perdu.

Soudain, alors que son index caressait le nom de Millau, il eut un sursaut. Mais si. Bien sûr que je suis allé là-bas. Le Larzac. 1974. Presque trente ans. Nom de Dieu. Il se souvint du camion bleu ciel, des hordes chevelues, du soleil implacable, de cette France méconnaissable qui dégoulinait le long des pentes pierreuses, se répandait en braillements et en chansons ineptes, de son sentiment de rage grandissant qui avait culminé lorsqu'il avait découvert le coffre du camion vide. Germain cherchait dans le placard une carte plus précise. Il finit par mettre la main dessus. Le Breton tenta de retrouver son itinéraire d'alors. Il était passé à Decazeville, Rodez, Saint-Affrique, La Couvertoirade...

Ils avaient l'air fin. Deux presque vieillards penchés sur leur passé, doigts tremblants suivant les routes en jaune, lunettes aux verres épais posées en avant sur leurs nez. Lors de sa fuite de chez le jeune Samuel, le Breton avait senti dans tout son corps le poids de ses soixante ans largement passés, malgré la gymnastique à laquelle il s'astreignait chaque matin. Germain était plus âgé, aucunement enclin à la pratique du sport. Et néanmoins, la nuit même, bien avant le lever du jour, ils étaient en route, comme de braves soldats. Plusieurs villages portaient des noms de saints, dans le secteur. De saintes, moins. On verrait sur place. On visiterait d'abord les cimetières, puisque sur la feuille il était question de caveau.

Paul n'adressa pratiquement pas la parole à son fils de tout le voyage. Ce petit morpion s'était permis de fouiller dans les affaires de son père. Paul était accaparé par une autre pensée : une fois le cercueil récupéré, qu'allait-on pouvoir en faire ? Inutile de demander de nouveau asile à Felipe. De toute façon, le Caminito était largement repéré. Il avait bien une idée, mais il n'était pas certain qu'elle fût réalisable. Le petit morpion, de son côté, bavardait avec Salva. Ces deux-là étaient les meilleurs amis du monde. Samuel en était à envisager des fouilles archéologiques en Islande, pays peu prospecté par ses collègues.

— Et vous comptez en faire quoi, de votre Maréchal ? demandait Samuel qui aimait les questions gênantes.

— J'ai mon idée, grommelait Paul, qui avait son idée.

— Et pourquoi vous ne le leur laissez pas ? Qu'ils le récupèrent, et qu'ils s'en débrouillent ! Non ?

— Ce qu'il peut être fatigant, ce mioche, rigolait Salva en lui ébouriffant les cheveux. Tu sais ce qui se passe, si on leur laisse leur Maréchal ? Ils l'emmènent à Douaumont, mobilisent tout ce que la France compte de fascistes rentrés, de nostalgiques de l'Ordre nouveau, de collabos en puissance, ils alertent les médias trop contents, suscitent un débat national qui fait ressortir la grandeur de Pétain, l'amicale des anciens poilus applaudit de tous ses moignons, les autorités renâclent un peu mais finalement consentent à le laisser là-bas sous prétexte de réconciliation, et on lui fait un monument tout neuf, tout blanc, on laisse cette vieille carcasse empuantir le champ d'honneur où les pioupious qu'il y a fait massacrer ont bien mérité de dormir en paix.

— Je croyais qu'il avait adouci le sort des soldats et évité des morts inutiles ?

— Des morts *inutiles*? rugissait Paul. Salva, étrangle mon fils, s'il te plaît, ou alors tiens-moi le volant.

On écouta les informations à la radio. Macédoine habituelle de faits divers horribles, de pleurnicheries en tout genre, de récits terrifiants. Salva commentait en direct à force d'interjections outrées et de coups de poing sur le tableau de bord.

Ils dînèrent à Cahors. Ils ne voulaient pas arriver à Sainte-Eulalie avant 2 heures du matin, et décidèrent d'aller au cinéma. On jouait *Star Wars 2, L'attaque des clones.*

L'opération se déroula sans anicroche. Ils avaient emporté les outils nécessaires, et les bruits du descellement furent contenus par les murs du caveau. Le Maréchal quitta son voisin de chambrée, qui dut en éprouver un grand soulagement. À 4 heures, Sam refermait la grille du cimetière, et le camion reprit la route vers Paris après avoir traversé le village tous feux éteints, à la lueur d'une lune montante rongée par les nuages.

Germain et le Breton arrivèrent à Sainte-Eulalie dans la matinée. Ils avaient erré sur le plateau, visité plusieurs cimetières. C'est en voyant le nom de Jaume gravé sur le linteau que le Breton comprit qu'ils étaient arrivés : c'était bien ce nom qu'il avait eu le temps d'apercevoir sur la feuille, lors de sa visite chez le jeune Samuel Destrem. Le joint de scellement était frais, il le repéra immédiatement. Comme toujours dans sa vie, il arrivait trop tard.

Le camion ne rejoignit pas la capitale directement. Paul avait décidé de prendre le chemin des écoliers. On se reposerait en route, dans un coin de campagne écarté, afin de récupérer le sommeil en retard. L'important était d'être à l'Arc de Triomphe à 23 heures, pour la prise de service de Paul. Ensuite, Salva et Sam iraient se garer dans un endroit discret en banlieue et ne s'éloigneraient pas du camion. À 3 heures du matin, Paul ouvrirait la porte, on déposerait le cercueil à l'intérieur de l'Arc. L'opération ne devait prendre que quelques minutes. Salva irait ensuite parquer le camion à proximité, et reviendrait à l'Arc de Triomphe aider Sam et Paul à transporter l'objet vers sa destination définitive, dans la salle en demi-sous-sol fermée par une porte blindée.

Ainsi fut fait. On rangea le Maréchal dans la pièce où reposaient les sept poilus inconnus. Le cercueil fut glissé à même le sol, tout au fond, invisible au regard des visiteurs éventuels, alors que les autres cercueils étaient disposés sur des tréteaux. Une cure d'humilité ne ferait pas de mal à Précis le Sec, qui en avait tant manqué de son vivant. Et quoi de pire pour un grand chef que d'être entreposé *incognito* à l'Arc de Triomphe, où des cohortes de pèlerins venaient chaque jour vénérer un simple troufion ?

28.

Le troisième millénaire avait donc commencé. La planète se couvrait en vain de la fumée noire et poisseuse des bûchers sur lesquels on continuait de jeter des carcasses de vaches folles. Ainsi les nations civilisées prises d'une soudaine soif de sacrifice tentaient d'exorciser leur propre démence, mais rien n'y faisait. Les humains n'en étaient pas plus malins. Paul, accoudé au parapet en haut de l'Arc de Triomphe, croyait distinguer à 360 degrés dans la nuit les colonnes noires qui montaient au-dessus des foyers, il croyait entendre les pleurs des paysans qu'on empêchait d'approcher de leurs bêtes calcinées. La terre avait menti.

Ici et là en Occident arrivaient au pouvoir des hommes rassurants, prêts à endosser la totalité des fautes des nations, pour peu qu'on leur donnât la totalité du commandement. Les gouvernements feraient de la figuration, tout reposerait sur la parole simple et directe des chefs. *Vous cherchez les raisons des échecs passés. Je vais vous les dire.* Les nouveaux chefs n'avaient certes pas l'aura de gloire virile du vainqueur de Verdun, mais on n'avait que faire des soldats, désormais. La guerre se jouait sur le champ de bataille de la communication. Les peuples désorientés se laissaient fasciner par l'énergie et par la force. Sans qu'on y ait pris garde, les valeurs qu'on croyait éternelles s'étaient réduites aux schémas universels de la télévision. Comme tout devenait simple ! Et comme tout devenait laid ! Paul pour cela aimait la nuit. Il passait des heures malgré le froid ou le vent à contempler la métropole endormie, baignant dans un clapotis de lumières et de rumeurs sourdes. Lui-même se trouvait atrocement laid, participant activement de la médiocrité du monde visible. Il avait toujours vécu dans la certitude de l'imminence d'un cataclysme guerrier. Jamais la guerre ne lui avait paru si proche. Cette guerre que les démocraties répandaient sur le monde finirait bien par les atteindre à leur tour. Il sentait monter en lui au fil des années une colère qu'il ne savait contre quoi diriger. Un matin il entendit Renaud parler à la radio. Lui qui avait jadis choisi avec tant de clairvoyance la Chine maoïste n'avait rien perdu de sa passion démonstrative, de son désir de répandre sur les foules ignorantes la puissante lumière de ses analyses. Il expliquait que nous vivions une époque charnière, comparable à celle que le monde avait traversée à la fin des années trente. Chacun devait choisir son camp. Là-bas, dans l'Orient dangereux, se levait un péril incommensurable, dont on avait pu observer les prémices le 11 septembre 2001. Renaud invitait les peuples de bonne volonté à faire fi des divergences et des particularismes, et à se regrouper sous une même bannière pour défendre les acquis de deux mille cinq cents ans de civilisation. C'était grand, c'était fort. *Dieu a permis aux événements de nous administrer une dure et bienfaisante leçon.* Au Parti socialiste, beaucoup ne partageaient pas cet enthousiasme, ou du moins trouvaient prématuré l'affichage d'un atlantisme aussi radical. Une bonne part d'entre eux y viendraient. Ceux qui dans leur jeunesse s'étaient volontiers parés du keffieh palestinien se mirent progressivement à défendre de façon inconditionnelle, au nom des monstruosités commises au XXe siècle, la politique de l'État d'Israël, fût-elle parfois contraire absolument à leurs idéaux d'antan, et régulièrement appuyée sur la négation des droits élémentaires des êtres humains, sur le mépris des résolutions de l'ONU, sur la loi du plus fort et du plus riche, bref sur tout ce contre quoi ils avaient inconsidérément alors juré de lutter jusqu'à la mort. Eux qui avaient tant vénéré le prolétaire arabe se dressaient désormais fièrement face à lui, à l'abri tout de même des chars américains, pour défendre cet Occident chrétien dont le seul nom les faisait autrefois vomir. Mais ils étaient jeunes, alors ! On était priés d'admirer leur jeunesse, dont ils se montraient tellement satisfaits, voire d'écraser une larme au souvenir de leur romantisme flamboyant, mais seuls comptaient les discours qu'ils débitaient dans leur soixantaine replète. Nous voilà, pensait Paul avec écœurement, nous voilà, marmonnait-il en tournant sur la terrasse de l'Arc, tandis que Paris, la France, le monde tournoyaient autour de lui, nous voilà, et les lumières de la ville formaient un maelström liquide. Seuls pouvaient alors l'apaiser l'image des seins de Lena, le ventre de Lena, le sourire de Lena. Seul alors pouvait le réjouir le souvenir de son père assis devant le bassin moche.

Salva regrettait d'être revenu. Là-haut les hivers étaient longs, mais il n'avait pas à supporter le spectacle de cette Europe en compote qui se répandait dans les colonnes des journaux. « Chez nous, c'est bien quand l'été tombe un dimanche », disait une blague islandaise, et pourtant il avait aimé les promenades dans la bise à moins quinze, les tempêtes de neige qui bloquaient les portes et empêchaient les déplacements, les semaines à ne pas mettre le nez dehors passées avec Anniki dans la chaleur de la petite maison, le contact rude avec les gens et les éléments, les paysages sans mollesse, la viande séchée, les alcools puissants. Ici, il passait ses soirées agrippé au bar du Caminito, après des journées étirées dans la fréquentation peu rémunératrice de ses poètes imbuvables, à maudire le monde en devenir, la société qui se racornissait dans des prudences de vieillard, la manie de l'euphémisme, la banalisation du mensonge convenable, la peur omniprésente.

Samuel regardait le monde avec la distance qui manquait à ses parents ou à Salva. Il passait plusieurs mois par an dans son désert de prédilection, avec ses truelles, ses pinceaux, ses pelles, ses pioches, ses masses, ses binettes et ses houes, ses marteaux et piquettes, ses auges, ses brouettes, ses bacs, ses cordeaux et ses fils à plomb, ses mètres à rubans, ses porte-lanternes, ses spatules, ses fiches, ses étiquettes, ses boîtes à membranes et ses sachets, ses niveaux et ses pinces, tout cet univers d'objets familiers qui lui permettaient de donner au monde ses dimensions réelles, sa forme et son histoire. Hormis le bassin dans le jardin de son grand-père, il ne connaissait rien de plus beau que le rectangle de sable des environs d'Al-Qadisiyya dont il avait appris à connaître chaque centimètre carré. Il avait assimilé les finesses de son métier sur des chantiers de fouilles situés un peu partout dans le monde, mais c'était finalement toujours le même endroit : un infime morceau de planète délimité par quelques piquets, que l'on creusait avec des outils d'enfant, une tombe à ciel ouvert où quelques vivants venaient s'enterrer dans la joie.

En 2000, il avait pris le commandement de ce petit chantier. Les distractions y étaient inexistantes. La nuit tombait brusquement, accompagnée d'une fraîcheur mordante. Avant de rejoindre son couchage dans une petite tente installée à l'écart, il passait parfois une heure ou deux dans le campement commun en compagnie du collègue venu épousseter des cailloux pendant quelques semaines avec lui. Si c'était un homme, ils buvaient du whisky, commentaient la journée et jouaient aux échecs. Si c'était une femme, ils buvaient du whisky, commentaient la journée et jouaient aux échecs. La différence se situait dans la quantité de whisky consommée, qui restait malgré tout modeste. La conversation était sporadique et calme. La plupart du temps, on n'entendait que le chuintement de la lampe à butane sur laquelle des insectes venus on ne savait d'où se cognaient avec un petit tintement las. Puis on se séparait jusqu'au lendemain matin.

Le ciel d'Al-Qadisiyya était un bloc de pierre noire. Samuel parfois s'allongeait sur le sol, les yeux ouverts, et se laissait écraser sous cette pierre jusqu'à ce que le froid le repousse à l'intérieur de sa tente. Il ne se tenait que très vaguement au courant des nouvelles du monde. Il laissait le soin aux employés locaux du chantier d'aller jusqu'à la ville la plus proche pour y chercher le ravitaillement et le courrier. Il en recevait peu. Le principal moyen de communication était la messagerie électronique, disponible quelques minutes par jour quand le groupe électrogène était en marche et qu'on utilisait la liaison satellite, très coûteuse. Sa mère ne lui écrivait jamais. Son père lui envoyait de temps à autre une carte postale électronique loufoque, un montage photographique censé lui arracher un sourire dans sa solitude ensablée — encore fallait-il que le volume du document n'obstrue pas la ligne.

Le début de l'année 2003 fut étrange. Diverses rumeurs couraient dans tout le pays, mais elles étaient bues par le sable avant de parvenir au site. Samuel avait toujours aux lèvres ce sourire venu de l'enfance, de son grand-père peut-être, un sourire insouciant et labile, à peine perceptible. Au début du mois de mars, les deux assistants irakiens disparurent. C'étaient deux jeunes archéologues en fin de formation. Ils parlaient avec vénération du musée archéologique de Bagdad, et semblaient décidés à le protéger à tout prix en cas de conflit, car les trésors inestimables qu'il recelait risquaient de faire l'objet de vandalisme et de pillages : quel que soit leur uniforme, les armées d'invasion apportent toujours avec elles certains désagréments. Un matin, les deux jeunes gens n'étaient plus là. Virginie, sa collègue française, une femme massive et taciturne, fit état de son inquiétude. Elle avait lu sur Internet des nouvelles alarmantes. Elle était d'avis d'abandonner le chantier au plus vite, et s'étonnait qu'un ordre de rapatriement n'ait pas été lancé à destination des scientifiques étrangers qui œuvraient dans le pays. Samuel tenta de la rassurer et finit par lui conseiller de prendre la Jeep et de partir. Il resterait pour surveiller le chantier, il avait des vivres et de quoi s'occuper. Il la vit partir sans tristesse.

Les jours qui suivirent le départ de Virginie furent paisibles. Le soir, Sam ne se donnait plus la peine de mettre en marche le générateur pour utiliser le téléphone ou consulter sa messagerie.

Le site recelait de nombreux vestiges sumériens. Sam fit quelques trouvailles intéressantes. Il les alignait sur les étagères de la grande tente commune, soigneusement étiquetées. Il couvrait de notes son cahier, buvait du café en poudre, mangeait des conserves qu'il trouvait délicieuses. Le désert était plein de vie. Insectes, plantes infimes et opiniâtres, même un chien jaune tout en os et en fourrure pelée qui vint lui rendre visite un jour et disparut comme il était venu. Il avait le sentiment d'avoir été mis au monde pour cela : creuser et répertorier les vestiges d'une vie disparue. Il n'y avait plus de place à la surface pour lui. Il fallait s'enfoncer, sans hâte. Le sol contenait bien plus d'enseignements que l'univers grouillant qui se déployait au-dessus.

Un jour de mars, en fin de matinée, il entendit un grondement lointain, qui semblait venir de la terre même. Une vibration d'abord légère, puis de plus en plus sensible, fit bouger les objets sur les étagères. Elle se transmettait de la plante des pieds au reste du corps. Un véhicule blindé irakien passa à proximité, puis un autre, de toute la vitesse que leur permettaient leurs moteurs exténués, tout brinquebalants de tôles rouillées. Un soldat ouvrit un moment sa lucarne en faisant à distance de grands gestes du bras, sans doute une invitation à quitter les lieux, mais il disparut bientôt dans un brouillard de sable. Serait-ce le début de la fin du petit homme occidental ? se demanda Samuel. Il songea à l'image de cet homme tombant d'une tour du WTC, jambes nonchalamment croisées l'une sur l'autre, bras le long du corps, tête en bas, tranquillement installé dans sa chute libre. Enfin il vit monter à l'horizon un nuage énorme. Le grondement des chars se fit plus net. Le nuage gonflait, ocre et blanc, formant une vague gigantesque qui roulait et grondait, approchant en direction du chantier avec une lenteur majestueuse. Ce n'est pas grave, murmura Samuel en s'asseyant sur une pierre.

29.

Ce qui fit le plus souffrir Paul, ce fut de ne pas avoir conservé de photos de Samuel. Il avait toujours méprisé cette manie de la photo souvenir, et ironisé sur ces gens incertains d'avoir vécu un instant de bonheur tant qu'ils n'en ont pas la preuve sur papier glacé. La mémoire, pensait-il, est plus puissante, plus riche, plus profonde et plus mystérieuse que tous vos clichés. Et maintenant, alors qu'il aurait voulu couvrir tous les murs de photos de son fils, il trébuchait dans la nuit de ses souvenirs comme un aveugle dans une forêt dense. Où était Samuel? Où était l'enfant qu'il portait sur son dos dans les rues de Paris? Où était le gamin au sourire lointain qui l'attendait derrière le portail de l'école quand Paul était en retard? Où était le Samuel taciturne que son père suivait de plus en plus difficilement sur les sentiers de montagne? Le garçon qui lui servait des bières au comptoir du Caminito en lui disant : «Le demi de Monsieur»? Où était le bébé que Lena tenait dans ses bras comme elle aurait tenu un animal bizarre? Les traits de son visage se troublaient, s'enfonçaient comme dans l'eau d'un puits. Paul avait beau fermer les yeux, il ne parvenait pas à en retenir l'image et quand il les ouvrait c'était pour découvrir un monde glacial, hostile, un monde lépreux, un monde sans son fils. Il n'avait pas eu le temps de lui parler. Il n'avait pas eu le temps de le voir. Il n'avait rien fait, rien vécu, rien dit, rien tenu. Tâtonnant dans sa nuit il cherchait des traces de Sam, et ne trouvait que du sable.

Quand un officier de l'armée de terre était venu informer Lena de la disparition de son fils, elle lui avait balancé une gifle, puis s'était accroupie, les mains sur la nuque, sans un cri, sans une parole ni un gémissement. L'homme était resté un moment désemparé, puis il avait posé une main sur son épaule. Elle l'avait enlevée en lui ordonnant de partir. Ni Paul ni Lena ne se souvenaient des jours qui avaient suivi, des cérémonies, des formalités, des condoléances.

Ensuite, ils étaient allés passer une semaine chez Guy. Lena n'y avait jamais dormi auparavant. Ils avaient fait l'amour sauvagement. Ils avaient passé des heures avec le vieil homme sur le banc face au bassin. Chacun se cachait pour pleurer.

La mort de Samuel aurait pu marquer l'effacement de Paul-et-Lena, la disparition d'un couple qui avait fini par exister comme une entité mythique dans leur entourage, à leur insu, malgré leur fonctionnement chaotique, alors que tant d'autres s'étaient délités ou défaits au cours de ces décennies. Ils s'étonnaient eux-mêmes de la fidélité qui les avait tenus attachés. De quoi était-elle faite ? L'amour : un travail, une longue peine. Il n'est pas donné, il ne vient pas des nuées comme une foudre, ou comme une flèche sortie d'un carquois divin. Il se construit petit à petit dans la fabrique solitaire, il se cisèle avec patience, il se mérite, il se décide.

Le deuil inattendu ne fit que consolider leur attachement. Quand ils finirent enfin par se trouver dans la certitude d'être ensemble, c'était au-dessus d'une tombe.

Lena quitta son appartement et vint habiter dans celui de Paul, qui était un peu plus grand. Il n'y subsistait plus guère de traces de Sam. Sa chambre avait été transformée en bureau dès son départ de chez son père, qui s'y était installé avec ses livres et ses dictionnaires. Paul et Lena entamèrent ainsi, dans le deuil, arrivant à la cinquantaine, une vie de couple ordinaire. Ils partageaient le même lit, lorsque Paul ne passait pas la nuit à l'Arc de Triomphe. Quand il dormait à la maison, il lui arrivait aussi de se lever au milieu de la nuit, de quitter la chaleur de Lena, ses ronronnements délicats, pour aller lire dans son bureau ou se planter hagard devant une fenêtre. Il attendait la guerre.

Tu es en train de devenir fou, disait-il à son reflet sur l'écran de l'ordinateur, devant lequel il passait de longues heures à guetter le retour du désir d'écrire. *Trop peu d'enfants, trop peu d'armes, trop peu d'alliés, voilà les causes de notre défaite.*

Quand il ne tournait pas en rond sur la terrasse de l'Arc en parlant à voix haute, en guettant des mouvements suspects sur la voûte céleste, en reprochant à Sam son imbécile amour des poteries hors d'usage, il passait ses soirées avec Lena, et souvent Salva se joignait à eux. *Trop peu d'enfants, trop peu d'alliés.* C'étaient des soirées chaleureuses d'infinie tristesse.

Chaque jour désormais fut le jour anniversaire de la mort de leur fils. Lena comme Paul le fêtaient en silence, chacun de son côté. Se taire fut leur façon de ne pas accepter la disparition de Samuel, qui ainsi put continuer de vivre dans leurs effrois solitaires, leurs douleurs enragées. Jamais ils ne cédèrent à la consolation des mots. Quand ils se retrouvaient ensemble dans le petit appartement, ils n'avaient pas besoin de se dire où allaient leurs pensées. Jamais par la suite le temps ne devait apaiser le manque, les atroces regrets. Il fallut pourtant continuer à vivre. Ils firent donc leur devoir de vivants, mais ils éprouvaient parfois le sentiment d'avoir changé de passeport, et d'appartenir désormais à la nation des morts.

Paul et Salva allaient au Caminito, en général sans Lena. Entre hommes ils pouvaient se vautrer dans l'outrance, commenter le cours des jours avec la mauvaise foi qui fait tant de bien. Parfois, trop fatigué, Paul repartait seul, laissant son ami au comptoir. Le dos appuyé au bar, Salvador restait à tanguer sur son tabouret, agrippé des deux mains au demi de bière posé sur ses cuisses comme un aviateur à son manche à balai. Il traversait souvent de sacrés tas de cumulonimbus et bramait en roulant des yeux furieux à destination des clients, des habitués qui n'y prêtaient plus attention, ou des nouveaux venus qui appréciaient le spectacle, tandis que le juke-box jouait le tango préféré de Felipe : *Tengo miedo del encuentro con el pasado que vuelve*, j'ai peur de la rencontre avec le passé qui revient. Salvador pouvait déclamer sa colère jusqu'à plus soif, ou en tout cas jusqu'à la fermeture.

— On croit avoir vécu, mais on a dormi. Un roupillon de quarante ans, rien que ça, une grosse sieste avant la grande nuit. C'était la vie, notre vie, ce que nous pensions être notre vie, allons, ce mauvais sommeil traversé de cris et d'éclairs, de rafales, d'explosions, de ronflements, de chants martiaux et de soupirs, il y avait tant de vacarme, tant de bruits que notre conscience abrutie prenait pour de la musique, la cloche de la cantine que nous confondions avec le tintement des sphères. Notre fin de siècle, cette sieste malodorante dont nous nous réveillons maintenant, au début du nouveau millénaire, le cheveu en bataille, l'haleine grasse, la sueur aux tempes, le corps moulu, bientôt sexagénaires, ce n'est pas possible, dites, je n'ai pas dormi tout ce temps, et pourtant si. Écoutez ce qui reste des triomphes de notre jeunesse, quelques bruits déglingués : un pauvre accord de guitare qui couine, une flammèche de sentiments qui s'étiole et chevrote. Nous avons cru changer le monde, nous avons du moins fait semblant d'y croire, il fallait voir alors notre allure admirable, il fallait entendre notre génération brailler et raisonner et théoriser et pontifier, notre génération qui maintenant se presse toute honte bue aux mangeoires ministérielles, notre génération dès le départ endormie, anesthésiée, repue de faux-semblants et de mauvaises fois, philosophes sans philosophie, romanciers sans littérature, peintres sans tableaux, révolutionnaires sans combat, journalistes sans conscience, humanitaires de plateau télé, soldats de nous-mêmes, c'est décevant n'est-ce pas ce réveil et cette image dans la glace ? Rien, presque rien, nous, ce n'était que ça.

— Oh, ferme-la, Salva, tu veux ? finissait par dire quelqu'un.

Le juke-box lâchait les dernières notes qui mouraient dans un trémolo déchirant — *que vueeeeeeeeeeelveeeeeeeeeeeeeeee* —, un bras métallique soulevait le disque noir et le replaçait à la verticale dans sa rangée avec un cliquetis. Felipe passait un coup de torchon sur le zinc. Ce n'était pas fini pour autant.

— Notre glorieux passé... Continuons d'en parler, continuons de nous barbouiller la figure avec cette confiture nostalgique, nous aimons tellement ça... Pas vrai, les gars ? Rappelez-vous, quand nous revenions tout fiérots de nos homériques castagnes à la sortie de la Mutualité où nous nous étions écharpés avec des fachos de notre âge... Ah, le beau retour de croisade... On nous aurait dit alors que certains d'entre nous dîneraient vingt ans plus tard avec certains d'entre eux en toute connivence, au Rotary ou dans quelque ministère, tous en costume trois pièces... On nous aurait dit que nous deviendrions comme eux assureurs, conseillers en communication pour le Parti radical valoisien ou inspecteurs généraux de l'Éducation nationale... On nous aurait dit que tel tribun révolutionnaire, philosophe anticonformiste, maoïste furibond, ferait trente-cinq ans plus tard le bouffon sur les estrades d'un présidentiable ultralibéral... On nous aurait dit que beaucoup d'entre nous deviendraient renégats de profession ou pharmaciens à Yvetot... Hein? Dur à avaler... Pourtant, il suffisait de lire dans les lignes de nos mains blanches ce qui y était inscrit de toute éternité...

Salvador Martínez, un marathonien de la diatribe, athlète hors pair de l'invective, ne se souciait pas des yeux levés au ciel, des soupirs bruyants, des apostrophes exaspérées.

— Regardez-nous, mais regardez-nous donc, continuait-il sous les huées. Au réveil nous sommes impayables. Nous nous étions endormis dans les bras de Che Guevara : ah, comme on les aimait ses sanglantes berceuses, on ne s'en lassait pas — et pour cause, ce n'était pas notre sang. Comme nous nous trouvions beaux dans nos battle-dress repassés par maman, le béret crânement de traviole, prêts à faire exploser des trains et des commissariats, à faire sauter des têtes, aussi, mais pour la juste cause, pardon, cette idée splendide et fulminante qui éclairait chacun de nos gestes d'une lumière d'aurore, quels beaux rêves, quelle nuit mes enfants, quarante ans de ronflette, et puis voilà, on se réveille centristes. Ah, nous sommes vraiment marrants.

Quand Salvador s'énervait trop, Felipe posait sa grosse main sur son épaule, par-dessus le comptoir, et cela suffisait à le faire taire, pour un moment.

Paul avait appris à observer le monde à travers la lucarne du Net. Les nouvelles arrivaient par vagues dans son bureau, sans ordre ni raison, il ouvrait les vannes et elles se déposaient un peu partout. *Il ne faut penser qu'à l'ordre, et l'ordre c'est la conscience de tous,* avait dit Précis le Sec. La France à nouveau aspirait à l'ordre, mais l'ordre avait changé de visage. Il n'avait plus l'allure implacable et austère de jadis, il se parait des couleurs suaves du Disneyland publicitaire, arborait des sourires fondants, faisait chanter les mandolines de la compassion, tandis qu'à l'ombre des décors fourmillants de paillettes on installait des caméras de surveillance pour scruter les cuisines et les chambres à coucher, on fournissait à l'ogre carcéral des rations de jeunesse toujours plus saignantes, on se montrait intraitable avec les faméliques et généreux avec les gros lards. *Heu-*

reuse souffrance, disait le grand homme, *qui nous aura valu le salut.* Paul, par la lucarne virtuelle, écoutait monter de tous les coins d'Europe la sourde mélopée de l'assentiment. Un ministre grassouillet après tant d'autres annonçait aux Français qu'ils allaient devoir se serrer la ceinture, une République islamique s'installait à Kaboul, Poutine et Bouteflika entamaient de nouveaux mandats, les dirigeants démocrates regardaient ailleurs pendant que se déroulait le regrettable carnage de Beslan. Sourires éclatants sur les plateaux de télévision tandis que des incendies ravageaient des hôtels meublés où carbonisaient les familles africaines qui avaient eu le tort de s'y entasser, sourires rassurants tandis que les banlieues françaises prenaient feu par intermittence.

Sur les immenses étendues gelées du continent arctique, pour la première fois tombait la pluie. Paul écoutait ruisseler ces ondées lointaines, les craquements sinistres des glaciers, les hurlements d'un ours blanc sur un glaçon à la dérive, il regardait l'Europe se noyer sous le crachin de la vie homogène, il fouillait dans les poubelles virtuelles pour y trouver un début d'explication, mais rien, il n'y avait rien. Saddam pouvait mourir, Milošević pouvait mourir, Pinochet pouvait mourir, il n'y avait plus le moindre espace en lui pour accueillir un semblant de joie ou d'espoir. Il ne lui restait que Lena.

— Ta France ! bramait Salva. Ta France est devenue une province de l'Europe, elle-même négligeable province du monde. L'intelligence française, toujours aussi fanfaronne, s'est mise au service des petits caporaux. Les philosophes de cour ne consacrent plus leur temps à forger des concepts dans la pénombre de leur atelier, non, ils n'ont d'ailleurs jamais pris la peine d'écrire le moindre livre de philosophie : à quoi bon ? Ils préfèrent rédiger dans l'urgence des éditoriaux de trois cents pages, entre deux voyages dans des avions privés, trois conférences surpayées, dix émissions de télévision où l'on voit apparaître leurs belles figures de prophètes à temps plein, bouleversées par la prescience de tel ou tel désastre. Ils se paient de temps à autre le luxe de faire un peu de tourisme guerrier, passant un jour ou deux à proximité d'un champ de bataille, entourés de gardes du corps et vêtus de gilets pare-balles, leur statut d'intelligences nomades les dispensant du tout-venant des contraintes journalistiques, à commencer par l'exigence vulgaire de l'exactitude des faits rapportés.

Sur le sujet, M. Salvador Martínez était intarissable. Il aurait fallu un extincteur spécial pour le réduire au silence.

— Eux qui n'ont jamais fait et ne feront jamais la moindre guerre n'hésitent pas à prôner le déclenchement de conflits salutaires. Ils œuvrent dans l'Idée, ce qui n'est pas rien, et daignent le plus souvent possible faire bénéficier de leurs lumières les grands de ce monde, qui les reçoivent volontiers, sachant que le philosophe contemporain traîne toujours dans son sillage un essaim de caméras et de micros. Quoi de plus flatteur, pour la puissance, que de s'exhiber en compagnie de l'intelligence ?

En général, le ton allait crescendo, et Salva concluait ses diatribes en hurlant.

— Ils ont créé un ministère de l'Identité nationale ! Et le ministre va répétant mot pour mot, sans le savoir ou le sachant, les mots de Xavier Vallat, serviteur du Maréchal pour les questions juives : « J'applique la loi française, avec humanité mais avec fermeté. » Ne me dis pas que cela t'a échappé, hermano, tu connais tout du Grand Homme Seul, pas vrai ? Et les médias...

— Non, Salva. Pas les médias. Je t'en supplie. On prend un autre verre, c'est ma tournée.

Le verre supplémentaire n'aidait en rien à éteindre l'incendie. Salvador rappelait qu'en Italie, un maire ouvertement fasciste avait pris la ville de Rome, un autre était nommé ministre de la Défense, on vendait par milliers des bustes du Duce, ses portraits reproduits sur des tee-shirts, des chemises, des posters, des drapeaux, des autocollants, des cahiers décorés, des verres et des sous-verres, des plats, des plumes, des étiquettes de bouteilles de vin.

— Ça ne te dit rien ? Tu trouves que j'exagère ?

On est bien, murmurait Paul en caressant le visage de Lena. Il la regardait avec toujours la même surprise, malgré les rides, malgré la peau distendue, les cernes, les marques d'usure, malgré les traits de Samuel qui par instants se superposaient aux siens. L'harmonie restait la même, l'émotion et la gratitude restaient les mêmes, simplement plus paisibles.

Ils n'écoutaient plus la radio, ne lisaient pas les journaux. Elle se rendait chaque jour dans son dispensaire pour y accomplir des tâches peu réjouissantes. À midi, elle déjeunait avec Florence d'un plat réchauffé sur la plaque de cuisson. Elles buvaient du thé, discutaient, se taisaient. C'était le bon moment de la journée. Le reste : plaies et bosses, manque d'argent, casse-tête administratifs, peaux grises, avenirs sombres. Florence n'était pas femme à se laisser abattre. Chose à peine croyable : ancienne maoïste, elle se montrait, l'âge venant, douée d'une sorte d'humour. Elle était même, avec Paul, la seule personne à savoir faire rire Lena, souvent fermée comme un poing.

Paul lisait, Paul écrivait, Paul voyait disparaître dans les sables d'Irak le monde ancien dont il faisait partie. Il voyait son fils marcher dans le désert gris. Çà et là les bombes en tombant s'étaient enfoncées dans le sol et avaient laissé à la surface d'immenses disques vitrifiés, noirs et brillants, prêts à tourner pour que chante la musique du nouveau millénaire.

Le père de Paul mourut, la maison fut vendue, et le bassin, et les cannes à pêche, et le vieux camion bleu. Derrière lui, il ne restait plus rien.

Il remâchait les paroles du Grand Homme Seul. *Les moments durs passeront, mais le travail restera.* Pouvait-on appeler travail ces heures volées à la nuit sur la terrasse de l'Arc de Triomphe, ces nuits passées à écrire des pages que Samuel n'aurait pas aimées ? *Le travail est le moyen le plus noble et le plus digne d'être maîtres de notre sort.* Paul continuait d'écrire le roman de sa jeunesse perdue. Vivre, aimer, voilà le seul travail, pensait-il en détaillant les versements municipaux qui tombaient irrégulièrement, et chichement, sur son compte bancaire.

30.

— La meilleure, raconte Florence en soufflant sur le café brûlant, c'est qu'il m'a invitée.

Lena ouvrit de grands yeux. Invitée où ?

— Il m'invite à son mariage. Une grande fête. « Renaud et Valérie ont la joie de te convier, etc. » Un vrai faire-part en lettres design sur carton chic. Dessiné par Starck. Une *énorme* fête, figure-toi.

— Et tu vas y aller ? demande Lena.

Rémi V. avait fait du chemin. Embauché comme secrétaire par le grand avocat durant les dernières années de sa vie, il était devenu par la suite assistant d'un parlementaire d'extrême droite, puisque la rouerie de la gauche au pouvoir avait permis au Front national d'accéder au Palais-Bourbon. Il avait espéré gravir les échelons de la hiérarchie du Parti, pensant avoir pour cela des atouts indéniables : il était rigide et honnête, impeccable patriote, convenablement borné, prêt à servir ses chefs jusqu'au bout. Il n'avait pas fait long feu, bien sûr, dans le marigot nationaliste infesté de caïmans retors, de brutes dénaturées et d'arrivistes sans scrupule. Comme le Breton quinze ans plus tôt, il lui avait fallu revoir ses idéaux flambards à la lumière du réel. Il avait pris du champ, sans toutefois rendre sa carte, et investi ses économies dans une société de surveillance et de sécurité, petite équipe de fiers-à-bras qu'il menait à la baguette. Ses années politiques lui avaient du moins fourni un carnet d'adresses appréciable, dont il savait user. La société avait pris de l'importance, les fiers-à-bras tatoués s'étaient multipliés et avaient revêtu des costumes élégants, pour satisfaire une clientèle de plus en plus huppée.

Rémi V. s'était en effet spécialisé dans la protection d'événements mondains : mariages de haute futaie, baptêmes, célébrations diverses. Le monde ne manquait pas, Dieu merci, de gens désireux de dépenser des fortunes pour s'amuser sous haute protection.

Un jour, par hasard, il avait retrouvé Louis, jeune retraité de la gendarmerie, lors de la remise d'une décoration à une connaissance commune. Du temps de leur jeunesse, leurs rapports avaient été difficiles, en particulier lors du pénible épisode de la disparition de Qui Nous Savons. Louis se montrait taciturne et rétif, mais il avait le sens de l'ordre, vertu cardinale. S'ils s'étaient quittés en mauvais termes, ils se retrouvèrent sans déplaisir, et même avec un certain intérêt mutuel. Rémi cherchait à se distraire de la compagnie peu stimulante de ses molosses chauves en costume Armani ; Louis gardait la nostalgie d'une époque où tout était encore possible, où les jeux n'étaient pas faits. Il avait roulé sa bosse dans les territoires les plus reculés de la République, dans le Pacifique et surtout en Afrique. Ils allèrent boire un verre de chablis, et Rémi proposa d'emblée à Louis de venir travailler avec lui. Il cherchait quelqu'un, justement, et pouvait le prendre à l'essai. Louis s'intégra facilement. Comme il ne goûtait guère le travail en équipe, Rémi lui confia des tâches solitaires : repérage des lieux, négociations avec les clients. Jamais le fantôme du Grand Homme Seul ne vint troubler cette relation professionnelle. Louis imaginait parfois la tête que ferait son nouvel employeur s'il apprenait la vérité, lui qui pendant des années avait eu le sommeil gâché par ce lamentable échec.

Durant toutes ces années il ne s'était pas passé un jour sans que Louis ne pense à Lena. Ce n'était pas une pensée douloureuse et pleine de regret ; l'icône Lena luisait en permanence dans la pénombre de son esprit afin de rappeler que la vie peut être bonne. Il avait vécu avec plusieurs femmes, brièvement chaque fois. Aucune n'avait souhaité le suivre dans ses mutations exotiques. La dernière, Adeline, tenait une parfumerie à Melun, et s'était habituée à ne voir Louis que lors de ses retours en métropole. Elle n'avait pas supporté de se retrouver avec un mari à demeure ; lui-même ne se voyait pas en homme au foyer ; ils étaient convenus d'en rester là.

Rémi comprit rapidement que Louis était capable de prendre des responsabilités, et un an plus tard il le chargeait de l'assister dans la coordination des équipes et la réalisation des gros contrats. C'est ainsi qu'ils virent débarquer dans les bureaux de la société, rue Réaumur, un sénateur sexagénaire en instance de mariage. Renaud Sermon avait décidé d'épouser en grande pompe sa compagne Valérie Carminati, cadre du Parti socialiste, de vingt ans sa cadette. Il était fortement question de mettre les petits plats dans les grands. Une fiesta, mon vieux, dont on allait se souvenir. Seraient invités les anciens amis de gauche, les nouveaux amis de droite, les centristes intermittents, les journaleux et les téléviseurs, les publicitaires et les communicants, des acteurs, des présentateurs, quelques chefs d'entreprise — mais alors des grosses —, quelques marxistes, même, si on pouvait en dégoter deux ou trois pour mettre une touche de rouge dans tout ce pastel. J'ai même invité ma femme, précisa Renaud qui lui aussi, chose à peine croyable, bien qu'ancien gauchiste, avait des quintes d'humour. Seuls le malheur ou la réussite peuvent produire un tel effet sur les sinistres congénitaux.

Louis sortit posément un dossier vierge d'un tiroir et commença à le remplir en posant les questions habituelles. Il savait parfaitement qui était Renaud, mais celui-ci n'avait pas reconnu dans son interlocuteur le jeune homme blond et costaud qui avait fréquenté jadis le 34, ce lieu auréolé d'un halo de légende, dont l'ancien maoïste aimait évoquer le souvenir devant des auditoires variés, avec le sourire indulgent, légèrement crispé de dédain, qu'arborait Rocard lorsqu'il lui arrivait de citer « le petit PSU ». Nombre d'invités ? Un millier d'invitations seraient lancées. Un millier, mazette, nota Louis en silence. Il serait resté chef de groupuscule, la fête aurait coûté moins cher. D'un autre côté, Valérie, fille d'un riche patron de presse, n'aurait certes pas accordé sa main à un prédicateur sans le sou, tandis qu'un sénateur socialiste, ma foi. Le passé d'agité du bocal ajoutait une touche de folklore lyrique parfaitement acceptable par papa.

— L'emplacement de la fête est déjà réservé ?

Ah, l'emplacement. Renaud avait eu une idée de génie. Les amateurs de symboles sauraient apprécier le choix du Cirque d'Hiver, haut lieu de l'histoire de la gauche française, où s'étaient déroulés de célèbres meetings socialistes au cours du XXe siècle, des célébrations de victoires : un temple festif de l'esprit rebelle et du peuple ouvrier. Lieu de grands spectacles aussi, cirque, chansons, sans parler de la *Piste aux étoiles*, programme de cirque hebdomadaire qui avait enchanté le pays aux débuts de la télévision, seule émission du soir que les enfants fussent autorisés à regarder. Un des derniers rassemblements de la dernière campagne présidentielle s'y était tenu, peu de temps avant l'exquise défaite de la candidate de gauche, fausse catastrophe qui dégageait pour les vieux cadors du Parti, injustement écartés par les militants lors de l'investiture, l'horizon de la prochaine élection présidentielle. En attendant, on avait bien le temps de festoyer. Un quinquennat de tractations, de billard à cinq bandes, de sourires fielleux et de baisers qui tuent. Enfin, touche sentimentale particulièrement délicate, c'est précisément dans l'enceinte de ce bâtiment que Renaud avait rencontré Valérie, lors d'un meeting électoral de François Mitterrand : n'était-ce pas charmant ?

Certes, la location avait coûté bonbon, mais un symbole est un symbole, et on ne se marie pas tous les jours. Renaud eut l'attention charmante d'inviter Florence. Viens avec qui tu veux, était-il précisé à la main sur le carton d'invitation. Elle n'en crut pas ses yeux, mais se le tint pour dit et invita Lena. Après réflexion, elles décidèrent qu'elles se feraient accompagner par Paul et Salvador, pour faire baisser un peu le taux de parvenus au mètre carré.

Ainsi fut fait. Le boulevard des Filles-du-Calvaire était encombré de limousines de gauche et de taxis qui déversaient sur le trottoir leur cargaison de robes griffées, de costumes audacieusement coupés, d'escarpins mutins. Rue Amelot, à l'entrée du cirque, une troupe de clowns accueillait les invités en fanfare. Le cortège de la noce, en provenance de l'Hôtel de Ville où le maire socialiste avait consacré leur union, ajouta à l'encombrement de la voirie. La journée d'automne avait été délicieuse et ensoleillée. Salvador Martínez avec son blouson en faux cuir et ses airs de vrai dur voulut bien jouer le rôle du prolétaire, on en manquait. Pour le reste, tout n'était que luxe, calme et légitime satisfaction. Les badauds se massaient sur les trottoirs pour regarder défiler, du pas tranquille que donne la certitude d'une communauté de codes, les vedettes du show-biz, les secrétaires d'État, les hommes d'action et les hommes d'actions, la Banque marchant de conserve avec le Progrès, tous s'engouffrant en souriant dans la haie formée par le populo à l'œil humide massé devant le bâtiment.

Si au moins ces gens avaient des gueules de salauds, songeait Paul, mais non, mais non, tout est foutu, mon vieux Salva, tout est décidément foutu.

À l'intérieur, dans l'enceinte de l'illustre piste, on servait des cocktails colorés. On avait le choix entre le rose, très fin, et le rouge, corsé. La mariée portait un bustier écarlate signé Azzedine Alaïa, le marié une cravate de même couleur. Trois violons tziganes circulaient dans la foule, accrochant leurs notes aux cintres. Un cinéaste engagé, caméra sur l'épaule, se chargeait de fixer pour la postérité ces moments de joie fraternelle. On se connaissait, on se reconnaissait, on s'aimait, on était ensemble. L'ancien guérillero fraternisait avec le député libéral, l'amitié transcendait les clivages, et l'on aurait pu croire réalisé le rêve de l'humoriste appelant de ses vœux le jour où enfin les riches et les pauvres se donneront la main, si seulement il y avait eu un seul pauvre disposé à passer la soirée avec tous ces riches de bonne volonté.

Salvador s'était planté devant le buffet et descendait alternativement comme au tir aux pipes un verre de cocktail rose, un verre de cocktail rouge, un verre de cocktail rose, sans que son visage trahît pour autant une quelconque satisfaction : tout cela lui paraissait d'une fadeur navrante. Il rejoignit Paul et les filles, installés à une table de dix, en bordure de piste. Des convives remplirent bientôt les places vides. Régulièrement, un grand murmure agitait la foule, les têtes se tournaient vers l'entrée de la piste où, accompagnés par les violons tziganes branchés sur amplis, et épinglés dans une poursuite qui les enfarinait de lumière blanche, des couples célèbres faisaient leur apparition : chanteurs, actrices, banquiers, politiciens, traîneurs de berges interlopes, psychanalystes à la coule, ministres à la godille, humanitaires reconvertis dans le *storytelling*, brasseurs d'opinions, avocats de renom, escrocs aux dents blanches dont les mains levées pour saluer les amis faisaient gicler dans l'air les éclats scintillants de leurs montres ou de leurs bagues à 15 000 euros, comme la boule du Balajo.

Florence écarquillait les yeux. Elle reconnaissait d'anciennes figures, des camarades perdus de vue dont elle avait de temps à autre des nouvelles par les journaux. Ils avaient changé. Elle aussi, sans doute, mais ce n'était pas une question de rides, de bedaines, de poches sous les yeux, ce n'était pas la rondeur des gestes ou la lassitude qui marquait les mouvements de tête, ce n'était pas non plus le prix de leurs vêtements — qui leur seyaient plutôt mieux que l'uniforme de jadis, jeans râpés et chemises de bûcherons. Non, autre chose d'indéfinissable se lisait sur leurs traits, un mélange de sentiments contradictoires : fierté d'être arrivés, déception pourtant de n'être pas allés encore plus haut, sourde désillusion de n'avoir rencontré l'Histoire que dans un insignifiant bout d'essai, eux qui avaient rêvé d'inscrire leurs noms au générique d'une révolution en cinémascope, tout cela mêlé à l'excitation du frottement clanique, de l'entre-soi, du pouvoir et de la notoriété partagés. Beaucoup étaient venus avec leurs enfants, beaux jeunes gens entre quinze et trente-cinq ans, et il était réconfortant de constater l'obstination de la nature à faire que les fils ressemblent à ce point à leurs pères, les filles à leurs mères et le monde tel qu'il est au monde tel qu'il sera.

Dans les coursives, Rémi V., équipé d'une oreillette et d'un micro, restait en communication avec les membres de son équipe disséminés dans la foule ou postés à l'entrée. Tout se passait pour le mieux, beau linge et bonnes manières, aucune rixe n'était à craindre. La preuve : trois mois après sa déconfiture électorale, l'élite de la gauche gardait le sourire et réservait le meilleur accueil non seulement à ses ennemis supposés, grands patrons, édiles réactionnaires ou éditorialistes libéraux, mais aux bons amis qui n'avaient pas hésité un instant à courir à la soupe lorsque le nouveau président avait tapé la gamelle sur le perron de l'Élysée, voire avaient devancé l'appel. Ceux-là n'avaient après tout trahi que des idées, c'est-à-dire rien. « Il en avait tellement envie », expliquait l'entourage d'un membre éminent de la direction du Parti, qui avait accepté sans barguigner un ministère dans le nouveau gouvernement ; et l'explication était censée suffire. Les braves gens, invités au nom d'anciennes ou de nouvelles camaraderies, s'administraient des tapes sur l'épaule et trinquaient sans façon. Comme l'écrivait le Maréchal : *L'esprit de revendication retarde les progrès que l'esprit de collaboration réalise.*

Les vigiles de l'entrée ne signalaient rien de particulier. De temps à autre, Rémi murmurait un ordre au micro, qui se répercutait dans les oreillettes du personnel. Louis, appuyé contre une colonne dans une galerie en surplomb, surveillait lui aussi attentivement l'assemblée à l'aide de jumelles de poche.

Les mariés, qui pendant une heure s'étaient attardés dans le vestibule pour accueillir les retardataires, firent enfin leur entrée sous les hourras. Tous les projecteurs furent coupés, à l'exception de la poursuite qui les cueillit à l'entrée de la piste. Une musique enregistrée déferla, somptueuse, et les connaisseurs reconnurent *L'appel du Komintern*, quelque peu transformé il est vrai par la fantaisie d'un orchestre cubain. Le couple vint s'installer à la table d'honneur, au centre de la piste. Après quelques roulements de tambour, quelques toasts portés à l'amitié et à l'amour qui sont les plus nobles des causes, on passa aux discours. Peu nombreux, fort heureusement, et confiés à des professionnels qui les expédièrent avec le brio adéquat. Il y eut ensuite un film souvenir, accompagné d'un commentaire en voix off, affectueusement torché par un célèbre écrivain ami de la famille. Il y était question de trajectoire, de jeunesse, du temps qui passe mais dans le fond ne passe pas, de ces combats obstinés qui pour être moins visibles aujourd'hui n'en sont pas moins valeureux, de ce caïque turc sur lequel le couple avait l'habitude de prendre un repos estival mérité, embarcation subtilement comparée au *Paloma*, ce yacht frimeur et laid que le nouveau Président avait choisi pour passer quelques jours en famille après sa victoire : toute la différence. Quelques larmes coulèrent. Le meilleur de la France était là, chacun le savait, et personne n'eut le mauvais goût d'évoquer l'autre France, insatisfaite, mal éduquée, qui grognait dans son sommeil malade dans les banlieues et les bas quartiers, loin de ce havre circulaire d'intelligence et de bonheur.

Pendant le film, Louis continua de scruter l'assemblée. Les lentilles mercurisées de ses jumelles, adaptées à la vision semi-nocturne, rougeoyaient comme des braises. Il passa sur Lena, qui se présentait de dos. Les jumelles poursuivirent leur course lente. Paul et Salva se trouvèrent un instant dans l'axe. Il fallut quelques secondes pour que l'information se fraye un chemin jusqu'à son cerveau. La course des jumelles alors s'arrêta et reprit lentement en arrière pour se pointer de nouveau sur la table 27. Louis resta figé un long moment. Enfin il mit les jumelles dans sa poche, se déplaça le long de la coursive pour rejoindre l'escalier, après avoir annoncé à Rémi qu'il descendait sur la piste pour une simple vérification.

— Ça vous apprendra à voter à gauche, disait Salva, hilare, en tapotant les nuques de Lena et de Paul.

Florence se leva, annonça qu'elle partait. Les trois autres l'imitèrent, à la surprise des convives installés à leur table.

Ils vont rater les viandes, les desserts, les rumbas, ne verront pas l'ex-candidate socialiste tenter une danse du ventre sous l'œil attendri de quelques adhérents du Medef, ni tel ministre de droite, par ailleurs ancien mao, entreprendre un sirtaki endiablé en tenant par l'épaule le directeur d'une chaîne de télévision commerciale, ni le maire de Bordeaux se lancer dans un slam décoiffant, ils n'assisteront pas à l'aimable déchaînement festif qui connaîtra son comble vers une heure du matin, moment des confidences émues, des retrouvailles sincères, des plans sur la comète, des promesses solennelles et légèrement titubantes, avant que la nuit ne soit livrée à la jeune garde qui prendra en main les manettes de la sono et transformera le cirque en temple de l'électro.

Salva embarqua discrètement deux bouteilles de clos-vougeot qu'il dissimula sous son blouson, et le groupe se fraya un chemin vers la sortie. Quand Florence salua Renaud de loin, le marié ne la reconnut pas car il ne portait pas ses lunettes. Elle fit signe aux trois autres qu'elle ne souhaitait pas s'attarder et gagna en toute hâte le trottoir et l'air libre. Au moment où ils passaient devant le vestiaire, Louis surgit sur le côté droit, se heurtant presque à Lena qui le reconnut instantanément, malgré la cendre dans les cheveux, les traits épaissis, les rides profondes. Elle eut un air surpris, amusé, content, affreusement lointain.

— Salut, Louis...

Sa voix était restée la même, assez grave, une eau sombre courante dans laquelle on croyait entendre le raclement des galets emportés. Il avait l'estomac retourné mais n'en laissa rien paraître : Salut, Lena. Elle montra du doigt avec une petite moue ironique l'oreillette dotée d'un micro gros comme une allumette, et reliée par un fil torsadé discret à un émetteur glissé dans une poche intérieure du veston. Louis, immobile et transi, la laissa passer. Il se réveilla pour retenir Paul par le bras. Celui-ci n'avait pas remarqué le bref échange avec Lena. Il fut plus long à retrouver sous ce visage quinquagénaire celui du jeune homme qu'il avait connu. Louis l'entraîna à l'écart, tandis que Salvador rejoignait Lena à l'extérieur.

— La promesse tient toujours ?

Les promesses ne tiennent pas plus que le reste, se dit Paul. Il avait partagé avec ce type un serment, en effet, que malheureusement le destin ne lui avait pas permis d'honorer. Comment aurait-il pu prévenir Louis du changement de domicile du Grand Homme Seul ? Il avait fallu faire vite, et Paul à l'époque ignorait ce que Louis était devenu — de toute façon il se trouvait en service du côté de Nouméa ou de Bamako. Il ne répondit pas. Louis avait un regard pressant. Le souvenir de l'épisode du Larzac était souvent revenu le tourmenter. Il avait besoin de s'assurer que leur secret était toujours scellé à l'abri d'une pierre tombale dans un caveau du cimetière de Sainte-Eulalie.

— Tu te souviens de moi ? De ce qu'on a fait ensemble ? Réponds. Je n'ai pas beaucoup de temps, je travaille. Le cercueil est toujours là-bas ?

— Eh. Oh. Tu pourrais me demander si je vais bien, éluda Paul.

Il dégagea son bras de la prise de Louis.

— Il s'est passé des choses. Je ne savais pas où tu étais. J'ai dû le changer de place.

Le regard de Louis se fit plus dur. Il voulait savoir. Où. Dis-moi où. Tu n'avais pas le droit, tu avais juré. Paul hésita un moment, puis il posa la main sur l'épaule de Louis, approcha ses lèvres de son oreille dont il écarta précautionneusement l'oreillette, et lui glissa : « Ce n'est pas une plaisanterie, écoute bien. Je l'ai rangé près du soldat inconnu. » Il s'éloigna un peu, les yeux dans les yeux de son interlocuteur, hochant la tête pour confirmer ce qu'il venait de dire, et lâcha l'oreillette qui s'agita quelques secondes en pendouillant au bout de son fil torsadé.

Louis regarda l'appareil avec horreur : il n'avait pas coupé le micro. Les rebonds de l'oreillette contre sa poitrine se répercutaient au même instant douloureusement sur le tympan de Rémi, là-haut, dans la galerie qui surplombait la joyeuse assemblée. Il fit un bond en contenant un juron. Mais peu importait : il avait suivi la conversation comme s'il y était. Le mot « cercueil » lui avait fait l'effet d'une décharge électrique. Il avait immédiatement établi le lien avec l'ancienne affaire, à laquelle Louis avait été mêlé. Incroyable. La chance le remettait sur une piste évanouie bien des années plus tôt à son grand désespoir. Rien n'était donc jamais perdu. Justice allait être rendue.

Instantanément, Louis évalua le danger. Il poussa Paul vers la sortie.

— Déménage-le. Vite. Dans une heure tu les as sur le dos.

Paul se retrouva sur le trottoir de la rue Amelot, où l'attendaient tranquillement Lena et Salva — qui dégustait par anticipation les bouteilles maintenues appuyées des deux côtés de son ventre, sous le blouson de faux cuir.

Un taxi les emporta à Montreuil, chez un copain qui traficotait dans le jardinage, et dont le hangar abritait une Toyota pourvue d'une remorque. En chemin, il fallut mettre dans la confidence Lena, qui voulait comprendre la hâte soudaine de ses deux compagnons. Un des secrets les mieux tenus de France connut ainsi une nouvelle entorse. Paul dut lui parler en collant sa bouche à son oreille, pour éviter que le chauffeur ne profite de l'information. Non, disait Lena. Je n'y crois pas, répétait-elle. Non. Pas toi. Oh non. Je n'y crois pas. Tu as fait ça, toi. Et elle secouait cette tête que Paul, en presque trente-cinq ans, n'avait pas un instant cessé de trouver belle. Lorsqu'il raconta le dernier épisode, la participation de Samuel au transfert du cercueil à l'Arc de Triomphe, lorsqu'il nomma leur fils, ce qu'il ne faisait jamais d'ordinaire, elle éclata de rire, et il n'y eut plus moyen de l'arrêter.

Sitôt Paul disparu, Louis remonta en vitesse à l'étage à la recherche de Rémi. Il le trouva en train de composer un numéro sur son portable. Il fallait gagner du temps. Il lui arracha l'appareil des mains et le mit dans sa poche, poussa Rémi dans un couloir, le plaqua contre le mur, voulut donner une explication, y renonça, donna à la place un coup de tête entre les deux yeux qui endormit l'autre pour un moment. Il traîna le corps dans une penderie qu'il ferma à clé, puis il quitta les lieux. La fête se déroulait sans anicroche. Il sortit du Cirque, salua les vigiles. La nuit était douce. Il se sentit libre, comme si soudain un lien en lui s'était défait. Il eut envie de boire un demi. Il traversa le boulevard, descendit sans hâte la rue Vieille-du-Temple, mains dans les poches, et c'est ainsi qu'il disparaît de cette histoire.

Rémi V. mit un certain temps à retrouver ses esprits. Il n'eut pas de difficulté à défoncer la serrure de la porte de la penderie. Il réglerait plus tard ses comptes avec Louis. D'abord trouver un téléphone au plus vite. L'occasion était trop belle. S'il avait cessé d'y espérer des postes à responsabilités, Rémi V. restait adhérent du Front. La récupération de la vénérable dépouille n'allait pas seulement lui offrir une revanche d'ordre personnel, mais la possibilité d'opérer un retour en puissance dans l'appareil, en proposant une action médiatique d'envergure nationale. Le nouveau Président, au cours de sa campagne, avait honteusement pompé les voix, les énergies, les idées et le programme de la droite patriote pour les intégrer à sa force de frappe. On allait pouvoir montrer à quel point le laxisme et l'irrespect régnaient dans ce pays, malgré les rodomontades du petit coq élyséen. Rémi connaissait au Parti deux ou trois jeunes gens sur lesquels il exerçait un certain ascendant.

Ou croyait exercer. L'un d'entre eux, en effet, était un élément des Renseignements généraux infiltré dans le Parti. Dès qu'il eut reçu l'appel de Rémi, il s'empressa de prévenir son chef, qui mit en marche la machine policière. L'agent sortit néanmoins de chez lui pour rejoindre Rémi à l'endroit convenu, en haut des Champs-Élysées.

Germain dormait à poings fermés devant le poste de télévision où passait en boucle le dernier discours du Président. Il fut réveillé en sursaut par le téléphone portable qui vibrait contre sa poitrine, et l'écrasa violemment du plat de la main avec un cri, croyant à une attaque de gros insecte.

Une voix lui apprit la nouvelle, en direct du Quai des Orfèvres. C'était un officier proche de la retraite, qui avait servi sous les ordres de Germain, et savait que l'information pourrait l'intéresser.

Le vieux corps de Germain fut saisi d'une fièvre brutale. Debout les morts ! Il s'habilla à toute vitesse, donna un coup de fil au Breton, descendit au garage et démarra en trombe sans attacher sa ceinture.

Le Breton l'attendait sur le trottoir, en bas de chez lui.

Paul connaissait le collègue de garde à l'Arc de Triomphe ce soir-là. Il ouvrit avec son passe la porte blindée, gravit les marches qui desservaient le bureau. L'autre était là, comme il s'y attendait, les yeux rivés sur l'écran de son ordinateur dont s'échappaient des bruits terrifiants. Ce garçon passait ses nuits de garde à mener en ligne des combats éprouvants contre des monstres et des androïdes, et il sortait de l'Arc au petit matin en flageolant, le crâne encore empli des craquements suivis de gargouillis qu'émettent les araignées géantes de l'autre monde lorsqu'elles engloutissent leurs adversaires. Rien à craindre de ce guerrier de l'outre-espace, qui n'avait pas de temps à perdre en misérables joutes terrestres. Paul redescendit, ouvrit la crypte, fit signe à Lena et à Salvador postés à l'extérieur. Lena riait encore. Ils tirèrent le cercueil jusqu'à l'entrée, Salva alla chercher la Toyota garée au bord de la place de l'Étoile, on chargea la remorque et l'on démarra sur les chapeaux de roue, en direction de n'importe où. Deux minutes plus tard, Germain et le Breton tambourinaient à la porte. Déjà une autre voiture arrivait, d'où jaillirent Rémi V. et trois jeunes types pas très avenants. Ils n'eurent pas le temps de faire connaissance : dans un vacarme de sirènes, la place fut à ce moment envahie par des véhicules qui les embrochèrent aux faisceaux de leurs phares, dans un gâchis de lumières bleues tournoyantes. À quelques mètres de là, la flamme continuait de palpiter paisiblement. Le Breton croisa les bras, baissa la tête en signe de soumission au destin. Dans sa vie, il serait toujours trop tard. Personne ne saurait ce qu'il avait été, pas même son fils, qui de toute façon s'en moquait. Il fallait aussi un certain héroïsme pour affronter cela.

Salvador pilotait la Toyota comme un traîneau tiré par un équipage de chiens, produisant de grands mouvements d'épaules pour faire claquer un fouet imaginaire, émettant force petits cris et claquements de langue. Serrés sur le siège à côté, Lena et Paul voyaient défiler en tressautant de part et d'autre les lampadaires de l'avenue de la Grande-Armée. Derrière, le chargement bondissait dangereusement à chaque cahot. On n'avait pas eu le temps de le sangler. Salva prit le périphérique vers l'ouest.

Personne ne les poursuivait. La police avait pénétré dans l'Arc, interrogé le combattant sidéral sidéré, fouillé la crypte : tout paraissait normal. Un peu plus tard, Germain fut averti par une source sûre qu'une Toyota vert bouteille tirant une remorque au contenu indistinct avait été repérée en excès de vitesse sur une route au bord de la Seine. Malheureusement, la voiture de gendarmerie, garée au bord de la nationale où elle effectuait des contrôles, s'était révélée incapable de démarrer lorsqu'il s'était agi de prendre en chasse le véhicule suspect, lequel avait refusé d'obtempérer lorsqu'un agent lui avait fait signe de se garer.

Dommage. L'arrestation eût évité l'accident qui survint un peu plus tard dans des circonstances non éclaircies, au moment du franchissement d'un pont sur la Seine. Le véhicule de marque japonaise fut retrouvé au petit matin encastré dans le garde-corps. La carriole s'était détachée sous le choc. Elle était vide. Le chargement avait pu être projeté dans le fleuve. L'habitacle était également vide, signe encourageant. La police, prévenue, commença ses recherches dans les bois avoisinants, où le conducteur et ses éventuels passagers, vraisemblablement en état de choc, avaient pu se perdre.

Il a mal au bras, comme si on avait placé son biceps dans un étau et serré à fond. Mal à la poitrine, aussi, peut-être une côte cassée : un poinçon, une lame qui fouille, chaque pas déclenche une douleur aiguë. Il marche depuis longtemps, des heures peut-être, comment savoir, on dirait que le temps s'est ramolli et s'étire sans fin, hors de toute durée.

À un moment, il y a eu ce grand bruit de tôles, quelque chose de rapide et brutal.

Tout autour, c'est la nuit, et le brouillard ensevelit chaque forme dans une clarté vague — est-ce la lune là-bas ou un réverbère ? Impossible de le deviner.

Impossible aussi de voir le cercueil qui flotte paisiblement au milieu de la Seine, heurtant de-ci de-là des obstacles errants, filant vers Paris où il restera une partie de la nuit bloqué entre deux péniches à hauteur de la Conciergerie, en attendant de poursuivre sa route ou de couler au fond.

Paul ne sait pas où il se trouve, ville ou campagne, il avance, à peine voit-il ses pieds. Lena n'est pas avec lui, ni Salva. Il s'est passé quelque chose, mais quoi ? Quelque chose a crié, quelque chose s'est séparé de lui, il avance sans savoir vers quoi ni vers qui, le sol est spongieux, il a mal. C'est un monde sans odeurs, sans couleurs, frais comme un suaire.

Il marche longtemps. La douleur se fond dans le brouillard, la douleur liquide se répand dans tout son corps. Là-bas, loin devant, on dirait que le soleil se lève, mais ce n'est qu'une illusion, un lampion qui se balance, comme le vague espoir que tout cela aura une issue. Il y a eu ce grand bruit de ferraille, puis rien, la marche dans le brouillard, et le temps ramolli. Il a perdu ses repères, il a perdu Lena et Salva, il avance vers cette lumière qui se précise, tremblante et pâle.

Peu à peu les lettres lumineuses de l'enseigne se détachent : CAMINITO. Le nom lui dit quelque chose. Une musique lui revient, un vieux tango, un air connu, les voix des amis. *Tengo miedo del encuentro con el pasado que vuelve.* J'ai peur de la rencontre avec le passé qui revient : le petit chemin des années perdues, envahi d'herbes et de poussière, enfoui sous les ronces, où était-ce déjà, vers quoi menait-il, ce *caminito,* il y avait des chants, on riait, je crois me souvenir qu'on s'aimait, que s'est-il passé ?

Le bar apparaît suspendu dans la brume comme un décor peint. À travers les vitres on distingue des ombres, un homme derrière le comptoir qui remplit un verre à bière, un client qui regarde la salle, juché sur un tabouret, quelques personnes attablées dans la demi-pénombre.

Paul pousse la porte transparente, et voilà. Il comprend qu'il est arrivé.

Il les reconnaît. Trente-cinq ans ont passé, mais il les reconnaît. Florence est là, attablée avec Barbara et Delphine. Et là, Emmanuel, Renaud, Jérôme. Beaucoup d'autres encore, qui jouent aux cartes, discutent, fument en silence, dont Paul distingue les figures familières sans bien les identifier.

Et Salvador, qui contemple la salle depuis son tabouret.

Et Lena. Évidemment, Lena. Seule dans un coin. On dirait qu'elle pleure, mais non : c'est un rire qui la secoue, un rire de fontaine, inextinguible, souverain, ce rire qui dure depuis vingt et trente ans, ce rire qui fait resplendir ses yeux et ses dents, qui fait couler des larmes joyeuses, ce rire qui a donné à sa vie ses couleurs et sa musique, ce rire qu'il avait oublié.

Sa mémoire laisse soudain les souvenirs s'échapper en cascade dans un bruit d'enfer. Il revoit le camion bleu, sent l'odeur du corps de Lena dans la chaleur d'un été, le Causse envahi par la foule, les cris, les chants, les rues de Paris vernies de pluie, la guérite solitaire du PN 284, les couloirs de la faculté, le ventre de Lena enceinte, l'appartement de Salva, la tête de Claire appuyée contre un tronc d'arbre dans une forêt du Périgord, le galop d'un pottock, l'odeur de fleurs qui plane dans le caveau de Jean Jaume, la main de Samuel serrant la sienne dans une chambre d'hôpital, le banc du 34 où tout a commencé, voilà, le passé revient, Paul n'a plus peur.

Il s'approche de la table où l'attend Lena. Elle rit encore.

Juin 2007-décembre 2008

DU MÊME AUTEUR

Aux Éditions Gallimard

LES EMMURÉS, *roman*, 1981. Prix Fénéon.

LOIN D'ASWERDA, *roman*, 1982. Prix Littéraire de la Vocation.

LA MAISON DES ABSENCES, *roman*, 1984.

DONNAFUGATA, *roman*, 1987. Prix Valery-Larbaud.

CONCILIABULE AVEC LA REINE, *roman*, 1989.

EN DOUCEUR, *roman*, 1991. Prix François-Mauriac («Folio», *n° 2529*).

LE ROUGE ET LE BLANC, *nouvelles*, 1994. Grand Prix de la nouvelle de l'Académie française («Folio», *n° 2847*).

DEMAIN LA VEILLE, *roman*, 1995 («Folio», *n° 2973*).

PORT-PARADIS, *roman*, en collaboration avec Philippe Chauvet, 1997.

DON JUAN. Adaptation du scénario de Jacques Weber, 1998 («Folio», *n° 3101*).

PREMIÈRE LIGNE, *roman*, 1999. Prix Goncourt des Lycéens («Folio», *n° 3487*).

LE VOYAGE AU LUXEMBOURG, *théâtre*, 1999.

LE POUVOIR DES FLEURS, *roman*, 2002 («Folio», *n° 3855*).

TRAINS DE VIES, *nouvelles*, 2003 («Folio», *n° 4156*).

MATINS BLEUS, *roman*, 2004 («Folio», *n° 4344*).

PETIT ÉLOGE DU TEMPS PRÉSENT, *essai*, 2007 («Folio 2 €», *n° 4484*).

NOUS VOILÀ, *roman*, 2009 («Folio», *n° 5149*).

LA MARTRE ET LE LÉOPARD : CARNETS D'UN VOYAGE EN CROATIE, *récit*, 2010 (coll. Le sentiment géographique).

Aux Éditions Christian Pirot

RABELAIS, *essai*, 1992.

GENS D'À CÔTÉ. Sur des photos de Jean Bourgeois, 1992.

Aux Éditions du Cygne

RICHARD TEXIER, MON COUSIN DE LASCAUX. Sur des peintures de Richard Texier, 1993.

Aux Éditions Champ Vallon

ÉCRIVERONS ET LISERONS. Dialogue en vingt lettres avec Jean Lahougue, 1998.

Aux Éditions Le Temps qu'il fait

LES DIEUX DE LA NUIT. Sur des peintures et objets de Richard Texier, 1998.

RICHARD TEXIER, 2007.

Aux Éditions National Geographic

LA LOIRE, MILLE KILOMÈTRES DE BONHEUR, 2004.

Aux Éditions Somogy

JEAN-CHRISTOPHE MAILLOT : D'UNE RIVE À L'AUTRE, 2009.

COLLECTION FOLIO

Dernières parutions

5005. Pierre Jourde	*Le Tibet sans peine*
5006. Javier Marías	*Demain dans la bataille pense à moi*
5007. Ian McEwan	*Sur la plage de Chesil*
5008. Gisèle Pineau	*Morne Câpresse*
5009. Charles Dickens	*David Copperfield*
5010. Anonyme	*Le Petit-Fils d'Hercule*
5011. Marcel Aymé	*La bonne peinture*
5012. Mikhaïl Boulgakov	*J'ai tué*
5013. Arthur Conan Doyle	*L'interprète grec et autres aventures de Sherlock Holmes*
5014. Frank Conroy	*Le cas mystérieux de R.*
5015. Arthur Conan Doyle	*Une affaire d'identité et autres aventures de Sherlock Holmes*
5016. Cesare Pavese	*Histoire secrète*
5017. Graham Swift	*Le sérail*
5018. Rabindranath Tagore	*Aux bords du Gange*
5019. Émile Zola	*Pour une nuit d'amour*
5020. Pierric Bailly	*Polichinelle*
5022. Alma Brami	*Sans elle*
5023. Catherine Cusset	*Un brillant avenir*
5024. Didier Daeninckx	*Les figurants. Cités perdues*
5025. Alicia Drake	*Beautiful People. Saint Laurent, Lagerfeld : splendeurs et misères de la mode*
5026. Sylvie Germain	*Les Personnages*
5027. Denis Podalydès	*Voix off*
5028. Manuel Rivas	*L'Éclat dans l'Abîme*
5029. Salman Rushdie	*Les enfants de minuit*
5030. Salman Rushdie	*L'Enchanteresse de Florence*
5031. Bernhard Schlink	*Le week-end*
5032. Collectif	*Écrivains fin-de-siècle*
5033. Dermot Bolger	*Toute la famille sur la jetée du Paradis*
5034. Nina Bouraoui	*Appelez-moi par mon prénom*

5035. Yasmine Char — *La main de Dieu*
5036. Jean-Baptiste Del Amo — *Une éducation libertine*
5037. Benoît Duteurtre — *Les pieds dans l'eau*
5038. Paula Fox — *Parure d'emprunt*
5039. Kazuo Ishiguro — *L'inconsolé*
5040. Kazuo Ishiguro — *Les vestiges du jour*
5041. Alain Jaubert — *Une nuit à Pompéi*
5042. Marie Nimier — *Les inséparables*
5043. Atiq Rahimi — *Syngué sabour. Pierre de patience*
5044. Atiq Rahimi — *Terre et cendres*
5045. Lewis Carroll — *La chasse au Snark*
5046. Joseph Conrad — *La Ligne d'ombre*
5047. Martin Amis — *La flèche du temps*
5048. Stéphane Audeguy — *Nous autres*
5049. Roberto Bolaño — *Les détectives sauvages*
5050. Jonathan Coe — *La pluie, avant qu'elle tombe*
5051. Gérard de Cortanze — *Les vice-rois*
5052. Maylis de Kerangal — *Corniche Kennedy*
5053. J.M.G. Le Clézio — *Ritournelle de la faim*
5054. Dominique Mainard — *Pour Vous*
5055. Morten Ramsland — *Tête de chien*
5056. Jean Rouaud — *La femme promise*
5057. Philippe Le Guillou — *Stèles à de Gaulle* suivi de *Je regarde passer les chimères*
5058. Sempé-Goscinny — *Les bêtises du Petit Nicolas. Histoires inédites - 1*
5059. Érasme — *Éloge de la Folie*
5060. Anonyme — *L'œil du serpent. Contes folkloriques japonais*
5061. Federico García Lorca — *Romancero gitan*
5062. Ray Bradbury — *Le meilleur des mondes possibles* et autres nouvelles
5063. Honoré de Balzac — *La Fausse Maîtresse*
5064. Madame Roland — *Enfance*
5065. Jean-Jacques Rousseau — *« En méditant sur les dispositions de mon âme... »*
5066. Comtesse de Ségur — *Ourson*
5067. Marguerite de Valois — *Mémoires*
5068. Madame de Villeneuve — *La Belle et la Bête*
5069. Louise de Vilmorin — *Sainte-Unefois*
5070. Julian Barnes — *Rien à craindre*
5071. Rick Bass — *Winter*

5072. Alan Bennett	*La Reine des lectrices*
5073. Blaise Cendrars	*Le Brésil. Des hommes sont venus*
5074. Laurence Cossé	*Au Bon Roman*
5075. Philippe Djian	*Impardonnables*
5076. Tarquin Hall	*Salaam London*
5077. Katherine Mosby	*Sous le charme de Lillian Dawes*
5078. Arto Paasilinna	*Les dix femmes de l'industriel Rauno Rämekorpi*
5079. Charles Baudelaire	*Le Spleen de Paris*
5080. Jean Rolin	*Un chien mort après lui*
5081. Colin Thubron	*L'ombre de la route de la Soie*
5082. Stendhal	*Journal*
5083. Victor Hugo	*Les Contemplations*
5084. Paul Verlaine	*Poèmes saturniens*
5085. Pierre Assouline	*Les invités*
5086. Tahar Ben Jelloun	*Lettre à Delacroix*
5087. Olivier Bleys	*Le colonel désaccordé*
5088. John Cheever	*Le ver dans la pomme*
5089. Frédéric Ciriez	*Des néons sous la mer*
5090. Pietro Citati	*La mort du papillon. Zelda et Francis Scott Fitzgerald*
5091. Bob Dylan	*Chroniques*
5092. Philippe Labro	*Les gens*
5093. Chimamanda Ngozi Adichie	*L'autre moitié du soleil*
5094. Salman Rushdie	*Haroun et la mer des histoires*
5095. Julie Wolkenstein	*L'Excuse*
5096. Antonio Tabucchi	*Pereira prétend*
5097. Nadine Gordimer	*Beethoven avait un seizième de sang noir*
5098. Alfred Döblin	*Berlin Alexanderplatz*
5099. Jules Verne	*L'Île mystérieuse*
5100. Jean Daniel	*Les miens*
5101. Shakespeare	*Macbeth*
5102. Anne Bragance	*Passe un ange noir*
5103. Raphaël Confiant	*L'Allée des Soupirs*
5104. Abdellatif Laâbi	*Le fond de la jarre*
5105. Lucien Suel	*Mort d'un jardinier*
5106. Antoine Bello	*Les éclaireurs*
5107. Didier Daeninckx	*Histoire et faux-semblants*
5108. Marc Dugain	*En bas, les nuages*
5109. Tristan Egolf	*Kornwolf. Le Démon de Blue Ball*
5110. Mathias Énard	*Bréviaire des artificiers*

Composition Graphic Hainaut
Impression Maury-Imprimeur
45330 Malesherbes
le 13 octobre 2010.
Dépôt légal : octobre 2010.
Numéro d'imprimeur : 159201.

ISBN 978-2-07-043798-6. / Imprimé en France.

174479